莫言小说的幽默

姚月燕 著

图书在版编目（CIP）数据

莫言小说的幽默 / 姚月燕 著 . —北京：东方出版社，2022.10
ISBN 978-7-5207-2846-1

Ⅰ . ①莫…　Ⅱ . ①姚…　Ⅲ . ①莫言—小说研究　Ⅳ . ① I207.42

中国版本图书馆 CIP 数据核字（2022）第 110594 号

莫言小说的幽默
（MOYAN XIAOSHUO DE YOUMO）

作　　者：姚月燕
责任编辑：张凌云
出　　版：东方出版社
发　　行：人民东方出版传媒有限公司
地　　址：北京市东城区朝阳门内大街 166 号
邮　　编：100010
印　　刷：北京文昌阁彩色印刷有限责任公司
版　　次：2022 年 10 月第 1 版
印　　次：2022 年 10 月第 1 次印刷
开　　本：880 毫米 ×1230 毫米　1/32
印　　张：10
字　　数：150 千字
书　　号：ISBN 978-7-5207-2846-1
定　　价：48.00 元
发行电话：（010）85924663　85924644　85924641

瑞典诺贝尔文学奖评委会授奖词：

莫言是个诗人，他撕下了程式化的宣传海报，让个人从无名人海中突出。莫言用荒诞和讥讽攻击历史的谬误、贫乏及政治的虚伪。他用戏弄和不加掩饰的快感，揭露了人类最黑暗的一面，不经意间找到具强烈象征意义的形象。

…………

莫言大笔淋漓，勾绘出一个被遗忘的农民世界，其中的一切都被写得活灵活现，即便它的氛围乌烟瘴气，也弥漫有肉欲的气息，其中虽充斥惊人的残忍，却仍浸润着欢快的无私，读起来从不让人感到枯燥乏味。各种手工艺，铁匠活，盖房，挖渠，养殖，土匪伎俩——所有这一切他无所不知，无所不写，人世间的一切几乎都被他罗列到笔下。

继拉伯雷和斯威夫特以及当今的加西亚马尔克斯之后，还很少有人能像莫言这样写得妙趣横生，惊世骇俗。

第八届茅盾文学奖获奖作品《蛙》授奖词：

在二十多年的写作生涯中，莫言保持着旺盛的创造激情。他的《蛙》以一个乡村医生别无选择的命运，折射着我们民族伟大生存斗争中经历的困难和考验。小说以多端的视角呈现历史和现实的复杂苍茫，表达了对生命伦理的深切思考。书信、叙述和戏剧多文本的结构方式建构了宽阔的对话空间，从容自由、机智幽默，在平实中尽显生命的创痛和坚韧、心灵的隐忍和闪光，体现了作者强大的叙事能力和执着的创新精神。

自序

莫言堪称中国当代文学的一面旗帜。随着诺贝尔文学奖的颁布，莫言一跃成为备受世界瞩目的文学巨匠，对世界文坛影响巨大，他的小说也成为国内外研究者竞相研究的对象。纵观莫言小说的研究，研究专著、论文等浩如烟海，但对莫言小说中的幽默这一主题仍鲜有人做系统而全面的论述。实际上莫言是一位名副其实的幽默大师，他的作品字里行间充溢着幽默特色。本书的研究目的就是通过挖掘和收集莫言小说中的幽默语料分析莫言小说的幽默特色，从深层次上分析莫式幽默观的成因，多角度、跨学科分析莫式幽默的构建方式，指出莫式幽默的情感特色，揭示莫言小说中幽默的精神内涵。

本书系统梳理了中外词典和百科全书对幽默的解释，也结合了中外学者对幽默的阐释和研究，总结出了幽默的总体特征，对幽默的内涵进行了一定的界定。同时笔者也系统梳理了国内外关于幽默的研究现状，发现幽默这一课题虽然研究历史悠久，但对于莫言小说中幽默的研究却并不深入，研究者关注最多的仍是小说中的黑色幽默，因此本书具有重要的学术价值。

就莫式幽默观的成因，论著主要从主观和客观两个方面进行了分析。主观方面从莫言本身的幽默性及写作需要两个方面来挖掘；客观方面，笔者结合莫言农村的生活经历、生活的时代背景及西方文学手法的影响三个方面来多维度考量莫言小说幽默特色的成因。

莫式幽默的构建方式是笔者阐述的重点，基于收集到的幽默语料从文学、民间诙谐文化和语言学三个角度对莫式幽默的构建方式进行分析，多种学科的交叉运用使得论述更加立体、通透。从文学角度来看，笔者发现莫言主要运用两种方式构建幽默，一是通过塑造与自己同名的“莫言”形象，一是通过塑造人化的动物形象，而笔者把分析重点落在了“怎样”二字上，分析莫言是如何通过这两种方式构建幽默的。从民间诙谐文化角度来分析，笔者指出莫言主要利用童谣和快板、穿插幽默小故事及有趣的人物名字和外号制造幽默。根据语料的性质对莫言小说的童谣、快板及幽默小故事进行了详细的分类，分析了其在小说中凸显的幽默功效。同时笔者深入收集小说中的名字及外号，探究莫言这种起名方式的原因，并揭示这些名字和外号制造幽默的具体方式。在语言学角度，笔者重点分析了莫言制造幽默的两种方式：一是违反会话合作原则，一是运用比喻的修辞手法。笔者根据会话合作原则的含义把违反会话合作原则的这种方式分成了四点：违反量准则、违反质准则、违反关系准则和违反方式准则。因为修辞手法是表现语言幽默性的重要手段，因此笔者特别选取了一些既符合幽默的特征又采用一定修辞格的语料来分析，举出了违反会话合作原则每条准则的常用修辞手段，并对其中很多修辞手段制造幽默的方式进行了详细的分类，力求做到论证充分、有理有据。另外，笔者发现莫言利用比喻这种修辞手法制造出了很多令人捧腹的笑料，因此对这种方式进行了重点分析。

莫言小说中的幽默不是单一往复的，而是丰富多彩的。本书重点分析了莫式幽默中最引人注目的三种情感特色：黑色幽默、黄色幽默和灰色幽默，对每一种情感特色笔者都结合文本进行了具体的分析和论证。笔者发现莫言主要通过克制叙述、塑造“反英雄”人物形象以及利用时空的错乱和情节的荒诞三种方式来制造黑色幽默，主要运用含蓄委婉的双关和赤裸直露的话语制造黄色幽默，利用灰色人物灰色人生下扭曲荒唐的心理和神经错乱式的脱节话语来制造灰色幽默。

除此之外，本书还深入挖掘了莫式幽默的精神内涵，指出了莫式幽默的精神立场以及审美功效。莫式幽默的精神立场是作为老百姓的幽默，笔者从三个方面进行了论述：首先，从幽默主体上分析，莫式幽默的主体一般是质朴纯真的普通百姓；其次，从幽默的语言形式上来分析，莫言小说中的幽默话语中常常夹杂着一些粗话脏话，在语言形式上体现出老百姓“笑骂”并重的话语常态；最后，从幽默的话语内容上分析，笔者运用巴赫金“卑贱化”的理论指出莫言小说中很多幽默话语都体现出老百姓话语“卑贱化”的话语倾向，并指出这种话语特色在表现小说人物的原始自然本性上所起到的作用，同时对文坛上对此现象的负面评论进行了辩证的分析。此外，本书还指出莫式幽默的审美功效，认为莫言通过幽默揭示社会矛盾与历史的沉重，批判社会不良风气及传统落后思想，鼓励世人积极乐观地面对苦难与人生。

莫言是一个语言幽默大师，他用幽默为小说调色，用幽默为人物塑形，用幽默为故事构图。他的幽默是人物抵抗苦难最强大的武器，也是他们生存下去的精神食粮。但是莫言制造如此多的幽默笑料并非为幽默而幽默，他在一定程度上揭示了社会矛盾与历史的沉重，也对社会不良风气及落后的思想进行了一定的鞭挞，鼓励人们以更乐观豁达的心态面对人生，表现出一个作家的责任和社会担当。

目录

CONTENTS

引言

01 第一章　幽默研究概述

04 第四章　莫式幽默的情感特色

引言

莫言可谓是当代文坛的领军人物，在当今中国乃至世界文坛的影响力是有目共睹的，他无疑是最受世界瞩目、最璀璨夺目的中国作家之一。美国《出版者周刊》(*Publishers Weekly*) 把莫言赞为“中国的卡夫卡”，诺贝尔文学奖颁奖典礼授奖词中更对他进行了高度的赞誉，称“他是继拉伯雷和斯威夫特之后——在我们的时代，是继加西亚·马尔克斯之后——更加戏谑和震撼人心的作家”[①]。莫言在世界文学界的崇高声誉由此可见一斑。

但是他的这些声誉不是靠吹捧而来的，而是 40 年来笔耕不辍、勤奋创作赢得的。1981 年莫言在河北保定的文学双月刊《莲池》第 5 期上发表处女作短篇小说《春夜雨霏霏》，在文坛上崭露头角，之后便逐渐显现出他的文学天赋，而且他创造力旺盛。笔者在《莫言研究硕博论文选编》[②] 中莫言作品的基础上，结合 2013 年以来莫言发表的作品，统计结果如下：1981 年以来莫言共创作长篇小说 12 部（《良心作证》为莫言和阎连科合著），短篇小说 97 部（包括莫

① 叶开：《莫言的文学共和国》，北京大学出版社 2013 年版，第 293 页。

② 程春梅等：《莫言研究硕博论文选编》，山东大学出版社 2013 年版，第 255 页。

言《一斗阁笔记》中12篇堪称“短小说”的笔记），中篇小说39部，杂文散文106篇，报告文学9部，影视文学剧本12个。莫言以独特的技法、新颖的视角、丰富的想象以及恣肆不拘的语言，在文坛上独树一帜，征服了无数读者，逐渐开辟出一个莫言的文学王国，唱响了“高密东北乡”。

随着2012年诺贝尔文学奖的颁布，莫言更是一跃成为世界级的文学大师，登上了文学殿堂的最顶层，成为中国文学在世界上的代言人。莫言此次获奖使世界人民加深了对中国文学作品的认识和了解，同时也向世界证明了中国文学所蕴含的独特魅力，扩大了中国文学的世界影响力。

莫言的声誉和知名度使他的作品成为众多文学爱好者追捧的对象，同时也成为许多研究者的研究对象。研究莫言小说的硕博论文、研究资料，以及研究莫言的传记和专著更是数不胜数，甚至让很多研究者怀有资源枯竭的焦虑，再无东西可挖。下面笔者就具体总结一下莫言小说的研究现状。

一、莫言小说研究综述

对莫言的研究，从20世纪80年代至今已有40多年的历史，研究莫言的专著、论文、期刊浩瀚如海。根据笔者在全国图书馆参考咨询联盟以“莫言研究”为关键词搜索到的数据，不完全统计，关于莫言研究的专著就有79部之多，主要有：《莫言研究年编》（张清华，2017）、《莫言研究三十年》（杨守森、贺立华，2013）、《莫言研究》（陈晓明，2013）、《海外莫言研究》（宁明，2013）、《莫言长篇小说研究》（丛新强，2019）、《莫言小说译介研究》（鲍晓英，2016）、《莫言文学研究》（郭顺敏、李红梅，2017）、《莫言与新时期文学研究》（张志忠，2016）、《莫言研究硕博论文选编》（程春梅、于红珍，2013）、《莫言作品海外传播研究》（姜智芹，2019）、《莫言研究资料》（孔范今，2006）、《莫言研究资料》（杨扬，2005）等。

研究莫言的专著卷帙浩繁，研究莫言的期刊论文与学位论文更是浩如烟海。根据CNKI中国知网上的数据统计，截至2022年2月，标题中含“莫言”的学术期刊论文达3049篇，硕博论文达616篇，其中硕士论文586篇，博士论文30篇，硕博论文比较多的学科有中国文学、外国语言文学和文艺理论这三个。博士论文中以被引次数排序，排名前十的博士论文有：《中国文学“走出去”译介模式研究——以莫言英译作品美国译介为例》（鲍晓英，2014）、《论莫言创作的自由精神》（宁明，2011）、《莫言的文学世界》（刘广远，2010）、《莫言小说的虚幻现实主义》（董国俊，2014）、《莫言的世界和世界的莫言——世界文学语境下的莫言研究》（何媛媛，2013）、《民间中国的发现与建构——莫言小说创作综论》（杨枫，2009）、《蒲松龄莫言比较研究》（赵霞，2015）、《跨文化视域下当代“中国形象”的建构——以王蒙、莫言、余华为例》（方爱武，2016）、《福克纳与莫言比较研究》（朱宾忠，2005）以及《文化转向视域下的莫言小说英译研究——以葛浩文的英译本〈红高粱家族〉和〈檀香刑〉为例》（孙宇，2017）。通过这些数据我们可以整体看出关于莫言研究的走势及热点，总结40多年来莫言研究取得的成果和经验，分析莫言研究中存在的局限及不足，以预测莫言研究未来的发展趋向，为莫言研究更加专业化、科学化与系统化奠定坚实的基础。

同时，通过CNKI中国知网搜索到的篇名包含"莫言"的期刊论文数量，也可以看出对于莫言的研究自20世纪80年代以来的发展流变。自1985年至1999年，每年的研究数量均不超过10篇，是莫言研究的萌芽期；自2000年至2011年，关于莫言的研究数量每年均有所增长，但增幅不大，平均每年四五十篇，是莫言研究的发展期；自2012年至2016年，关于莫言的研究作品明显增多，2013年达到顶峰，为500篇，其他年度也都有两三百篇研究论文发表，是莫言研究的高潮期；自2017年至2021年，关于莫言的研究数量逐渐递减，从2018年的191篇降到2021年的112篇，是莫言研究的回冷期。

图1　莫言研究期刊论文发表年度数量

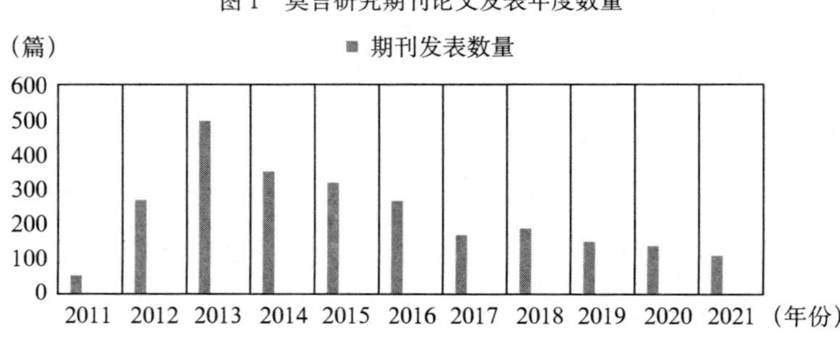

通过对 CNKI 中国知网莫言研究成果的统计与整理，总的来说关于莫言的研究已经进入更加专业性、系统性的阶段。很多高校的硕博研究生也对莫言小说的各个方面进行了较为专业的论述，使得莫言研究“百花齐放”。根据对研究成果的收集与分析，我发现学术界对莫言的研究主要关注以下方面。

（一）莫言文学的“民间性”

莫言的根在民间，可谓是民间文化的代言人。民间为莫言提供了丰富的资源和灵感，莫言也从民间汲取了丰富的营养，创作出了很多有中国风骨、中国气派的作品。莫言在演讲和访谈中时常提及“民间”，他在苏州大学的演讲就是以《文学创作的民间资源》为题目，提出“作为老百姓的写作”[①] 的立场。在《檀香刑》后记中莫言又提出“大踏步地撤退”的说法，莫言的这些发言为正在研究莫言作品的批评家们提供了依据，因此很多研究者使用“民间”这样的概念对莫言的作品进行解读和文学史定位。

进入 21 世纪以来，关于“民间”的提法颇为流行，很多研究者从“民间”的角度在莫言小说的研究上寻求突破点，以民间话语、

① 莫言：《文学创作的民间资源——在苏州大学“小说家讲坛”上的讲演》，《当代作家评论》2001 年第 1 期。

民间立场、民间文化形态、民间叙事等方面作为切入点，深入探讨莫言“作为老百姓的写作”。陈思和从香港浸会大学第一届和第二届“红楼梦·世界华文长篇小说奖”的获奖作品中总结出“历史—家族”的民间叙事模式是21世纪以来中国当代长篇小说的主流叙事模式。民间叙事以《红高粱家族》为标志开始进入历史领域，“颠覆性地重写中国近现代历史，解构了庙堂叙事的意识形态教化功能，草莽性、传奇性、原始性构成其三大解构策略”[①]。张柠在《文学与民间性——莫言小说里的中国经验》一文里通过分析莫言小说中的六种民间话语方式，如辱骂、贬低、遗忘、滑稽、批判和反抒情等，阐释莫言小说里的中国经验，以此来洞察莫言小说文本的精髓。陈卓和王永兵在《论莫言新历史小说的民间叙事》一文中指出莫言的新历史小说呈现出鲜明的民间化叙事特征，在叙事立场上表现出“作为老百姓的写作”的民间立场，在叙事内容上表现为书写“野史”化的民间历史，在叙事话语上则用质朴的民间话语再现历史的本来面目。[②] 张志云在《齐鲁民间文化的当代转换与新文学传统的重构——莫言创作的民间文化形态研究》一文中对莫言小说的民间叙事进行了解读，并分析了莫言民间诗学与齐鲁民间文化的关系，指出莫言的“老百姓”观念对新文学的意义。方川的《莫言文学创作的民间视野研究》从写作的思想特质、语言特点、形成动

① 陈思和：《“历史—家族”民间叙事模式的创新尝试》，《当代作家评论》2008年第61期。

② 陈卓等：《论莫言新历史小说的民间叙事》，《当代文坛》2016年第2期。

因和现代意义四个方面详细地分析了莫言小说的民间写作特点。李刚、石兴泽的《窃窃私语的“镶嵌本文”——莫言小说的民间品性》则把莫言作品中经常穿插的民歌、歌谣、信笺、民间故事或传说等文字称为“镶嵌本文”，通过这些跟民间特性密切结合的“镶嵌性文字”来说明莫言小说的民间品性。

（二）莫言小说中的女性形象

莫言的小说人物形象丰富，他以生动鲜活的人物形象绘就了一幅色彩缤纷的莫言小说人物长廊。莫言小说中最具代表性的当属女性人物形象。莫言小说中的女性或野性奔放、或温柔多情、或淳朴善良，在莫言的作品中熠熠生辉、引人注目。

很多研究者也开始关注莫言小说中的女性。2014 年 11 月 1 日至 2 日由国家社科基金重大招标项目“世界性与本土性交汇：莫言文学道路与中国文学的变革研究”课题组发起在山东女子学院召开了“女性文化视野下的莫言创作研究”学术研讨会。在此次研讨会上，首都师范大学张志忠教授以“母亲与她的孩子们”为题，从时间线索上梳理 20 世纪 80 年代、90 年代和 21 世纪以来的不同阶段中莫言对这个母题的不断开掘以及其发展演变的轨迹。山东师范大学杨守森教授重点关注莫言笔下有争议性的女性，尤其是普遍认为被丑化的母亲形象，进而从理论高度指出应该如何评判这样的艺术形象。山东大学宁明论述了莫言作品中的女性形象从“女人”到“人”的转变。沈阳师范大学季红真教授从莫言的文学女性群像中，归纳出四种基本的表义功能：历史标记的叙事功能、文化原型的结构功能、生态意识的象征功能和宗教意义的建构功能。杭州师范大学王侃教授从男女性作家笔下的女性形象阐释的双重标准出发，认为莫言在女性身上发现了现代性意识。山东大学丛新强从莫言创作的女性主体意识角度分析其作品塑造的女性形象。[①] 武汉大学樊星教授从山东文化入手，结合山东女性的强悍精神论析莫言女性形象的文化意义。总之，这次研讨会专家学者们对女性文化视野下的莫言创作进行了多角度深入的探讨，丰富了莫言小说中的女性形象研究。

此外，很多研究者也关注到莫言小说中的女性形象，温伟（2007）通过莫言与福克纳小说中女性形象的对比，审视两位作家不尽一致的妇女观，发现莫言始终是个女性的崇拜者，字里行间充满对女性的赞美。石颖（2012）通过对莫言早期、中期和晚期小说中女性形象的分析对比总结了这一形象的嬗变：早期追求唯美爱情，中期野性十足，再到后期变成欲望化对象，从整体上归纳了莫言小说女性形象的发展演变过程。叶开（2014）也关注到了女性在莫言小说中的位置，结合具体文本分析了莫言小说中的少女形象以及她们的命运，揭示出莫言在人物形象背后对社会的深刻反思。王

① 丛新强：《“女性文化视野下的莫言创作研究”学术研讨会综述》，《中国现代文学研究丛刊》2015 年第 7 期。

美春在她的硕士学位论文《莫言小说中的女性世界》中对莫言小说中的女性人物形象进行了仔细的分类，并探讨了莫言长于塑造女性形象的奥秘。

（三）莫言小说中的叙事

张清华在论莫言的时候开篇就说："我感到徒劳的危险"[①]，因为莫言的写作无论在形式、手法、叙述还是结构上都堪称极限，很难用词语或者概念去概括，所以张清华用"叙述的极限"来形容。

酣畅淋漓、汪洋恣肆的叙事是莫言小说最鲜明的特点，很多研究者也对莫言小说中的叙事进行了多方位的研究。周立民（2006）详细分析了莫言长篇小说的叙述策略，认为莫言的小说设置了很多不负责任的叙述，并且对多层次的叙述空间进行了探索，以此摆脱单一声音的控制，发出自己的声音。[②] 季红真（2014）认为中国的叙事传统为莫言提供了取之不竭的文化资源，神话铸造了莫言的思维方式，六朝志怪影响了他取材的向度，唐传奇决定了他质朴而瑰丽的文风，宋人平话至明清小说启发了他作为说书人的自觉，元曲、明清传奇、民间说唱艺术与近代兴起的故乡戏剧猫腔则造就了

① 张清华：《叙述的极限——论莫言》，《当代作家评论》2003 年第 2 期。

② 周立民：《叙述就是一切——谈莫言长篇小说中的叙述策略》，《当代作家评论》2006 年第 6 期。

他的小说文体。[①]

在叙事特色方面，研究者的探讨多集中在民间叙事、狂欢化叙事、复调叙事及苦难叙事这几个方面。

陈卓、王永兵（2016）认为莫言作为中国文坛著名的新历史小说家，他的新历史小说呈现出鲜明的民间化叙事特征，在叙事立场上表现出“作为老百姓的写作”的民间立场，在叙事内容上表现为书写“野史”化的民间历史，在叙事话语上则用质朴的民间话语再现历史的本来面目。[②]

张伯存（2006）通过分析莫言小说《檀香刑》和《丰乳肥臀》发现莫言的小说创作深受山东高密地区的民间故事、传说、口头文学、说唱戏曲的影响。莫言小说不仅在思想内涵上体现出民间文学的狂欢化特质，而且在语言、结构、文本叙述层面也体现出明显的狂欢化特征。[③] 刘艳玲（2014）借鉴巴赫金的狂欢化理论来审视莫言小说中狂欢化的节日、场景及语言风格，认为莫言的狂欢化小说是中国当代文学的奇葩，也是艺术狂欢化时代的杰出代表。[④] 禄永鹏（2014）认为在中国当代作家中莫言是一个最具狂欢气质的作家，他立足于民间立场，在狂欢化的叙事中始终彰显着一种自由自在、

① 季红真：《莫言小说与中国叙事传统》，《文学评论》2014年第2期。

② 陈卓、王永兵：《论莫言新历史小说的民间叙事》，《当代文坛》2016年第2期。

③ 张伯存：《莫言的民间狂欢世界》，《齐鲁学刊》2006年第4期。

④ 刘艳玲：《论莫言小说的狂欢化叙事特色》，《芒种》2014年第2期。

洒脱不羁的酒神精神。[①]

彭正生、方维保（2015）在《对话·狂欢·多元意识：莫言小说的复调叙事艺术》一文中指出莫言是中国当代小说家中最具有巴赫金意义上“复调型的艺术思维”的小说家，他改变了传统小说中作者控制人物的叙述姿态，建构怪诞的狂欢话语世界，并在矛盾和复杂的思考里赋予小说多元意识。[②] 王西强（2011）解析了莫言小说《酒国》中采用的三线并进的复调叙事策略，他使用多种文体参与故事的结撰，并进行了独特的小说中套小说、人物参与叙事、作家进入故事成为人物的文本叙事试验，营造了虚实相生的叙事效果。[③]

李茂民（2015）以《丰乳肥臀》和《蛙》为中心论述了莫言把生命苦难作为叙事主题和目的的叙事风格，分析了这种叙事方式的思想文化来源、民间立场和底层视角，并揭示出其独特性及价值意义。[④] 王爱侠（2019）在《从沉重到轻逸——论莫言作品中苦难叙事的变化》一文中对比了莫言前期和后期的创作，认为莫言在前期创作中，苦难的描绘与渲染比较浓厚，而获得诺贝尔文学奖后，有

① 禄永鹏：《论莫言小说狂欢化叙事所彰显的酒神精神》，《社科纵横》2014年第4期。

② 彭正生、方维保：《对话·狂欢·多元意识：莫言小说的复调叙事艺术》，《江淮论坛》2015年第2期。

③ 王西强：《复调叙事和叙事解构：〈酒国〉里的虚实》，《南京师范大学文学院学报》2011年第2期。

④ 李茂民：《论莫言小说的苦难叙事——以〈丰乳肥臀〉和〈蛙〉为中心》，《东岳论坛》2015年第12期。

意淡化了苦难，格调从沉重变得轻逸。[①]

（四）莫言小说的语言艺术

莫言堪称当代语言大师，他对语言有着一种天生的敏感和超凡的驾驭能力。他的小说语言雅俗交融，时而豪放不羁、汪洋恣肆，时而唯美浪漫、绚丽多姿，充分彰显了他驾驭语言的超凡功力。他的语言也获得了各界的盛誉，在澳门大学颁授莫言澳门大学荣誉文学博士学位的赞辞中称，“莫言是汉语写作群体辉煌星辰中最明亮的一颗，是一个深通艺术辩证法的文化魔术师，是一个将汉语的文学魔力发挥到更高境界的语言魔术师。莫言在汉语文学面临艰难境地的关键时刻，以自己的探索和成就，向世界、也向汉语文学自身，证明了汉语文学的发展前景和远大前程。”[②]由此可见，就莫言在语言上所取得的成就而言，“语言魔术师”这一称谓可谓名副其实。

莫言在语言上的特色吸引了很多研究者的注意。杨文波（2015）深入分析了莫言的语言艺术，指出莫言从空间上的视觉性

① 王爱侠：《从沉重到轻逸——论莫言作品中苦难叙事的变化》，《齐鲁学刊》2019年第5期。

②《诺贝尔文学奖得主莫言获颁授澳门大学荣誉博士学位》，2014年12月6日，见 https://www.chinanews.com.cn/ga/2014/12-06/6851900.shtml。

和时间上的听觉性两个方面，塑造了爆炸性、万花筒般的语言景观，并从节奏、韵律、语句、篇章等方面分析了莫言小说语言艺术的生成机制，指出莫言小说语言景观的审美意义。[①] 江南在对莫言小说语言的研究上有很深的造诣，发表过多篇文章。《莫言小说语言"前景化"修辞策略中的平行原则》一文从词汇和语音层面分析了莫言小说语言的"平行"处理，以及修辞层面的前景化特征和效果，并揭示了莫言小说"平行"语言的前景化修辞动因。[②]《莫言小说语言的摹绘修辞与魔幻风格》指出莫言深受拉美魔幻现实主义作家马尔克斯的影响，作品中充满魔幻风格，莫言在创作中通过声音和色彩常态的偏离创造了一个色彩斑斓的魔幻世界。[③] 张恒君（2015）从浓郁的乡土气息、凸显的感官效应和跌宕的话语掌控三个方面探讨了莫言小说的语言风格。[④] 周晓静（2012）探讨了词语陌生化和莫言小说语言的弹性美。姜春（2020）论述了莫言小说把传统的"书场"形式与西方叙事技巧相结合形成的一种"广场化"的叙述话语。

① 杨文波：《莫言小说的语言艺术》，《扬子江评论》2015 年第 6 期。
② 江南：《莫言小说语言"前景化"修辞策略中的平行原则》，《江苏师范大学学报（哲学社会科学版）》2013 年第 5 期。
③ 江南：《莫言小说语言的摹绘修辞与魔幻风格》，《江苏师范大学学报（哲学社会科学版）》2014 年第 3 期。
④ 张恒君：《莫言小说语言风格论》，《小说评论》2015 年第 4 期。

（五）莫言文学作品的译介研究

莫言的作品之所以能在2012年获得诺贝尔文学奖，在国际上受到广泛的关注，翻译者厥功至伟。中国不乏像莫言一样优秀的作家，但正因为无翻译助力，很多优秀的文学作品未能走出国门被世界认识和了解。莫言幸运的是遇到了葛浩文，葛浩文在英语翻译界非常具有影响力，翻译了莫言的很多小说，并通过他的影响力找到了知名的出版社出版莫言的作品，由此为莫言的小说打开了通往英语世界的一扇窗。随着莫言获得诺贝尔文学奖，文学翻译的作用日益凸显，得到研究者的重视，很多研究者开始关注莫言小说的译介研究，研究最多的当属对葛浩文译介莫言小说的研究。邵璐（2011）通过梳理西方英语和境外华语期刊、报纸，深入分析了莫言作品在西方受欢迎的原因，认为其作品之所以受到国际如此大的关注，和译者尤其是葛浩文的翻译与宣传有很大关系。[①] 孙会军（2014）结合葛浩文翻译的具体事例研究葛译莫言小说的特色，考察葛浩文的英语译文是否重述了莫言的故事，是否提升了原作的语言水平。[②] 冯全功（2017）基于莫言小说中意象话语的英译分析葛浩文翻译策略的历时演变。[③] 另外很多国家也分国别对莫言作品的

① 邵璐：《莫言小说英译研究》，《中国比较文学》2011年第1期。

② 孙会军：《葛译莫言小说研究》，《中国翻译》2014年第5期。

③ 冯全功：《葛浩文翻译策略的历时演变研究——基于莫言小说中意象话语的英译分析》，《外国语》2017年第6期。

译介情况进行了研究，王汝蕙、张福贵（2018）整理了美国国内对莫言获奖后的新闻报道，也介绍了美国本土莫言作品的译介和出版情况，并分析了美国评论界对莫言的评价和研究。[①] 朱芬（2014）研究了莫言作品在日本的译介情况，并将译介的历程归纳为四个阶段，分别介绍了各个阶段莫言作品译介的主要力量和特点，深层次挖掘了莫言作品在日本受关注的原因。[②] 来自越南的阮秋贤（2016）介绍了莫言小说在越南的译介与接受情况，从越南对 20 世纪中国文学所形成的阅读习惯与接受传统上揭示了莫言小说在越南受关注的原因。

二、在不可能中寻找可能性

通过以上对莫言小说研究成果的梳理可以看出，学术界对于这位诺贝尔文学奖得主的作品进行了全方位、多角度的挖掘，研究成果浩如烟海，从中得以窥见莫言创作的规律和特色。研究者也注意到莫言小说中的幽默，但并没有深入、系统地分析，有的研究者只是侧重小说中的黑色幽默，但对莫言小说中其他类型的幽默缺乏足够的认识，因此莫言小说中的幽默在研究上仍有很大的空间，应该

① 王汝蕙、张福贵:《莫言小说获奖后在美国的译介与传播》,《文艺争鸣》2018 年第 1 期。

② 朱芬:《莫言在日本的译介》,《中国比较文学》2014 年第 4 期。

引起学术界的重视。

纵观莫言的作品本身，无论是文体、叙述视角、叙述语言、故事情节都越来越趋向幽默、诙谐、戏谑。莫言写的大多是苦难悲惨的乡村生活，但他的文本中却不时地用幽默来拉远人与苦难的距离，用一种特殊的自嘲和讽刺隐性地来反映社会现实，使小说中的人物虽悲苦却不失风趣与灵动，虽艰难仍不乏对生活的向往和自信。因此就研究莫言小说本身而言，也需要深入探讨他艺术表现的新趋向，研究莫言小说充溢着的幽默艺术特色。

就莫言自身来说，他不仅是一个才华横溢的作家，更是一个妙语连珠的幽默大师。从莫言的名字我们也可以感受到他的幽默，“莫言”言外之意就是“shut up”，莫言平时多奉行“不言”，一切尽在不言中；但事实上，不论在现实中还是在他的小说世界里，莫言都是一个能言善辩、妙语连珠又幽默风趣的人。从莫言的各种演讲和对话中，我们可以看出他语言上的幽默功力。莫言在德国出席法兰克福论坛时发表了一场精彩的演讲：

> 开了两天会，终于谈到了文学。(笑声)上个月，我因为胃出血住进了医院，出院以后身体虚弱，本来想跟有关方面打个招呼，在家养病，不来参加这个会议。但我妻子说：既然已经答应了别人，就应该信守承诺，尽管你一爬楼梯就冒虚汗，但我建议你还是要去。你若不去，对会议主办方很不尊重。听妻子话，我来了。我临出门的时候，妻子对我说：听说德国的

高压锅特别好，你买一个带回来。（笑声）我这才明白她让我来的真正目的是让我来买锅。（笑声）我前天上午已经完成了任务，买了个高压锅在床头放着。（笑声）这次来呢，我还知道德国某些媒体给我背上了一个黑锅——非常抱歉，可能给同传翻译的女士增加了困难，中国人将强加于自己的不实之词称为“背黑锅”——中国有一些小报经常这样干，经常造我的谣言。我没想到像德国这样号称严谨的国家的媒体也会这么干。（笑声，掌声）由此我也明白，全世界的新闻媒体都差不多。（笑声，掌声）

这次我来法兰克福，收获很大，买回了一个银光闪闪的高压锅，同时卸下了一个黑锅。我是山东人，山东人大男子主义，如果一个男人听老婆的话会被人瞧不起的，我这次来才体会到老婆的话一定要听。（笑声，掌声）我如果不来，第一买不回高压锅，第二我的黑锅就要背到底了。我老婆的话体现了两个很宝贵的原则，一个是要履行承诺，答应了别人一定要做到；第二个就是别人好的东西我们要拿过来。德国的锅好，我们就买德国的锅。（掌声）我老婆的这两点宝贵品质值得很多人学习。前天晚上我给她发了个短信，把我这次的行动做了汇报。她给我回短信：再买一个高压锅。（笑声）两个高压锅太沉了！我就给她撒了一个谎：德国海关规定每个人只能买一个高压锅。假如我们的德国朋友不反对，不怕中国人把德国的高压锅买得涨价的话，我回去会利用我在中国的影响，写文章宣

传德国锅的好处，让全中国的家庭主妇都让她们的丈夫来买锅。（笑声，掌声）[①]

莫言演讲的开场白短短几分钟，逻辑思维严密，以“黑锅”开场，一语双关，形象生动，既脱离演讲的俗套，又妙语横生，在极富故事性和趣味性的言谈之中又另有所指，让人不得不佩服莫言的口才，他的口才比文才更厉害。

莫言小说幽默的语言特色以及莫言本人幽默风趣的品质给在研究中苦恼的笔者带来深刻的启发，这不正是笔者苦思冥想、一直在探索的新路吗？关于莫言的研究经过高潮和回冷，已经非常全面和成熟，想另辟蹊径、探索出一条创新之路，已经变得几乎不可能。但笔者与莫言都来自山东那片血地，都来自农村，都受着同一片土地的召唤，对莫言小说中的语言、人物形象、故事情节及环境都无比熟悉，对那些整日挣扎在贫苦中，又对生活不乏乐观幽默的乡村人无比理解，因此对莫言在小说中运用的雅俗共赏、浪漫狂放的语言，奇妙怪诞、虚实结合的民间故事，丰富多变、妙趣横生的叙事视角等都多了一层更深的理解。莫言小说的幽默中渗透着他对人生及社会的悲悯情怀，使他的作品具有更高的思想水平和更深的人生厚度，深深吸引了笔者。笔者坚信可以在不可能中寻找出可能，以拓宽莫言的研究视野，给学术界一些新的思考和启发。

①《莫言：在法兰克福的演讲》，《工会博览》2012年第30期。

三、理论与方法独辟蹊径

（一）研究理论

本书综合运用文学、语言学、心理学及文化学多种学科的相关理论作为参照，对莫言幽默的构建方式进行全方位、多角度的论证，具体如下：

1.“陌生化”理论

俄国著名形式主义代表维克托·鲍里索维奇·什克洛夫斯基（Viktor Shklovsky）在1916年提出“陌生化理论”，这个理论堪称俄国形式主义文论的核心概念之一。什克洛夫斯基在《作为手法的艺术》一文中指出，“艺术之所以存在，就是为使人恢复对生活的感觉，就是使人感受事物，使石头显出石头的质感。艺术的目的是要人感觉到事物，而不是仅仅知道事物。艺术的技巧就是使对象陌生，使形式变得困难，增加感觉的难度和时间长度，因为感觉过程本身就是审美目的，必须设法延长。艺术是体验对象的艺术构成的一种方式，而对象本身并不重要。”[①] 由此而提出了“陌生化”理论。“陌生化”理论认为形式的独特是文学作品产生美感的根源，而不是内容，因此艺术的技巧主要是通过创造一种新的形式，使对象陌生，从而打破机械性认知，摆脱习以为常的惯常化的制约，增加对

① 朱立元等：《二十世纪美学》（上），北京师范大学出版社2013年版，第231页。

艺术形式感受的难度，延长审美感知过程，获得更大的审美愉悦。张志忠也曾根据《结构主义和符号学》中对“陌生化”的理解，在他的《莫言论》中总结道：“所谓陌生化就是给我们提供一个观照生活的新观点，并使我们在文学中不是印证熟识的生活而是发现新奇的生活，改善和改变我们世俗的、常态的生活感觉，进而改善和改变我们的生命活动方式，与我们面对的生活建立一种新的关系。”①

在莫言的小说中常运用儿童视角和动物视角的叙述角度，这种方式主要以直觉和表象为中心，摆脱了成人世界叙述中各种教条规范的束缚，创造出了一种新奇的、童稚的幽默感，使他的小说呈现出异于他人的新面貌。

2. 黑色幽默

“黑色幽默”（Black Humor）是美国文学史上一股最惹人注目的文学潮流。“黑色幽默”一词最早源于法国，法国的超现实主义诗人、批评家安德烈·布勒东（Andre Breton）于1937年和艾吕雅合编了一本小说集《黑色幽默选》，并合写了一篇专门论述“黑色幽默”的文章《论黑色幽默》，“黑色幽默”由此得名。1965年3月，美国作家布鲁斯·杰伊·弗里德曼（Bruce Jay Friedman）将12篇风格颇为相似的小说编成了一本合集即《黑色幽默》（*Black Humor*，1965）。几个月后另一位作家康拉德·尼克伯克（Conrad Knickerbocker）就美国文坛上出现的这一特殊文学现象发表了一

① 张志忠：《莫言论》，北京联合出版公司2012年版，第178页。

篇著名的评论文章《致命一蜇的幽默》，这篇文章对黑色幽默的命名和确立具有决定意义。从此“黑色幽默”作为一个特别的文学流派在美国有了一席之地，得到公众的认可，逐渐在美国流行起来。

“黑色幽默”的出现与20世纪美国动荡的社会环境息息相关，在两次世界大战中受到重创，再加上朝鲜战争和越南战争，激化了社会矛盾，使得人们毫无安全感，开始怀疑传统的道德和真理。再加上物质文明的畸形发展对人性产生的负面影响，使得中小资产阶级开始怀疑自我的存在价值，在绝望的境况下不得不用自嘲和讽刺的手法来影射社会现实。

“黑色幽默”代表作家及作品主要有约瑟夫·海勒（Joseph Heller）的《第二十二条军规》、库特·冯尼格（Kurt Vonnegut Jr）的《第五号屠宰场》、托马斯·品钦（Thomas Pynchon）的《万有引力之虹》等。

“黑色幽默”和传统幽默是有一定区别的，两者的整体基调不同。“传统幽默是通过开玩笑的方式逗人发笑，以夸张的语言和揶揄的笔调表现轻松愉快的氛围和豪爽乐观的精神”[①]，基调是轻松欢快的，而“黑色幽默”的基调却是沉重灰暗的，是人在绝望之极时发出的无可奈何的笑。

通常意义上，表现痛苦与不堪的文学内容我们一般会运用悲剧

① 汪小玲：《美国黑色幽默小说研究》，上海外语教育出版社2006年版，第6—7页。

的形式，而表现丑陋或滑稽的内容则会运用喜剧的形式。而“黑色幽默”则相反，它总是拿痛苦来开玩笑，把不幸说得诙谐好笑，但背后却隐藏着令人担忧绝望的社会现实，耐人回味与反思。“黑色幽默”越是可笑，问题就越是严重，甚至于令人恐怖。因此，“黑色幽默”又被叫作“绞刑架下的幽默”（Gallow’s Humor）或“大祸临头时的幽默”，它把人生的灾难或社会的阴暗通过幽默的形式表现出来，人们太过于绝望只能以痛为乐而纵声大笑。通过这种不合逻辑的表现来反映世界的荒谬，它消解了问题的严肃性，嘲笑了自身面临的苦难与不幸。由此可见，“黑色幽默”的作家一般是关注社会现实的，充满了对社会问题的深沉思考，只是把严肃的问题进行了喜剧化的处理，从而用表面的轻松来掩饰内心的恐慌与恐惧，但却更加突出了现实的黑暗程度。这是一种对痛苦的超越，更是对人生的超越、对自我的超越，在超越中得到暂时的解脱，是一种苦涩的笑。

关于“黑色幽默”的含义仁者见仁、智者见智，本来文学上的含义就没有一个绝对的界限，很多作家都试着对一个概念做出最完美无瑕的解释，但都是徒劳的，“黑色幽默”更是如此。汪小玲在《美国黑色幽默小说研究》一书中结合很多国家的百科全书和词典对“黑色幽默”的定义进行了一定的梳理，总结如下：

1973年英国《大英百科全书》中的定义为“一种绝望的幽默，力图引起人们的笑声，作为人类对生活中明显的无意义和荒谬的一种反响”。

1975年美国《新哥伦比亚百科全书》中认为“黑色幽默”

是“一种用以反映现代世界的荒唐、麻木、残酷、自相矛盾、怪诞以及病态的幽默”。

美国韦氏大辞典的补编《六千词》认为黑色幽默“经常用病态的、讽刺的、荒唐而可笑的情节来嘲笑人类的愚蠢”。

1974年法国《彩色拉鲁斯词典》将“黑色幽默”解释为“用尖刻的、辛酸的、有时甚至是绝望的笔调着重刻画人世间的荒谬”[①]。

美国的奥尔德曼也曾对“黑色幽默”下过一个理论性很强的定义，他认为“‘黑色幽默’是一种‘把痛苦与快乐、异想天开的事实与平静得不相称的反应、残忍与柔情并列在一起的喜剧。它要求同它认识到的绝望保持一定的距离；它似乎能以丑角的冷漠对待意外、倒退和暴行’”[②]。

汤永宽先生对“黑色幽默”的小说家做出了这样的评价：“他们把精神、道德、真理、文明等等的价值标准一股脑儿颠倒过来(其实是现实把这一切都已经颠倒了)，对丑的、恶的、畸形的、非理性的东西，对使人尴尬、窘困的处境，一概报之以幽默、嘲讽，甚至‘赞赏’的大笑，以寄托他们阴沉的心情和深渊般的绝望。”[③]

“它是幽默的，但是在幽默中包含着阴沉的东西；它是绝望的，

① 汪小玲：《美国黑色幽默小说研究》，上海外语教育出版社2006年版，第6页。

② 陈焜：《西方现代派文学研究》，北京大学出版社1981年版，第4页。

③ 王瑶：《论王小波小说的黑色幽默》，硕士学位论文，暨南大学中国现当代文学专业，2012年，第9页。

但是在绝望中又发出了大笑。”[①]

由此可见，“黑色幽默”简单地说就是“黑色”+“幽默”在人的思想情绪上的结合，“是一种变形的喜剧，是以喜剧的形式（笑的形式）传达悲剧的内容（毁灭、死亡、绝望），即黑色的内容”[②]。

“黑色幽默”的小说常常打破传统的写作手法，塑造一些反英雄式的人物或病态畸形的人物。这些人物无正反好坏之分，体现出“最英雄好汉最王八蛋”的特点，摆脱了传统塑造人物形象的二元单纯模式。情节往往荒诞不经、缺乏逻辑，且常常富有寓言和象征性，以表达对世界和人生形而上的思考。叙事结构混乱无序，常运用“反小说”的结构，突破时空的限制。语言句法拖沓冗长，重复含糊，常运用滑稽、夸张变形、双关反语等艺术手法，对社会现实的黑暗进行嘲讽和鞭挞，从而加强了小说的喜剧效果。

3.“黄色幽默”

“黄色幽默”在西方通常被称为“Blue Humor”，因为英语中的“blue”有着丰富的文化内涵，除了表示“蓝色的”外，还有淫秽、猥亵的意思，比如“blue talk（下流言论）”或“blue movies/films（黄色电影）”“blue revolution”（性解放）。[③]在中国“黄色

① 陈焜：《西方现代派文学研究》，北京大学出版社 1981 年版，第 4 页。

② 汪小玲：《美国黑色幽默小说研究》，上海外语教育出版社 2006 年版，第 7 页。

③ 潘洞庭：《英语名词的文化蕴涵及其应用研究》，上海交通大学出版社 2011 年版，第 141—142 页。

幽默”一般又被叫作“成人幽默”，民间通常叫作“荤段子”“荤笑话”，应该算是幽默中一种特别的形态。“黄色幽默”一般是指“与性有关的幽默，带色情味的幽默，或者说是性暗示过分强烈，甚至是性挑逗的幽默。一是涉及男女性器官或第二性特征的，二是夸张细节的关于性生活的言谈，三是挑逗别人作性关系联想的不健康的趣话，四是对异性有调戏、侮辱的谈吐，五是展露不正常的性心理的笑料”[①]。

从内容上来说，“黄色幽默”的语词里包含了很多不太健康的因素，所以很多人把它归入了不健康的幽默形式的行列，如圣铎的《别输在不懂幽默上：瞬间赢得好感的说话艺术和魅力口才》（超值白金版）、欣溶编著的《幽默与口才：瞬间赢得他人好感的口才艺术》等。如果“黄色幽默”的尺度把握不好，就会带有赤裸裸的情色意味，这不符合精神文明的要求，所以大尺度的情色幽默是不提倡的。但并不是说黄色的幽默就没有人说，事实是现实中很多人都还在讲着，尤其是在乡间茶余饭后的嬉闹谈笑间，讲些娱乐自己、解闷解乏的黄色幽默段子成为底层人民生活中不可缺少的一部分。他们常用带点“黄”的幽默来互相调侃，在哈哈大笑中缓解生活的压力和艰辛。“荤段子”尺度把握好，在特定的环境下常常能达到其他幽默形式所达不到的效果。如在私下或者夫妻之间，适当地添加一些“黄色幽默”能活跃气氛，增进言谈的趣味性。

① 曾国平：《幽默技巧与故事》，重庆大学出版社 2013 年版，第 53 页。

那么“荤段子”为什么总是能制造出幽默的效果呢？心理学界试图从生理和心理的角度进行分析，创立了“释放论”（Relief Theory），代表人物有弗洛伊德、斯宾塞和伊斯特曼。幽默的“释放论”认为幽默是人对内心积郁情感的一种发泄和释放，“Herbert Spencer 在他的 *On the Physiology of Laughter* 中，认为情感以能量的形式储存在神经中，引导动作。笑来源于被压抑神经中的能量释放。被压抑的能量，深层结构来源于攻击、性和爱的不平衡”[①]。心理学家弗卢盖尔在总结幽默产生的心理动机时也提出幽默是一种性欲的表现，“许多笑话包含着明显的性欲和猥亵成分，表明幽默是发泄这类为社会所禁忌的思想的现成途径”[②]。从他们的叙述中可见性爱常是人们心中压抑的能量，而被压抑的能量一旦被释放出来常常会制造出幽默的效果。

受儒家礼教的影响，中国古代提倡男女授受不亲，男女之间严守宗法礼仪，非夫妇之间不允许有过多的接触，更不用说谈论关于性的话题。因此对中国人来说，性更是几千年来社会的一个禁忌，长期被压抑在人们心底。虽然现在社会环境更加开放了，但涉及性的话题仍然被认为是有碍社会风化的，只有夫妻之间或彼此熟悉的人才会谈及。但它越是社会的禁忌，人们在解构禁忌时越能更大程

① 张立新：《视觉、言语幽默的情感认知互动模式：多模态幽默的功能认知研究》，东南大学出版社 2012 年版，第 16 页。

② 胡范铸：《幽默语言学》，上海社会科学院出版社 1987 年版，第 101 页。

度上释放被压抑的情感，就越能制造出笑料，从而越受人们欢迎。现在很多艺术形式也都掺入了“荤段子”来吸引观众博得掌声，如相声界的郭德纲，他的很多相声都大胆地挑战传统的禁忌，如《我要反三俗》等。

4. 灰色幽默

对于什么是“灰色幽默”，很多幽默的研究者给出了不同的定义。龚维才指出“灰色幽默多是人们在心境忧郁、灰沉的情况下所产生的一种幽默，特别是在社会动荡的不幸时代，人们借助于灰色幽默来表达出内心的苦闷与不满”[①]。欣溶认为：“灰色幽默指的是一种表达人内心郁闷、消极的幽默，又称为灰段子。尤其是在那种社会动荡的岁月，灰色幽默被人们用来抒发或者发泄心中的不满情绪，有一种自我解嘲、自我安慰的味道。它一般是以事物的阴暗面或者不健康的现象作为题材编排的笑话，以艺术化的方式来反映民风民情民意，以无奈的嘲讽、抨击针砭时弊，让人在一笑之后引起思考。”[②] 曾国平的《幽默技巧与故事》、圣铎的《别输在不懂幽默上：瞬间赢得好感的说话艺术和魅力口才》（超值白金版）也给出了类似的定义。

由此可以看出“灰色幽默”主要表现的是一种“灰色”的情绪，

① 龚维才：《幽默的语言艺术》，重庆出版社 1993 年版，第 100 页。

② 欣溶：《幽默与口才：瞬间赢得他人好感的口才艺术》，北京联合出版公司 2013 年版，第 320 页。

表现人物在尴尬处境下的一种沮丧的心态，从而体现出他们的灰色人生。它的表现方式是温和的，散发着一种忧郁颓废的气质，但笑过之后却令人沉思笑料背后的阴暗面。而与“灰色幽默”相似的是“黑色幽默”，黑色幽默通常面对的是死亡和暴力，而最主要的特征是“恐怖”和“滑稽”，运用喜剧的形式来表达悲剧的意义，表现人物在极其残忍恐怖、荒诞病态的环境下怎样化绝望为玩笑，从而以一种自我解嘲的方式获得暂时的解脱，但这种笑终究是一种苦涩的笑，人物始终摆脱不了命运的摆布。

5. 会话合作原则

美国语言哲学家格赖斯（H. P. Grice）最先提出的一种语用学理论，格赖斯认为在所有的言语活动中为了达到特定的目标，说话人和听话人之间存在着一种默契，一种双方都应该遵守的原则，他称这种原则为会话合作原则（Cooperative Principle，简称CP）。合作原则具体体现为四条准则：

（1）数量准则（Quantity Maxim）：使自己所说的话达到（交谈的现时目的）所要求的详尽程度，不能使自己所说的话比所要求的更详尽。

（2）质量准则（Quality Maxim）：不要说自己认为是不真实的话，不要说自己认为缺乏足够证据的话。

（3）关联准则（Relation Maxim）：说话要贴切，要与谈话有关联。

（4）方式准则（Manner Maxim）：避免晦涩，避免歧义，说话要简要，说话要有条理。①

数量准则规定了我们说话时应提供的信息量，即不应少说，也不要多说。质量准则规定了说话的真实性，就是要求说话人说真话，不说假话，要言之有据。关联准则规定了说话要切题，要跟话题有关。方式准则要求说话人在表达方式上要简明扼要，避免冗词赘句。②如果在交谈时严格遵守这四条准则，就可以提高语言交际的效率，但实际上在交际过程人们会有意地违反会话合作原则，这样就产生了一定的“会话含义”和幽默效果。

（二）研究方法

笔者选取了莫言具有一定代表性且知名度比较高的长篇小说进行研究，包括《生死疲劳》《酒国》《蛙》《丰乳肥臀》《食草家族》《天堂蒜薹之歌》《檀香刑》。《生死疲劳》中陌生化的叙事视角、动物拟人化的陌生化语言都使得小说幽默丛生，令人捧腹。《酒国》描绘了一幅官场众生相，讽刺了当前中国社会的政治阴暗面。《蛙》影射了中国的计划生育政策，其中很多幽默语句都对其时中国社会的某些落后与阴暗现象进行了讽刺。《丰乳肥臀》中通过八女求子的故事讽刺了“重男轻女”的落后思想，同时由一个家族发散出来

① 何兆熊：《新编语用学概要》，上海外语教育出版社 1999 年版，第 154 页。
② 同上，第 155 页。

的与社会各种势力错综复杂的关系也反映了中国20世纪的政治现状。《食草家族》中狂欢式卑贱化的语言风格表现了农民的粗俗和野性，张扬了农民的原始生命力，制造了很多的幽默语料。《天堂蒜薹之歌》体现了莫言关注民生疾苦的悲悯情怀。《檀香刑》独特的叙事视角、狂欢化的语言、民间文学式的结构模式都使这部小说充满了独特的莫式魅力。

另外，笔者还选取了莫言的几部中篇小说集，主要有《师傅越来越幽默》、《欢乐》和《怀抱鲜花的女人》。这几部中篇小说集收录了莫言的代表性中篇小说，展现了莫言独具特色的艺术表现手法，特别是《师傅越来越幽默》堪称莫言小说黑色幽默的代表之作。

除此之外，笔者还选取了莫言的一部短篇小说集《白狗秋千架》。这部小说集从多个角度反映了乡村众多灰色小人物的灰色人生，最接地气，最能体现农民笑骂并重的话语特色。

笔者通过精读、细读从莫言小说的文本中提炼出大量的语料，综合运用语言学、文学及文化方面的相关理论，结合具体文本分析莫言小说构建幽默的方式：在语言学上重点论述了莫言利用违背会话合作原则以及用比喻的修辞手法制造幽默；在文学上通过塑造与自己同名的“莫言”和人化动物形象制造幽默；在文化上，利用民间诙谐文化中的童谣、快板、幽默小故事、起名起外号来制造幽默。

莫言不只是为幽默而幽默，他的幽默具有丰富的情感色彩——黑色幽默、黄色幽默及灰色幽默，色彩缤纷，各有特色，共同绘就了一道绚丽的“幽默彩虹”。同时莫言的幽默又不只是浮于表面，而是具有深刻的精神内涵。莫言始终坚持“作为老百姓的写作”立场，他的幽默是属于芸芸众生的，他用幽默的笔触揭示了笔下人物残酷的人生，并影射了当时的社会背景，笑过之后发人深思、耐人寻味。

笔者期望对莫言小说中幽默的研究可以拓宽莫言小说的研究视野，给在莫言小说研究中艰难跋涉的研究者以新的思路和启发，促进莫言小说研究向纵深发展。同时笔者也希望从一个全新的角度来解读莫言小说的创作手法及艺术特色，更深入地认识莫言小说中的幽默，以把握莫言小说的丰富意蕴。

第一章　幽默研究概述

第一节 幽默的内涵

“幽默”原本在汉语中是找不到的，它是个外来词。古代生理学中，幽默系指人体内部的血液、黏液、胆汁和黑胆汁这四种液体，人们当时认为这些体液不同比例的混合决定了人的气质和性格。英国的本·琼生（Ben Jonson）最先赋予 humor 这个词戏剧含义，创作了《伏尔蓬涅》《个性互异》等充满幽默特色的喜剧作品，使得幽默与喜剧取得了联系。17、18 世纪，幽默逐渐成了一种创作风格，成为西方喜剧的主要话语模式，渐渐形成了现代意义上集笑、讽刺、滑稽于一体的幽默。

最初把“humor”翻译成“幽默”并引入国人视线的是林语堂，他在《“幽默”杂话》一文中言道：“幽默二字原为纯粹译音，行文间一时所想到，并非有十分计较考量然后选定，或是藏词奥议……惟是我既然提倡用‘幽默’自亦有以自完其说。凡善于幽默的人，其诙谐必愈幽稳，而善于鉴赏幽默的人，其欣赏尤在内心静默的领会，大有不可与外人道之滋味，与粗鄙显露的笑话不同。幽默愈幽愈默而愈妙。故译为幽默，以意义言，勉强似乎说得过去。”[①]

① 尉万传：《幽默言语的多维研究》，博士学位论文，浙江大学语言学及应用语言学，2009 年，第 5 页。

关于什么是幽默，也许很多人会像美国的幽默理论家赫伯·特鲁（Herb True）在《论幽默——幽默的艺术》中说的一样，最简单的答案也许就是反问一句："谁知道？"很多人都能感觉到幽默，但要具体给幽默下个定义，却又无从下手，大致是因为幽默自有一番玄妙，只可意会不可言传，同一个幽默又或许不能令所有人都感觉到可笑，因而很难总结幽默的内涵。

一、国外词典或百科全书对幽默的解释

《世界幽默艺术博览》[①]、《幽默的语言艺术》[②] 及《言语幽默的语言学分析》[③] 都借鉴国外的百科全书和词典对幽默做了一定的解释。在这里就结合这三本书总结一下国外对幽默的阐释。

英国的《新卡克西顿百科全书》指出："幽默"一词与"湿"有关，源于拉丁文，古生理学猜测，人体内有四种基本汁液，即"四种主要体液"：血液、黏液、胆汁和黑胆汁。一个人的基本性情和气质取决于哪种体液占有优势或支配地位。我们至今依然将人们划分为乐观自轻型、迟钝冷淡型、性急暴躁型和忧郁怪癖型（希腊文

① 李林之、胡洪庆：《世界幽默艺术博览》，上海文化出版社 1990 年版，第 3—5 页。

② 龚维才：《幽默的语言艺术》，重庆出版社 1993 年版，第 5 页。

③ 蒋冰清：《言语幽默的语言学分析》，青海人民出版社 2008 年版，第 5—17 页。

是“黑色胆汁”）。体液暂时的不平衡会引起情绪上相应的起伏变化。因此，四种体液的名称不仅适用于情绪本身，而且也运用于具有种种典型的心情的形形色色的人物，尤其适用于那些耽于幻想、行为怪诞或蠢笨的人。这就是体液一词在“体液的喜剧性因素”理论中的意义之所在。这一理论出自英国大师本·琼生，他书中的人物形象以及他们的“幽默”因而都成了嘲讽的对象。17 世纪时，英国人为之颇感自豪的那些“幽默家”，对于我们今天来说仍不免有些离奇古怪。早在 1702 年，乔治·法奎尔就对“幽默”的运用赋予了近似于现代的含义，他说，“朝臣善机智，百姓要幽默”。

美国《新时代百科全书》认为，幽默表达了人们嘲笑自己及其所创建的社会时的得意心态。幽默的性质已被证明是难以捉摸的，即便是伟大的思想家也为之而困惑。亚里士多德从不协调性角度确定了幽默的定义，一切荒谬可笑的事物都包含了某种“不致酿成伤害和痛苦的缺陷或丑”。康德认为笑是在“紧张的期待突然消失之际的一种情感”。弗洛伊德把幽默视为人类发泄自己被抑制欲望的途径。……最好的幽默定义也许是最简单不过的了，幽默乃是一切滑稽可笑的事物。①

德国的《麦耶大百科全书》：古代与中世纪的医学认为，人体内部四种体液（humores）的混合决定一个人的气质和性格。自 18 世纪始，该词受英国幽默家的影响，才初具幽默定义，即今天作为

① 尉万传：《幽默言语的多维研究》，博士学位论文，浙江大学语言学及应用语言学，2009 年，第 7 页。

观点和表现手法的那种含义，并以喜剧艺术种类之一的身份确定了其美学地位。第一个给幽默下定义的让·保尔就指出了幽默的喜剧性含义，并认识到“非常高兴”与思维所形成的反差对比是长期存在的。从此以后，以此为基础的幽默结构的研究者（如基可果、霍夫根等人）多将幽默看作真实的发现，或看作一种在非真实的表现形式中理想、人道、价值的发现。其中表现形式的不协调与两个方面的因素有关：一是想象意识层，二是现实范围。正因为如此，这种不协调性（讽刺、谐谑等常与嘲弄一起在一部幽默作品中交相辉映）才显得越发奇妙、滑稽。这种对真实与非真实之间的矛盾的肯定又引出了幽默的广义定义：滑稽有趣、热情洋溢、与人为善，从容地对待他人的弱点及日常生活中的形式多样的忧郁感，甚至是忍受艰难困苦的精神力量。

法国的《拉鲁斯大百科全书》认为：幽默（humor）一词，是Humeur 的英文形式，源于中世纪，而我们现在使用的含义却首先起源于文学作品。这种情况来自 16 世纪末英国剧作家本·琼生对喜剧所做的探讨。人们当时争论不休、想要弄清的主题是，性格的古怪乖僻是否与希波克拉底医学所述人体中的胆汁、黑胆汁、黏液、血液这四种基本体液的不同混合方式有关。本·琼生在当时堪称革命的尝试中，发现了戏剧类型的理论要素，使肉体和心理合为一体。所谓幽默的人，指的是他的基本性格受到一种特殊体液或各种体液的不同混合方式的影响。这就极大地丰富了从古代戏剧传统中继承下来的各种典型性格。

苏联的《苏联大百科全书》则认为幽默是喜剧性的一种特殊形式，它集嘲弄和同情于一体，表面上既有令人发笑的阐述，内里也蕴含着对嘲弄对象的关注。

日本《日本大百科全书》认为，幽默不是以居高临下的超然态度来讥讽他人愚蠢的笑，而是在嘲笑他人的同时又倾注了对包括自己在内的人类可悲本性的哀怜的一种复杂的笑。幽默不只是对眼前种种现象的反映和发现，而与一种更为抽象的人生观念相关联。幽默引起的不只是哄堂大笑，有时还有苦涩的微笑或含泪的强笑。幽默以悠然超脱或达观知命的态度来待人处世，这与那种以功利观点对待人生的态度是格格不入的。①

二、西方学者对幽默的解释

西方很多学者从哲学、语言学、心理学等角度对幽默做出了一定的解释，伊曼纽尔·康德（Immanuel Kant）认为“笑是紧张的预期忽化归乌有时之情感”。②

亚里士多德（Aristotélēs）从不协调性角度确定了幽默的定

① 尉万传：《幽默言语的多维研究》，博士学位论文，浙江大学语言学及应用语言学，2009 年，第 7 页。

② 林语堂：《林语堂经典作品选·论幽默》，当代世界出版社 2002 年版，第 40 页。

义：一切荒谬可笑的事物都包含了某种“不致酿成伤害和痛苦的缺陷或丑”。

奥地利精神分析学家西格蒙德·弗洛伊德（Sigmund Freud）把幽默视为人类发泄自己被抑制欲望的途径。[①] 幽默分为两种情况：一是针对自己的幽默，一是针对他人的幽默。无论哪种情况，幽默都能使旁观者（听众）分享到幽默的快乐。幽默有以下几个特征：一、幽默有某种释放性的东西。与玩笑一样，幽默是潜在的情感能量的释放。二、幽默有拒绝现实的要求和实现快乐的原则。与玩笑相比，幽默还有某种高尚庄严的东西，它是自我不屈从外界痛苦并藐视这种痛苦的自信、乐观。所以，幽默不是屈从，而是反叛，它表示了自我的胜利，表示了快乐原则的胜利。[②]

英国的卓别林认为，所谓幽默，就是我们从看来是正常的行为中觉察出细微差别。换句话说，通过幽默，我们在貌似平常的现象中看出了不正常的现象，在貌似重要的事物中看出了不重要的事物。[③]

德国的喜剧作家让·保尔认为从无限者，从深处来观照，就发现了有限者、渺小和浅薄的可怜、可爱而又可笑；就发现了幽默，或称浪漫的滑稽。幽默就是这样一种眼光：它通过有限的渺小测知无限的伟大，发现所有的有限者等于无，于是产生一种伴有悲哀的

① 尉万传：《幽默言语的多维研究》，博士学位论文，浙江大学语言学及应用语言学，2009 年，第 7 页。

② 蒋冰清：《言语幽默的语言学分析》，青海人民出版社 2008 年版，第 7 页。

③ 同上书，第 6 页。

笑。幽默是卑下与崇高之间对比的结果。[①]

德国的美学家T. 里普斯把幽默分为三种形式：一、幽默是审美主体自有的心境，二、幽默是艺术家的表现方式，三、幽默是喜剧对象的特性。他还把幽默分为三个阶段：和解性幽默（又称幽默性幽默）、挑衅性幽默（又称讽刺性幽默）、再和解性幽默（又称隐潮性幽默）。[②]

美国幽默理论家彼得在《幽默定律》中认为最高级的幽默是能够欣赏和嘲弄任何一个想法的任何一个方面。[③]这并不是说对迷信、不公平、伪善和暴力也泰然处之，而是说能用幽默的观点来看这些事情。幽默不仅能增强识破谎言和解决矛盾的能力，而且在情结困扰的情况下能帮助你看清矛盾和欺骗。几乎所有的人都能用幽默对待过去的事情，比如有时在事情过后，我们会对当时感到非常麻烦的事一笑了之。高度的幽默感就是对眼前的困境也一笑了之。[④]

哈维·闵德斯，美国幽默心理学家，他在《笑与解放——幽默心理分析》一书中指出，幽默是一种精神结构，充分发展的幽默感已超出了笑话、诙谐和笑本身。幽默是一种精神结构，是一种领悟和体验生活的方式。它是一种眼光，一种特殊的观点，具有巨大的心理治疗功能。它使我们赢得起输得起，使我们超越现实和幻想，

① 龚维才：《幽默的语言艺术》，重庆出版社1993年版，第6—7页。

② 同上书，第7—8页。

③ 同上书，第10页。

④ 蒋冰清：《言语幽默的语言学分析》，青海人民出版社2008年版，第9页。

使我们不再需要任何超过事物朴实性质的东西。幽默感在最深刻的意义上正是唤醒并保持这种特殊精神结构的能力。闵德斯认为，幽默的核心本质是可以把握的。幽默的核心是一种转瞬即逝的精神状态。①

尽管无法确切地给幽默下一个定义，但我们却能感受幽默，掌握幽默的力量。当你能够使用它，将它与人分享，它就会发展，最终发展成你人格中的特质。当你能够借助“第六感”——幽默感——来表达你的幽默时，你自己就是幽默专家了。除了幽默以外，我们还需要拥有好奇的精神、有趣的灵魂，以及随时为他人着想的胸怀，最后还要坦诚地表达自己的感受。如果你能将以上各项综合起来，并加以灵活运用的话，你就能将幽默转变为幽默力量，这时你才算真正理解了幽默的真谛。②

三、中文词典对幽默的解释

中国的很多词典也对幽默做了一定的解释，具体如下：

在《现代汉语词典》（第7版）中的解释为：“有趣或可笑而意味深长。”

① 蒋冰清：《言语幽默的语言学分析》，青海人民出版社2008年版，第8页。

② 同上书，第7—8页。

《修辞学词典》（1987 年版）认为幽默是一种“用俏皮、含蓄、机智的方法所达到的使人发笑、潜移默化的修辞效果”。

《辞海》（1999 年版）中的解释是：“幽默”为英文 humour 的音译。在文学艺术中有两种含义：（1）发现生活中的喜剧性因素和在艺术中创造、表现喜剧性因素的能力。（2）一种艺术手法。以轻松、戏谑但又含有深意的笑为其主要审美特征，表现为意识对审美对象所采取的内庄外谐的态度。通常是运用滑稽、双关、反语、谐音、夸张等表现手段，把缺点和优点、缺陷和完善、荒唐和合理、愚笨和机敏等两相对立的属性不动声色地集为一体。在这种对立的同一中，见出深刻的意义或自嘲的智慧风貌。[①]

中国台湾的《环华百科全书》中的解释为：幽默为 humour 之音译，我国原无此辞，林语堂将之定义为“幽默者是心境之一状态，更进一步，即为一种人生观的观点，一种应付人生的方法”。幽默的含义甚多，有诙谐的意味，有滑稽的意味，也有调侃的意味。文学上所谓幽默文学，殆指诙而不谑令人莞尔的文字。西方素重幽默文学，我国因受道教影响，幽默少见于正统文学，但却多见于俗文学与说部。入民国后，林语堂以幽默驰名文坛，被称为幽默大师。生活中，一些人言谈轻松、举止自然，往往能一语解颐，冲淡紧张或尴尬局面，则曰此等人“具有幽默感”。幽默感是一种处世艺术。人生如戏，芸芸众生有如戏中的傀儡。如能看破人生的严肃面，自

① 夏征农主编：《辞海》，上海辞书出版社 1999 年缩印版，第 2058 页。

然能以较为轻松的态度应付人生，幽默感就是从这种轻松的处世态度中自然流露出来的。[①]

四、中国文化名人对幽默的理解

除了这些词典、百科全书的界定以外，中国很多知名的作家、理论家和美学家都做了很多堪为经典的阐释，最有名的当数林语堂先生，他认为“幽默有广义与狭义之分，在西文用法，常包括一切使人发笑的文字，连鄙俗的笑话在内。……在狭义上，幽默是与郁剔、讥讽、揶揄区别的，这三四种风调，都含有笑的成分。不过笑本有苦笑，狂笑，淡笑，傻笑各种的不同，又笑之立意态度，也各有不同，有的是酸辣，有的是和缓，有的是鄙薄，有的是同情，有的是片语解颐，有的是基于整个人生观，有思想的寄托。最上乘的幽默，自然是表示‘心灵的光辉与智慧的丰富’，如麦烈蒂斯氏所说，是属于‘会心的微笑’一类的。各种风调之中，幽默最富于感情……”[②]林语堂把幽默看成只有在深远的心境下方可拥有的一种态度、一种格调、一种人生观，自然冲淡，读之心灵启悟，胸怀舒适。另外林语堂还区分了幽默与讽刺、滑稽、机警和郁剔之间的区

① 蒋冰清：《言语幽默的语言学分析》，青海人民出版社2008年版，第17页。

② 林语堂：《林语堂经典作品选·论幽默》，当代世界出版社2002年版，第39页。

别，认为讽刺趋于酸腐，去其酸辣心境冲淡便成幽默。幽默清淡自然，滑稽多炫奇斗胜，而郁剔出于机警巧辩。幽默客观自然，机警主观人工。幽默是冲淡的，郁剔讽刺是尖利的。[①]

鲁迅是中国现代著名的文学家、思想家、革命家。他对五四以后兴起的幽默文学的态度还是比较肯定的，认为只要不是关系到国政或战争等严肃的问题，偶尔说几句幽默的话是无关大体的。但是面对中国20世纪30年代的社会现状，鲁迅更强调幽默应该兼具一定的战斗性，单纯的庸俗的幽默对当时的社会是非常有害的，他坚决反对给一些油滑、轻薄的言语戴上“幽默”的帽子。鲁迅的杂文可谓是讽刺幽默艺术的杰作，他的杂文中多是对生活中一些可笑可鄙事情的反映，多用辛辣、犀利的言语来证明血淋淋的现实。在他撕破一切伪装后，又使人感受到他对未来及正义的坚持和信心。[②]

老舍先生也是一位幽默大师，曾在《什么是幽默》《谈幽默》《幽默的危险》等文中对幽默做了独到的论述。老舍先生的幽默里带着睿智，具有高度的观察力和想象力，并且善于运用智慧、聪明及种种技巧使人发笑。同时老舍先生的幽默又是充满温情、宽容的，认为事事虽有可笑之点，人人虽有可笑之处，但要有一副一视同仁好笑的心态，不能一笑了之，笑里应带着同情，幽默

① 林语堂：《林语堂经典作品选·论幽默》，当代世界出版社2002年版，第39页。

② 蒋冰清：《言语幽默的语言学分析》，青海人民出版社2008年版，第11—12页。

乃通于深奥。[①]

钱锺书先生博古通今、才华横溢，以中国美学中的“和谐”来论述幽默，认为“和谐——谐和——不谐”的矛盾运动是幽默的基本形态和演进模式。在《说笑》一文中他深刻地阐述了幽默的内涵和特性，一个真有幽默感的人，不管是欣然独笑还是冷然微笑，都可以排解人生的沉闷，轻透一口气。关于幽默的功能，他指出，幽默是一种游戏，一种戏弄和淡化生活重负的自嘲自解方式，要幽默地看待人生及幽默本身，反躬自笑，而不是事事看得太严重。[②]另外他还把幽默视为人类文化的普遍现象，当作世界文化的一般形式，中外亦是如此，并从大量的经史子集中研究幽默的题材及历史演变规律，发现妙趣横生的美学事实。

朱光潜从心理学的观点来分析谐趣（the sense of humor）是人类最原始的普遍的美感活动。游戏中皆带有谐趣，而谐趣中也皆带有游戏。总而言之，他认为谐趣就是以游戏的心态对待人事和物态的丑鄙，把其当成一种有意的意象去欣赏。[③]

宗白华认为：“真正的幽默，是在平凡渺小里发掘价值，以高的角度测量那‘煊赫伟大’的，则认识它不过如此。以深的角度窥探‘平凡渺小’的，则发现它里面未尝没有宝藏。一种愉悦，满意，

① 马俊杰：《幽默知识大观》，中国城市经济社会出版社1990年版，第29页。

② 同上书，第35页。

③ 蒋冰清：《言语幽默的语言学分析》，青海人民出版社2008年版，第13页。

含笑，超脱，支配了幽默的心襟。”[①]

余光中先生在散文《幽默的境界》中也阐释了自己对幽默的理解，认为“高度的幽默是一种讲究含蓄的艺术，暗示性愈强，艺术性也就愈高”[②]。幽默的人可谓是一种天才。一个真正幽默的心灵，内心深处必定是富足、宽厚及圆通的，绝不能抱定一个角度去审视人或自己。一个幽默的人不但会幽默他人，而且亦可幽默自己，不但可嘲笑他人，而且亦可自嘲、自贬，甚至能达到物我交融、人我不分的忘我境界，像钱锺书所说的那样，欣然独笑，幽默是水流心不竞的。

当代喜剧美学理论家陈孝英也对“幽默”做了界说：幽默有多层含义。广义的幽默是生活和艺术中各种喜剧形式的总称；狭义的幽默是创作主体以比较温和的态度和比较含蓄的手法，通过美与丑的强烈对照，对包含喜剧因素的事物作有意识的理性倒错的反映，造成一种特殊的喜剧情境，并进而创造出一种包含复合感情、充满情趣而耐人寻味的意境，使欣赏主体（审美主体）产生会心的笑，来表达美对丑的优势。同时指出特殊的意境是幽默的审美本质，情感的复合性、风格的情趣性以及态度的嘲弄性所决定的特殊意境是幽默的审美本质。就审美主体而言，幽默意境的获得主要是通过四个环节来完成，即制造悬念、着意渲染、出现反转以及产生突变，

① 蒋冰清：《言语幽默的语言学分析》，青海人民出版社2008年版，第13页。

② 雷锐等编：《余光中幽默散文赏析》，漓江出版社1992年版，第1—5页。

其中反转是制造幽默意境的关键。①

李林之和胡洪庆在其主编的《世界幽默艺术博览》中同样也总结了幽默的内涵。他们的观点和陈孝英基本一致，认为幽默有广义和狭义之分，对广义的幽默和狭义的幽默也做了一定的阐述，但基本观念和陈孝英的别无二致，扩大了广义幽默的范围，把一切能引起具有审美价值的笑的因素都称为幽默。在阐述狭义幽默的时候也强调了创作主体需运用比较温和而含蓄的手法，以及美和丑的强烈对照来制造一种特殊的喜剧情景，从而使审美主体产生一种会心的笑。②

可见对同一事物的认识是仁者见仁、智者见智，至今幽默仍没有一个统一的定论，但从众说纷纭的定义中我们还是可以总结出大致一致的因素，一是可笑性，它是喜剧的一种特殊表现形式，要能使人发笑。当然，如林语堂先生所言笑也有很多种，不管暗含什么样的情感色彩，首先还是能使人感觉到有趣可笑。二是有意味，内庄外谐，运用一定艺术表现手段表现人物复杂的情感，充满情趣又意味深远。三是不协调性，主观认识和客观实际之间要有一定的反差，反差越大，幽默的趣味性越强。

① 马俊杰：《幽默知识大观》，中国城市经济社会出版社 1990 年版，第 37 页。
② 李林之等：《世界幽默艺术博览》，上海文化出版社 1990 年版，第 14 页。

第二节　影响幽默产生的因素

幽默是人类生活的润滑剂，是一种对人生的态度，一种内心的境界，一种高尚的修养。如果一个人能怀着乐观积极的幽默态度来看待人生，那么他就会发现人生充满了乐趣，处处都是喜剧。然而幽默的产生受很多因素的影响，也许一个人听到几句幽默的话不禁发出会心的欢笑，而另一个人却不以为然，感觉无可笑之处。究其原因，幽默主要受以下几个因素的影响。

一、从横向来说，不同地域文化习惯的碰撞容易产生幽默

地域对幽默的产生、表达方式及表现特色有很大的影响，不同地域由于历史文化及价值思想不同呈现出的幽默特色也各异。这里的地域我们可以从大的方面来比对，比如东西方之间。因为东西方在文化习惯、思维方式上有很大的差异，所以幽默也表现出不同的特色。总的来说，西方人的思想比较开放，所以表达幽默较为直白，如人们喜欢开一些性笑话，仿佛不谈及此话题便没有幽默。而东方人则比较保守内向，所以表达起来比较含蓄，在“性”问题上

更是三缄其口。西方各个国家也不尽相同，比如英国人比较优雅礼貌，不会涉及生殖器官方面；而法国人比较浪漫，通常幽默富有黄色性色彩；美国人则比较粗野直率；德国人则刻板拘束，不善幽默。因此当一国的人欣赏他国的幽默时未必觉得好笑。有的幽默作家创作出了反映不同国家幽默特色的小品，如：

酒中之蝇①

在餐厅要一杯啤酒，却赫然发现啤酒中有一只苍蝇——

英国人回以绅士的风度吩咐侍者："换一杯啤酒来！"

法国人将杯中物倾倒一空。

西班牙人不去喝它，只是留下钞票，不声不响地离开餐厅。

日本人令侍者去叫餐厅经理来训斥一番："你们就是这样做生意的吗？"

中国人把意见写进意见簿里。

沙特阿拉伯人则会把侍者叫来，把啤酒递给他，然后说："我请你喝……"

美国人会说："以后请将啤酒和苍蝇分开放，让喜欢苍蝇的客人自己混合，你看怎么样？"

① 龚维才：《幽默的语言艺术》，重庆出版社1993年版，第205—206页。

从以上幽默小品中也可以看出东西方幽默的差异，东方国家的特色总的来说倾向于保守，但也不太一样。像日本人比较严肃，不太有幽默感。中国人比较委婉、内敛，长期封建礼教和宗法制度的束缚使得中国人不习惯像西方人那样无拘无束地表达自己的意见。中国的幽默多表现为“谑而不虐，温柔敦厚，喜不形于色，笑不过于狂”[①]的特点，体现出一种软幽默。起初幽默多见于民间笑话之中，随着思想的解放，现在它越来越受到民众的喜爱，如相声、小品、东北二人转、喜剧电影、幽默画、荒诞剧等，人们的幽默语言也越来越丰富多彩。

从小的方面来说，一国内部不同地域之间由于文化传统、地方方言、风俗习惯不一样，幽默也有不同的特色。比如中国南北方由于文化的不同，在感应幽默的时候也存在明显的差异。小品和相声是北方人较为喜爱的幽默艺术形式，也是每年春节联欢晚会逗引全国人民开心的重头戏。对北方人来说过春节吃团圆饭，饺子和春晚缺一不可。而春晚最让人期待的是那些引人发笑的节目，比如赵本山的小品、冯巩的相声。有些小品相声中的台词已成为人们茶余饭后互开玩笑的流行语，比如“不差钱”“一睁眼一闭眼就过去了，嚎～”……但这些北方人认为的幽默话语，在南方人看来却未必可笑。北方人的豪爽直率、字词儿化、字正腔圆都是南方人不太理解和明白的，所以有时品不出笑点。同样南方人喜爱的，比如大兵和

① 阎广林：《笑：矜持与淡泊》，国际文化出版公司1989年版，第23页。

赵卫国的相声、周立波的脱口秀等，很多时候以南方方言为依托逗人发笑的方式也很难引起北方人的共鸣。

目前红透大半个中国的郭德纲自小在梨园打磨，对各种艺术形式都颇有造诣，因而他的相声带有浓浓的京味儿，把各种时事热点、市井民俗融入他的“包袱”之中，嬉笑怒骂乐趣无穷，深受北方人的喜爱。

如郭德纲的《我是音乐家》中也出现了谐音制造“包袱”的段子：

郭：唉，真是“一失足成千古粪”啊！

于：“千古粪”啊？是“千古恨”！

郭：千古恨，对，我很恨这个粪，我粪恨！①

郭德纲的《西征梦》中出现很多夸张性地表现河南话特点的片段：

郭：泥咋菜来捏？泥干啥去了，泥个龟孙儿？②

郭德纲在普通话中巧妙地融入了河南方言，再加上他淋漓尽致的表演，使得这种幽默的设计令人忍俊不禁。

像以上摘选的郭德纲相声片段，诗词再加北方方言，北方人听了开怀大笑而南方人未必能有同感。同样用一口地道的上海话、一

① 王迪：《浅析郭德纲相声语言的幽默性》，《现代语文（语言研究版）》2012年第10期。

② 同上。

副绅士般的“小资”情调驰骋十里洋场的周立波，他的海派清口虽在南方赢得了一定的声誉，但很多不太懂上海话的北方人听了却是一头雾水，如周立波表现身为上海人自豪的语段：

> 这些丑化我们上海人的小品演员们，阿拉上海的泡饭吃过吧？阿拉钢窗蜡地见过哇？阿拉外滩的清风吹过吗？真是碰到赤佬了嘛！其实阿拉上海人不在乎的，你们北方人过来我们照样捧场，因为上海是个海纳百川的地方。①

这种带有上海特色风味的幽默片段，让很多南方人听得有滋有味，但北方人听了估计也只有陪笑的份儿了。

把地域范围再缩小到两个城市来比较，幽默风格也是不尽相同，有代表性的当数北京和上海。北京人说话字正腔圆，且作为几朝古都，因而它的幽默传统文化意味浓厚，如报载北辰集团总经理的事迹。

张百发（北京副市长）主持会议，布置安排亚运会相关事宜，到会的尽是北京区级领导、18 家大企业的“一把手”。当张百发让北辰集团总经理自我介绍时，这位 50 多岁的中年人起座便说：

> 承蒙各位巨头光临，欢喜不尽。百发让我在这儿当店小

① 吴宜聪：《周立波“海派清口”的语言特色分析》，硕士学位论文，宁夏大学，2014 年，第 38 页。

二，过几天大家检查，还望多多包涵，我这厢有礼了！[①]

这番话尽显说话人的学识涵养，彬彬有礼中带有京剧式的韵味，幽默中又意味深长，充分体现了老北京人的幽默特色，这样的幽默上海人是学不来的。

上海人给人的印象一般是比较务实、精明能干、高傲排外、不虚言谈笑，很多笑话都反映出上海人这样的性格，如：

一追求银行小姐的男青年递上一张条子："尊敬的小姐，一年来，我一直在认真地储蓄我的感情，期望有天能得到丰厚的利息。现在我想零存整取的时间已来到，请您连本带息地付给，不知兑现率如何。"署名"一个虔诚的储蓄者"。[②]

正因为如此性格，很多人称上海人不太懂幽默，没有幽默细胞。其实这种说法是立不住脚的，沪语专家钱乃荣就反驳说：上海的滑稽戏和海派清口就是"上海幽默"的经典代表。现在《老娘舅》《噱占上海滩》《笑林大会》《生活大爆笑》等节目的出现都证实了上海人越来越懂幽默。

因此大到国家，小到地方，由于地域文化不同、思维方式各

① 龚维才：《幽默的语言艺术》，重庆出版社 1993 年版，第 204 页。

② 杨东平：《城市季风：北京和上海的文化精神》，新星出版社 2006 年版，第 338 页。

异，幽默的表现效果也不尽相同。

二、从纵向来说，时代背景的反差也容易产生幽默效果

幽默虽在不同的时空背景下均反映了人们乐观积极的心态，具有娱乐的功能，但不同的时代背景下人们的思维方式、语言习惯及表现内容不同，幽默的情趣和风格也随之表现出别样的特色。因此在一个历史背景下流行的幽默笑话及故事，换一个时代背景人们未必能读出其中的笑点。

如北宋时期的大文豪苏轼就曾经有这么一则笑话：

苏东坡喜欢吃猪肉，且自有煮法，所以后来有“东坡肉”这一菜名。有一天，苏东坡的朋友佛印煮好肉准备招待他，不料肉被人偷吃了。苏东坡就写了这样一首诗：

戏答佛印

远公沽酒饮陶潜，
佛印烧猪待子瞻。
采得百花成蜜后，
不知辛苦为谁甜。[①]

① 龚维才：《幽默的语言艺术》，重庆出版社1993年版，第172页。

这首诗中远公即东晋高僧慧远，陶潜即田园诗人陶渊明。诗人一开始就化用远公买酒招待陶潜的典故，引出此次佛印招待东坡的故事。“采得百花成蜜后，不知辛苦为谁甜”两句则巧妙地化用唐代诗人罗隐《蜂》，比喻佛印辛辛苦苦煮好的肉却被偷，白忙一场，让别人捡了个大便宜。短短四句引经据典，意趣渗透于字词之间，非博知者难懂东坡之幽默。中国悠悠几千年的历史，其中不乏幽默的民间笑话、故事传说及文学著作；但是时空转换到现在，时间短些的勉强能读懂，时间久些的要穿越千年，没有一定的文化功底很难捕捉到古人的乐趣。

三、幽默还跟个人的文化储备有关

幽默从另一个角度说是一门笑的艺术，但这种艺术不是谁都能欣赏的。有些幽默需要一定的文化功底，也需要一定的经验积累。如果一个人的知识素养不高，经验积累不够，再幽默的段子到他那里也是索然无味，更难理解其言外之意。

下面是赵本山和宋丹丹的小品《钟点工》中的片段：

宋：你就拉倒吧，你就搁家，整个网，上网呗。

赵：我多年不打鱼了，还哪有网呀？那么多年了。

宋：我说的是电脑，上网。

赵：电网呀?

宋：嗯。

赵：电脑的上网?

宋：电脑网。

赵：啥网呀?

宋：因特儿网呀。

赵：哈哈哈。我明白了，你说的是高科技，因特网，可以网上聊天。

宋：嗯。

赵：行，但是那电脑钱贵呀。

宋：你这消费观念不行。你看我，浑身上下都名牌。

赵：啊。

宋：我这鞋，阿迪达的。裤子，普希金的。衣裳，克林顿的。皮带，叶利钦的。你再瞧我，我这兜里头用的都是世界一流名牌化妆品。

赵：啊。

宋：美国著名明星麦当娜抹啥我抹啥。

赵：麦当娜是谁呀?

宋：你不认识呀? 她妹妹你指定熟悉。

赵：谁呢?

宋：麦当劳么。

赵：我吃过。[①]

这段小品中一个紧跟时代潮流的时尚大妈的人物设置本身就非常有趣，而从农村来对城里新鲜事物一无所知的大叔形象设置得更是巧妙，跟大妈在形象、谈吐、水平、认识上都形成巨大的反差，因此造成了一系列的笑点。小品中大叔听到大妈说出的一系列明星、名牌时并不觉得有多幽默，原因就在于他文化水平不高，对新鲜事物的认识不够，而台下的观众笑声不断则是因为他们了解大妈所提及的人物及品牌，而且跟他们的认识有很大偏离，可见一个人的知识阅历丰富与否对理解幽默的影响。

再如下面的幽默段子：

问君能有几多愁，树上骑个猴，地下一个猴。
众里寻他千百度，没病你就走两步。
天苍苍，野茫茫，我十分想见赵忠祥。
红酥手，黄縢酒，大爷，这个真没有。
书中自有黄金屋，不是大款就是伙夫。
万水千山总是情，你是没事找抽型。

① 赵本山等：《钟点工》，2000年中国中央电视台春节联欢晚会节目，见https://tv.sohu.com/20130118/n363941453.shtml。

南朝四百八十寺，此处省略一万字。[1]

这段幽默小品把诗词名句、名人名言和赵本山的经典小品台词巧妙地拼贴到了一起，古诗词名句与现代通俗小品台词不管是在形式上还是在内容上都产生了严重的不协调感，表现了写作者高超的写作技巧。如“问君能有几多愁”的下一句本是“恰似一江春水向东流”，但此段却套用了赵本山在小品《卖拐》中的幽默语句，因此那些了解诗词和熟悉赵本山小品的人，瞬间就能意会到前后句存在的反差，感到可笑之极。但那些既没有一定古文基础也不常看小品的人，则很难领悟到话中的妙趣。可见能不能意会到幽默跟个人的文化储备有很大关系。

① 哈里露丫：《憋不住你就笑——让你乐翻天的幽默笑话大全》，广西人民出版社 2012 年版，第 296 页。

第三节　幽默的研究现状

幽默是个古老的课题，有着悠久的历史，长期以来不断吸引着哲学、社会学、心理学、语言学等诸多学科的学者研究探索其中的奥秘，且硕果累累。"一般而言，幽默理论和幽默研究大体可以归入三大理论范畴：社会行为角度的优越／蔑视论，心理分析角度的释放论和心理认知角度的乖讹论。"[①]

优越论（Superiority Theory）亦称蔑视论（Disparagement Theory），起源于古希腊和罗马的古典修辞学理论，主要包括那些基于怨恨、敌视、嘲笑、攻击、蔑视和优越的幽默理论。其基本的观点为：笑者处于优势地位，而被笑者处于被蔑视的地位。持此主张的代表人物有柏拉图、亚里士多德、霍布斯、黑格尔、达尔文、赫兹里特、贝恩等。柏拉图认为的笑一般带有一定的情感批判色彩，是一种幸灾乐祸的笑。霍布斯认为笑是对比别人的缺点，突然意识到自己的优点时引起的某种荣耀感。贝恩则发展了霍布斯的理论，认为不必立即意识到优越，另外被嘲笑的对象不一定是人。[②]

① 蔡辉等：《西方幽默理论研究综述》，《外语研究》2005 年第 1 期。

② 尉万传：《幽默言语的多维研究》，博士学位论文，浙江大学语言学及应用语言学，2009 年，第 12 页。

释放论（Release Thoery）亦称慰藉论（Relief Thoery）、放松论（Relax Theory）等。释放论从心理学或精神分析学出发，将幽默机智等引发的笑看成是社会约束所产生的紧张和压抑心理的一种释放和宣泄。斯宾塞、弗洛伊德、伊斯特曼都曾有论述，西格蒙德·弗洛伊德是此论最杰出的代表。[①] 弗洛伊德在他的《笑话及其与潜意识的关系》一书中“将笑话区分为‘无意的’和‘有意的’，有意的笑话包含攻击性的或关于性的内容，并能诱发大笑或者狂笑，而无意的笑话则很少具有情绪情感方面的影响，仅仅能诱发微笑或吃吃的笑”[②]。

乖讹即不协调或矛盾。乖讹论（Incongruity Theory）在当代幽默心理研究中仍然占据主导地位，是对幽默和笑的研究中最具影响力的一种（Raskin 1985:32–33）。[③] 代表人物有康德、贝蒂（James Beattie)、黑格尔和叔本华等。康德认为“笑是一种从紧张的期待突然转化为虚无的感情”[④]。贝蒂对幽默下的定义被广泛接受，认为“两个或更多不一致、不适合、不协调的部分或情况，在一个复杂的对象或集合中统一起来，或以一种头脑能注意到的方式

① 尉万传：《幽默言语的多维研究》，博士学位论文，浙江大学语言学及应用语言学，2009 年，第 13 页。

② 蔡辉等：《西方幽默理论研究综述》，《外语研究》2005 年第 1 期。

③ 尉万传：《幽默言语的多维研究》，博士学位论文，浙江大学语言学及应用语言学，2009 年，第 15 页。

④ 同上。

获得某种相互关系，笑便源出于此”①。叔本华认为“实在的客体总是在某一方面通过概念来思维的，笑的产生每次都是由于突然发觉这客体和概念两者不相吻合。除此而外，笑再无其他根源；笑自身正是这不相吻合的表现”②。

20世纪中后期，对于幽默的研究更是呈现多学科多角度纵横交叉的繁荣景象。Attardo（1990，1993）解释了违反格赖斯的会话合作原则所产生的幽默笑话；Rancher（1980）用言语行为理论解释了笑话的产生。Ritchie（1999，2001，2004）从计算的角度对幽默言语的产生进行了研究。Norrick（1986），Coulson（2001）通过“框架转换”（frame-shifting）的方法来理解幽默言语。Jodlowiec（1991），Curcó（1995，1996a，1996b，1997a，1997b），Larkin（2000），Yus（2003）采用关联理论来阐述幽默言语的理解。Giora（1991，2002，2003）运用她所提出的“有标记的信息量需要”（marked information requirement）和“最佳革新假设”（optimal innovation hypothesis）对幽默言语的理解做出了解释。Dimmer，Sharon A.，Carrol，James L. and Wyatt，Gwen K.（1990）对幽默言语在精神分析中的作用进行了分析；Francis（1994）对幽默言语在交际中作为一种情感管理的

① 蔡辉等：《西方幽默理论研究综述》，《外语研究》2005年第1期。

② 尉万传：《幽默言语的多维研究》，博士学位论文，浙江大学语言学及应用语言学，2009年，第16页。

手段进行了研究。[①]

具体到语言学方面，研究者也从多个角度对幽默进行了探讨。如在语义学角度有 Raskin（1985）的脚本理论（Script Theory of Humor，SSTH）。SSTH 意在解释说话者的幽默能力，Raskin 认为如果一个说话者能说出一个句子在语法意义上的定位，那么说话者就能判别文本是否幽默。脚本是一个被组织的信息块，它是一个认知结构，提供给说话者事物是怎样完成、组织等的各种信息。

另外还有 Attardo & Raskin（1991）的普通言语幽默理论（General Theory of Verbal Humor，GTVH）。这个理论大体上属于语言学理论，但也包含了其他领域的内容，如篇章语言学、叙事学、语用学等，这些知识扩展在五个知识资源（KR）中得到实现。KRs 包含脚本的框架对立、逻辑机制、目标、叙述策略、语言和情境。

从语用学的角度也有很多研究成果，比如 Grice 的会话合作原则、Austin 的言语行为理论、Sperber 和 Wilson 的关联理论等。关于会话合作原则和关联理论在论述时已做了阐释，不再赘述。言语行为理论把言语行为分为言内行为、言外行为和言后行为。言内行为是指说话者说出的这一个句子；言外行为是指说话者通过这一句话所表达的隐含的真实意思；言后行为则是指这一句话在听话人

① 王勤玲：《幽默言语的认知语用研究》，博士学位论文，复旦大学汉语言文字学，2005 年，第 10 页。

方面产生的效果，它与特定的语言环境相联系。[①]听话者只听取字面意思或曲解说话者实际要表达的意思就可能产生幽默。

在修辞学方面，张弓第一个从修辞的角度探讨幽默，认为幽默是修辞的重点辞格。胡范铸的《幽默语言学》不同意也不囿于张氏所提出的“一种辞格论”，而是拓宽视野，将幽默看作一种精神现象，并且区分了广义、常义、狭义三个层次。常义幽默作为一种精神现象又应当包括心力、方式、氛围三个方面。该书站在语言学立场，同时又把幽默置于美学和修辞学两大范畴的联系上进行观照，并具体总结了制造幽默效果的几十种修辞手段。[②]

在中国，对于幽默的研究也是很多学科关注的焦点，代表性的专著有胡范铸先生的《幽默语言学》(1987)，这是我国第一本系统地研究幽默语言的语言学著作。另外孙绍振的《幽默基本原理》(1990)、瓜田的《幽默语言操作》(1993)、龚维才的《幽默语言艺术》(1993)、谭达人的《幽默与言语幽默》(1997)、蒋冰清的《言语幽默的语言学分析》(2008) 等，都从不同角度对幽默语言的产生、理解及功能等方面做过较多的研究。

① 闫芳：《幽默以及幽默语言学研究综述》，《南北桥（人文社会科学学刊）》2010 年第 7 期。

② 秦丽娟：《幽默和张爱玲小说幽默语言研究》，硕士学位论文，四川师范大学，2005 年，第 4 页。

第四节 莫言小说幽默研究现状

自莫言获得诺贝尔文学奖以来，对他的研究一直是文学界及评论界的热门话题，研究著作浩如烟海，研究角度丰富多元，几乎很难找到新的研究突破口，但对于莫言小说中的幽默目前研究者尚少。笔者以“莫言的幽默”为主题在中国知网查找，除了笔者本人发表的《论莫言小说中通过穿插民间小故事制造的幽默》、《论莫言小说〈生死疲劳〉中“人化动物”形象的幽默性》、《论莫言小说中的灰色幽默》及《妙笔生花 笑果累累——论莫言小说运用比喻制造幽默的方式》之外，据不完全统计，相关的期刊论文有十二篇。

主要分析莫言幽默的文章有四篇。宁明的《论莫言小说中的幽默》主要论述了莫言小说中独具东方特色的黑色幽默风格。郭群和姚新勇的《苦难和悲剧的另类书写——论莫言乡土小说的幽默风格》分析了莫言乡土小说惯用的手法，指出莫言的幽默是对苦难和悲剧的另类书写，具有强烈的艺术冲击力。张华的《生存压力与道德困惑中的黑色幽默——解读莫言〈师傅越来越幽默〉》主要解读的是《师傅越来越幽默》一书中的黑色幽默。

在分析语言特色时论及莫言幽默的期刊论文有四篇，硕士学位论文一篇。期刊论文主要有周辉的《莫言小说中的语言艺术特色分析》、邬一凯的《莫言小说语言风格的形成与分析》、孙志红的《浅析莫言小说的语言特色》及林少华《莫言与村上春树的文体特征——以比喻修辞为中心》。硕士学位论文主要有凌伟的《〈生死疲劳〉语言风格研究》。这几篇论文主要在分析莫言小说文本的语言特色时论及莫言语言上的幽默，由于篇幅短小，有的也只是简略地提及，都未系统全面地就莫言的幽默做进一步深入的论述。

另外还有三篇文章主要说明莫言自身是一位非常幽默的作家，如高中梅的《莫言的幽默》、杨美娟的《莫言：不按套路出牌，尽显幽默风采》及辛献云的《莫言：一个中国作家的黑色幽默和独特魅力》。

总的来说很多国内的研究者发现了莫言本身及其作品中的幽默，但有的只是几篇期刊文章，硕士学位论文中也只是在分析语言风格的时候论及了幽默风格，论述并不详尽全面。在国内专门论述莫言幽默的书籍目前尚属空白，由此可见，此方向的研究具有重要的学术价值。

在国外，很多评论家和研究者也发现了莫言小说中的幽默特色，但具体详细地从这一角度进行分析的文章还是很少。笔者发现了一篇名为《莫言的幽默文学》的文章，这篇文章的作者是来自美国的黄承元（Alexander C.Y.Huang），由宋娅文翻译，发表在2013年第3期的《粤海风》上。这篇文章原文叫作“Mo Yan’s Work and the Politics of Literary Humor”，是*Mo Yan in Context:Nobel Laureate and Global Storyteller*一书中的一篇，英文版差不多有 10 页，而《粤海风》的中译版只是选择性地翻译了 3 页。在英文版中，作者认为莫言一直沿袭着中国长期以来的幽默传统，并且在沿袭中不断地进行创新，在文章的摘要中，作者概述道：

> Huang and Duran attend to the ways in which silence as comic technique and authorial selfconstruction works in terms of the character Mo Yan in *The Republic of Wine, Life and Death Are Wearing Me Out, POW!*, and other novels.The study also teases out Mo Yan's use of Chinese humor（幽默，*youmo*）, primarily in his novel *Shifu: You'll Do Anything for a Laugh.*They conclude with a discussion of the ribald humor of understatement that Mo Yan utilizes in *The Republic of Wine* and *Big Breasts and Wide Hips* to comment on sexual peccadillos.①

作者根据莫言《酒国》《生死疲劳》《四十一炮》等小说人物塑造的特色致力于挖掘“silence”（沉默）在喜剧表现和自我建构中所起的作用。作者也简单地梳理了莫言小说特别是《师傅越来越幽默》中的幽默，最后作者对《酒国》和《丰乳肥臀》中出现的低俗的关于性的黄色幽默做出了一定的评述。

① Angelica Duran, Yuhan Huang: *Mo Yan in Context: Nobel Laureate and Global Storyteller*, West Lafayette: Purdue University Press, 2014, p.153.

总的来说，这篇文章篇幅短小，只简单地论及了莫言用幽默和通俗结合构建的反叙事策略、所反映的中国社会现实及着重分析了《师傅越来越幽默》中的幽默，但是不够详尽和全面。

2011 年 *HUMANITIES* 刊登了莫言和 NEH（the National Endowment for the Humanities，美国人文学科捐赠基金会）主席 Jim Leach 的对话，名为“The Real Mo Yan”[①]。

Leach 认为当人们谈论或者书写残酷事件时很难做到幽默，幽默有时比事实本身更能触及人类的灵魂，读莫言的小说，Leach 也感觉到幽默是莫言最伟大的力量。莫言的回答也证实了幽默的力量，不管现实生活多么残酷，幽默是他家乡的人们对抗悲惨生活的方式，莫言也从家乡人身上学到了很多。

另外很多外媒在介绍莫言小说时也多次提及了莫言小说中的幽默特色，特别是小说中的黑色幽默，如他的小说《师傅越来越幽默》在美国出版后引起了强烈反响，很多美国的评论家认为他的作品中充满了现实主义和黑色幽默。在莫言得奖后法新社随即对他独具一格的创作特色做出评论，认为他的作品中掺杂了一定的“黄色”意味，同时又极富黑色幽默色彩。Richard Bernstein 于 2012 年 10 月 12 日在《纽约时报》中文网上发表了一篇题为“In China, a Writer Finds a Deep Well”的文章，这篇文章看到了莫言独特

① Interview with Mo Yan, The Second U.S.-China Cultural Forum , The University of California-Berkeley,America, October 2010.

的表现现实的手法——黑色幽默，但只是泛泛地提及，并没有做透彻的分析。很多外国的大文豪也非常赞赏莫言小说中的幽默，2014年12月16日法国著名文学家勒·克莱齐奥（Jean Marie Gustave Le Clézio）和莫言同时做客山东大学文学大讲堂，克莱齐奥先生也表达了对莫言小说中幽默的赞赏，特别是《丰乳肥臀》，他认为莫言用一种独特的幽默方式使他笔下人物的人生别有一番风味。

总的来说，莫言小说的幽默在外国的评论者中获得了广泛的关注，但由于文化或语言的障碍，有的研究者只是概括性地指出莫言小说中的这一特色，而且多是关注他小说中的黑色幽默，并没有就幽默进行深入、系统的论述。幽默是莫言小说语言的一大特色，只有理解了莫言小说中的幽默，才能更好地理解莫言小说中的语言特色及人物个性，才能更好地把握莫言对待苦难、对待人生的态度。就莫说小说的研究来说，幽默这一方向具有非常重要的研究价值。

第二章　莫式幽默观的成因

幽默是一剂调节生活的佐料，幽默更是一个人智慧的表现，莫言在他的小说中给我们呈现了五彩缤纷的幽默画卷，但他的这种幽默特色不是与生俱有的，“任何一个人都是他所处的时代及社会和文化传统的产物”[1]。莫言自身幽默观的形成也是多种因素交相作用和影响的结果，总的来说，分主观和客观两个方面。下面就从这两个方面分析莫言小说幽默特色的成因。

第一节　影响莫式幽默观的主观因素

说起莫言的幽默风格，首先就要从莫言本身着手。莫言本身的幽默性以及莫言的写作观念都对莫式幽默观的形成起着决定性的作用，是促进莫式幽默发展演变的内在动因。

一、莫言本身就极富幽默性

莫言骨子里充溢着的幽默因子是形成莫式幽默观的基础和前

① 王俊菊：《莫言与世界：跨文化视角下的解读》，山东大学出版社 2014 年版，第 99 页。

提。莫言本身所具有的幽默性在儿时已见端倪，儿时的莫言用他大哥管谟贤的话说是“馋……懒……丑……前脚猫，后脚狗……成不了才的东西”[①]。莫言自己也说“在童年时期、少年时期，非常能说话，非常愿意说话，非常喜欢热闹，非常喜欢凑热闹”[②]，“因为饥饿，馋，特别碎嘴，喜欢说话”[③]，“记忆力比较好，背书冠军，有点小才，但特别调皮，经常冒傻气，做一些怪事，与人比赛吃煤炭，喝墨水什么的”[④]。儿时的莫言和《生死疲劳》中出现的小“莫言”有很多相似之处。《生死疲劳》中的小“莫言”是一个出身卑微、头发焦黄、小眼如缝、相貌极丑、脸皮极厚、不甘寂寞、精力旺盛、贫嘴碎舌、事事掺和、处处招人厌的小屁孩，逼真地勾勒出了莫言儿时的概况。由此可见儿时的莫言是比较外向的，正因如此，莫言招惹了很多是非。莫言幽默风趣的性格在儿时那些枝枝节节的趣事中初见端倪。另外莫言童年时的其他事例也证实了莫言的幽默性，如莫言具有极其丰富的表现能力，讲述听来的戏文，绘声绘色，搞笑之处讲得风趣幽默，极富感染力，使家人都听得入了迷，允许他去听戏。另外据莫言的大哥管谟贤所言，“他记性好，还有点表演才能。读到四五年级，就能够上台表演节目：嘴唇和下巴上粘上几撮棉花唱柳琴戏《老两口学毛选》，逗得观众哈

① 管谟贤：《大哥说莫言》，山东人民出版社 2013 年版，第 26 页。

② 莫言：《碎语文学》，作家出版社 2012 年版，第 222 页。

③ 同上书，第 85 页。

④ 同上书，第 87 页。

哈大笑”[①]。再如莫言小时候写的大字报，编的顺口溜、快板，措辞用语诙谐风趣、朗朗上口，而且批判揭露一针见血，表现出了非凡的写作才能。如“贫下中农听我吼，今年不种‘和尚头’，‘鲁麦一号’新品种，蒸出饽饽冒香油”[②]，攻击了“和尚头”旧品种，幽默地宣传了“鲁麦一号”新品种。除此之外莫言还成立了“蒺藜造反小队”，写了一首题为《造反造反造他妈的反》的诗，大胆诙谐。从莫言儿时的言行举止可见，莫言那时已经是一个幽默搞怪的天才。

成年之后的莫言经过了时间的磨砺，失去了很多儿时的棱角，外表看上去沉默寡言，大部分时间用一双小眼睛冷观世间万象。但他是个外表看起来沉默寡言骨子里却极其风趣的人，看起来内向，但骨子里仍敏感多情，说起话来也非常风趣幽默。比如为大家熟知的“一天能吃三顿饺子”，很难想象这竟是莫言努力当作家的初衷，但听起来却是那么真诚、实在、风趣。当他最终当上兵时，他的形容也非常幽默，称自己“和野菜、地瓜干子离了婚”。再如现实生活中他常常自嘲为“农民作家”，肚子里没有多少墨水，正如他在《酒国》中塑造的作家“莫言”一样，嘲讽自己“除了懂得一点小说的皮毛什么都不懂”[③]。但就是这样一个作家，始终坚持“作为老百姓写作”的创作心态和文学宗旨，在喧嚣的当代用

① 管谟贤：《大哥说莫言》，山东人民出版社 2013 年版，第 66 页。
② 莫言：《碎语文学》，作家出版社 2012 年版，第 93 页。
③ 莫言：《酒国》，百花文艺出版社 2012 年版，第 155 页。

一颗平常心不断地创作出一部又一部反映老百姓平凡而真实生活的优秀作品。他的自嘲中体现了其为人的低调与谦虚。另外他在与人交谈时也特别地诙谐幽默，如在2002年与大江健三郎和张艺谋的对话中，莫言就用机智幽默的语言称赞了张艺谋，认为“中国作家从某种意义上讲之所以还能够写，是因为至少还有个张艺谋。你要不当导演，就又有一半人不写作了”①，非常幽默地赞扬了张艺谋根据小说改编的电影是对小说的再提高。即便与王尧长谈时，莫言也自谦地认为自己谈的都是些废话，并对王尧说“即便将来你整理发表，也只允许你用马粪纸印刷”②，幽默个性溢于言表。成名之后的莫言，行走于世界各大演讲台。面对世界各国的知名学者、读者，他展现了一种智者式的幽默，如在北海道大学，当有人问莫言得诺贝尔奖是不是作家的一种责任时，莫言回答道：“得诺贝尔奖并不是一种责任，没有任何一位作家负有这个责任。”接着话锋一转，笑道：“我的写作的最直接动力，刚开始的时候很低下，为了挣一点稿费，买一块手表，回家去骗一个媳妇。后来媳妇也骗到了，吃饭也吃饱了，衣服也穿好了，我想，这时候对小说艺术本身的追求就变成了我最大的写作动力。”③

另外也有研究者发现了莫言本身的幽默特色，并专门收集莫言

① 莫言：《碎语文学》，作家出版社2012年版，第21页。

② 同上书，第55页。

③ 关河悦：《2012年中国幽默作品精选》，长江文艺出版社2013年版，第198页。

在演讲或访谈中的幽默言辞来阐述莫言本身就是一个名副其实的幽默大师，一篇是赵文静的《莫言幽默》，另一篇是杨美娟的《大师莫言的幽默风采》。这两篇文章从莫言本身出发，通过莫言在公众场合精彩的幽默表现向读者展示了莫言自身所具有的幽默性。

二、艺术地表现不可言说之事的写作需要

幽默是一种高超的写作技术，但凡有几分血性的作家，对社会中的不公、黑暗、丑恶现象都会不自觉地产生愤慨，作品中常常渗透着自己影射时事、干预社会的意识。但出于发表的需要，很多时候又需要对作品进行特殊处理，对于莫言来说幽默就是其中的一个手段。

幽默也是莫言表现苦难的一种写作手法。对于莫言那一代人来说，他们的人生经历本身就是一部苦难史，20 世纪五六十年代以来中国的风云变幻都是他们亲身经历过的。莫言也是一样，自小在农村长大，农村生活环境本来就艰苦，再加上他的家庭成分——富裕中农是团结的对象，因此他没少受歧视和批判，不仅失去了上初中的机会，也没有参军的资格。这样的苦难记忆常常不自觉地渗透到他的写作中，但应该以怎样的笔调去描述苦难生活是每个作家都要思考的问题，沉痛悲伤还是乐观幽默？很多作家选择了前者，用一种老套的忆苦方式去描写过往的苦难场景，比如张炜、张贤亮的

一些作品。这种描写虽易引起读者共鸣，但也容易让读者坠入苦难的深渊。莫言从来都是求新求变的先锋，面对大量的反思伤痕性作品，莫言笔调一转，用一种幽默调侃的方式去体现那个年代的苦难，新颖独特，而且带给读者新的审美愉悦。

与用感伤的笔调描绘人物的悲惨遭遇相比，莫言更愿意运用幽默化的笔调去表现生活的艰辛和酸涩。他的小说如《酒国》《生死疲劳》《四十一炮》《师傅越来越幽默》等，或用形象的比喻，或用夸张的荒诞，或用风趣的乡村习语，给我们描绘出了一幅五彩缤纷的乡土画卷。如此让读者不仅品味到了乡间生活的辛酸，而且还体味到了乡间生活的风趣幽默，使莫言小说呈现出不同于他人的特色与魅力。

第二节　影响莫式幽默观的客观因素

莫式幽默观的形成除了从主观方面来挖掘外，还要审视客观因素的影响。莫言从小的生活环境、所处的时代背景以及西方艺术手法的影响都在一定程度上对莫式幽默观的形成起了一定的推动作用。

一、农村特有的幽默生活方式的影响

莫言始终坚持“作为老百姓的写作”，始终保持着农民的情感方式和思维方式，这在当代文坛实属不易。他的文学创作也深受民间文化的影响，莫言曾经在与王尧的对谈中说道：“一个作家要想成功，还是要从民间、从民族文化里吸取营养，创作出有中国气派的作品。”[1]在莫言看来老百姓形象生动的语言是作家创作的源泉，也是衡量一部作品是否贴近老百姓生活的标准，因此要积极地向老百姓学习语言、借鉴语言，发出自己的、具有中国特色的声音，而不是盲目地跟着别人的腔调或模仿外国人的技法来写作。

莫言来自中国山东高密，他在农村生活了二十年，“二十年农

① 莫言：《碎语文学》，作家出版社 2012 年版，第 125 页。

村生活中，所有的黑暗和苦难，从文学的意义上来说，都是上帝对我的恩赐。……我的灵魂生活在对于故乡的记忆里。”[①] 故乡的记忆成了莫言创作的法宝，他用那里的土地河流、花鸟虫鱼、树木庄稼为自己搭建了一个专属的文学舞台，舞台上的痴男怨女大多能从故乡找到人物原型，上演的那些爱恨情仇的故事也差不多都是从农村生活的点滴积累中提炼或延伸出来的。就算莫言后来走出了农村，在从事创作的时候还是习惯于用从农村训练出来的方式来构思和讲述故事，用他的“童年记忆处理器，把故乡生活这个封闭的记忆和现代生活打通了”[②]。对他来说，故乡像一坛高粱酒，一山一水、一草一木都在心里发酵，越久越醇，二十岁之前在故乡那片土地上饮尽生活的悲欢，二十岁之后又在对故乡的回忆中创作出了一部又一部经典作品。总的来说，故乡是莫言始终坚守着的精神王国，是莫言创作的基础和源泉，同样也“是一个久远的梦境，是一种伤感的情绪，是一种精神的寄托，也是一个逃避现实生活的巢穴”[③]。

莫言在高密东北乡待了二十年，阅尽了民间语言的瑰丽多彩，农村人所用的语言及说话方式已在二十年的生活磨炼中慢慢渗透进他的每一滴血、每一根神经。对于生活在农村之外的人来说，农村

① 王俊菊：《莫言与世界：跨文化视角下的解读》，山东大学出版社 2014 年版，第 102 页。

② 同上书，第 4 页。

③ 程春梅等：《莫言研究硕博论文选编》，山东大学出版社 2013 年版，第 204 页。

的生活充满了贫苦和艰辛，其实农村人虽奔碌于生活，但他们自有自娱自乐的方式。那些生动的语言因子已在莫言的记忆中沉淀，并在以后的创作中被灵感激活，渐渐地形成莫言创作的一种独特的风格——幽默。

农村人特有的幽默方式对莫言幽默风格的形成有很大的影响，比如农村人起名字的方式，字词生动形象，贴近人物性格特征，趣味十足，这在莫言的很多小说中也得到了反映。如在《草鞋窨子》一文中，莫言就风趣地设置了“轱辘子”“大白鹅”“年三十”等人物角色，在《牛》中也有“狗剩”“三大”（大头、大腚、大妈妈）这样的外号。再者如农村人言谈之间常常夹杂着的俗语、谚语、歇后语等在莫言的小说中也被发挥得淋漓尽致，如“扫帚捂鳖算哪一枝子”（《弃婴》），“看男人流泪不如看母狗撒尿”（《飞艇》），“炒熟黄豆大家吃，炸破铁锅自倒霉”（《猫事荟萃》），“给你们个棒槌，你们就当了针”（《白狗秋千架》），“十个麻子九个坏，一个不坏是无赖”（《牛》）等。农村人大多憨厚朴实，常常凭借生活经验用一些通俗易懂且风趣生动的语言讲述生活中的大道理，如“水利是农业的命脉，八字宪法水是一法，没有水的农业就像没有娘的孩子，有了娘，这个娘也没有奶子，有了奶子，这个奶子也是个瞎奶子，没有奶水，孩子活不了，活了也像那个瘦猴”（《透明的红萝卜》）。这样的一番形容估计会让很多喝多了墨水的人佩服不已。另外莫言的小说也经常会吸收农村人大胆直露、戏谑调笑的说话方式，如“没老婆的回家干什么？扳飞机操纵杆？游击队拉大栓？——走啊，没老婆的跟我来啊，找吴秋香啊，秋香好心肠啊，摸摸奶，捏捏腿，扳过脸来亲个嘴!”(《生死疲劳》)，等等。这些带有乡土味的说话方式都对莫言的创作产生了很深的影响。莫言在《檀香刑》后记里曾写到要“大踏步地撤退”，这个撤退主要是向民间撤退，而向民间撤退主要还是“在语言方面，主要还是要向民间语言学习”[①]。

因此受这种特有的农村幽默方式的影响，尽管莫言小说中也不乏描述残酷现实的内容，但莫言的语言非常具有弹性，特别是在描述人物对话时灵性十足、生动跳跃、幽默诙谐，幽默中又夹杂着些许放肆不羁，充满了乡野民间语言的精气神，散出浓郁而温馨的泥土味。

二、时代语境和价值观念转变的诱导

莫言幽默风格的形成也与当时的时代语境紧密联系在一起。20世纪八九十年代，封闭保守、高度集中的计划经济传统模式在推动经济发展的过程中逐渐显露出越来越多的弊端，市场作为一个无形的调控手段逐渐发挥出作用。值得注意的是，1992年的中共十四大会议上明确提出了建立社会主义市场经济体制的问题，政策上的支持和鼓励更加快了向社会主义市场经济体制转变的速度。经济体制的转变直接影响了社会的方方面面，尤其是文化方面，以娱乐与享受为主的大众消费文化越来越受到人们的欢迎，正如程光炜所说

① 莫言：《碎语文学》，作家出版社2012年版，第201页。

“九十年代后，革命文化的撤离，使市场意识向中国城乡社会所有角落和每个人的神经领域大肆渗透，大众文化已不容置疑地成为新的‘主流’文化和统治性的话语形态”[①]。在那个节奏快、压力大的转型时代，人们普遍追求轻松和享乐，迫切地需要一些诙谐幽默性的作品来缓解生活的压力，使自己获得短暂的轻松。

这种以“消费”为主的文化观对文学界产生了很大影响，出版商出版的标准也跟着发生了很大的变化，迎合市场、满足消费者的需求成为衡量文学作品有价值的标准。在这种情况下，优雅的精英文化不得不向大众消费文化妥协，作家们为了出版的需要也不得不迎合读者的胃口，转变之前叙述宏大严肃主题的风格，创作出一些“减压”性的作品，以此来延续自己的创作寿命。另外从作品本身来说，那些使用话语经典、主题严肃、描写历史伤痕的作品，虽感动过无数读者，特别是有着相同生命体验的读者，能引起他们的共鸣，对后来者有一定的教育意义，但太多作品模式化、套路化严重，使得读者产生审美疲劳。在这种形势下，精英式话语作品的主流地位逐渐受到普通大众话语模式的挑战，而轻松解乏式的作品日益受到人们的欢迎。

在这样的时代背景下，莫言这个以写作为毕生事业、靠写作吃饭的人，为了创作出贴合大众口味的作品，不得不对自己创作的风

① 程光炜：《魔幻化、本土化与民间资源——莫言与文学批评》，载陈晓明：《莫言研究》，华夏出版社 2013 年版，第 158 页。

格和技法做一定的调整。况且莫言本身来自农村，对民间街头巷尾流行的幽默段子及老百姓自娱自乐的方式尤其熟悉和擅长，再加上莫言又是个敢于向传统套路和模式挑战的人。因此他的作品中总是有意无意地夹杂一些幽默言语及幽默故事，以其轻松活跃、幽默诙谐的气息感染着无数的读者。

三、中西文化碰撞中外国艺术手法的吸引

在新时期对外日益开放的新环境下，经受了长期精神困境的作家也迫切需要重新认识世界文学，重新审视中国文学，以便在交流和融合中汲取世界文化的营养重建中国文学这片被摧残的领地。于是 1980 年前后形形色色的外国文学流派、思想及作品大量涌入中国，可谓是外来文学传入的盛世。“据不完全统计，从 1978 年到 1982 年五年间，在全国各种报刊上发表的介绍和讨论西方现代派文学问题的文章，将近 400 篇。”[①] 尤其是福克纳和马尔克斯对新时期文学的影响，更可谓首屈一指，无人不知，无人不晓。莫言曾这样描绘过福克纳和马尔克斯对他的影响：“去年（1985 年）《百年孤独》《喧哗与骚动》与中国文学界见面，无疑是极大地开阔了一大批不

① 朱栋霖等主编：《中国现代文学史：1917—1997》（下册），高等教育出版社 1999 年版，第 74 页。

懂外文的作家们的眼界。面对巨著产生惶恐和惶恐过后蠢蠢欲动，是我的亲身感受，别人怎样我不知道。蠢蠢欲动的自然成果就是使近二年的文学作品中出现了类似魔幻或魔幻的变奏、大量标点符号的省略和几种不同字体的变奏。”[①] 莫言在1986年也曾发表了《两座灼热的高炉——加西亚·马尔克斯和福克纳》，在这本书中莫言写道：“他们是两座灼热的火炉，而我是冰块，如果离他们太近，会被他们蒸发掉。”[②] 从这句话可以看出，虽然两位世界大师对莫言的影响很大，但莫言也意识到不能跟在别人后面亦步亦趋，要有自己的特色，因此他努力地在自己的作品中融入其他的东西，使其独具特色。

除了福克纳和马尔克斯之外，其他流派和思想对莫言也有很大影响，如海勒等人的黑色幽默。当时文学界面对浩如烟海的西方现代派文学作品，要探寻的就是怎样结合西方的现代技法建设新时期的文学，怎样把西方技法“中国化”。作家们纷纷在自己的创作中呈现出独特的风格，而且随着1985年“文化寻根”思潮的崛起，越来越多的作家试图在中国传统文化中寻找生机和出路。在这种背景下，莫言这个对文学技法超级敏感、历来对艺术持叛逆态度的创作天才敏感地嗅出了新时代的风向，单纯地遵循或模仿他人的技法，终不能成就自我，作品也体现不出自我风格的独特性。因此他

① 张志忠：《莫言论》，北京联合出版公司2012年版，第39—40页。

② 莫言：《两座灼热的高炉——加西亚·马尔克斯和福克纳》，《世界文学》1986年第3期。

开始化用多种方法来构建自己的“高密东北乡”文学王国，为他的作品注入了一股股新鲜的血液，黑色幽默就是其中的一种。黑色幽默这种创作方法和莫言惯用的创作手法如出一辙。莫言认为幽默是老百姓活下去的方式，莫言笔下的人物通常有着农民的自嘲和诙谐，其命运多舛又为人物披上了一层灰色的面纱，如《生死疲劳》《师傅越来越幽默》中的很多场景都非常残酷，但即使在那样恶劣的环境下人们依然怀着一种乐观积极的态度看待生活，自娱自乐，又互相调侃，这本身就是非常值得尊敬和赞扬的。与其说黑色幽默影响了莫言，毋宁说莫言在黑色幽默那里找到了一个更恰切表现老百姓苦中作乐精神的表现方法。这种外来手法与自身手法的交流与碰撞使莫言的作品呈现出独特的莫式风格，使得莫言小说中的人物既有本土农民式的质朴喜感，又于苦与笑之间呈现出莫言对大地人生的悲悯情怀。

可见，莫言的幽默并非与生俱来的，而是主观和客观多种因素交相作用的结果。莫言深谙劳动民众的性格习性，深入挖掘植根于乡土的幽默资源，用幽默勾勒出了一个个鲜活生动的人物，用幽默绘尽民生疾苦，为我们奉献了一部部充满幽默的文学作品，堪称中国当代文学幽默大师。

第三章　莫式幽默的构建方式

第一节　从文学角度分析莫式幽默的构建方式

莫言本身具有深厚的文学素养，是当今中国文坛的“奇才”和“怪才”。他善于用文学的技法构建幽默，用陌生化的手法设定人物形象，给动物披上人类的外衣。莫言小说情节新奇荒诞，想象力丰富，在不经意间制造出令人捧腹的幽默效果。从文学的角度来看，莫言主要通过以下两种方式来构建他小说中的幽默。

一、通过塑造跟自己同名的“莫言”形象制造幽默

莫言制造幽默的方式繁多，在人物形象方面也颇有自己的技法。最是新奇幽默的是莫言一反作家塑造人物的惯用手法，在多部小说中都巧妙地塑造了与自己同名的“莫言”这个角色。这种手法采用了非常规的形式表现合乎常规的内容，新鲜巧妙，打破了传统小说塑造人物的常规，颇具先锋意味，这本身就是他小说创作的一大突破。

在多个故事情景中亦真亦假、反复穿梭的“莫言”让他笔下构建的世界更加丰富多彩，同时也刺激了读者的好奇心。他们迫切地

想知道莫言笔下的“莫言”和莫言本人之间的区别，从而引起读者的阅读兴趣。其实这也是莫言为他的小说增添幽默色彩的一种特殊方式。究其幽默的原因，笔者认为大致包括以下几点。

（一）名字的起就本身符合幽默的基本特征

索振羽先生曾提出幽默主要包括三个特征：不协调性、情趣性和适切性。而“不协调性”是首要的特征，合乎常规的内容采用了超常规的形式能够让人哑然失笑。给小说中的人物起名本是件非常普通的事情，可笑之处就在于“莫言”这个名字正好跟作者自己的名字相同，而这种现象在当今文坛少之又少。作家一般不会把自己的名字植入小说中，因此这种起名方式不符合常规，所以符合了幽默的首要特征，即不协调性。

另外这个名字的起就也是恰切的，恰切之处就在于小说中的“莫言”和真实的作家莫言，无论外貌还是个性，在很多方面都无比吻合。莫言在他的多部小说中都塑造了儿时的“莫言”，如《生死疲劳》中儿时的“莫言”是一个头发焦黄、小眼如缝、相貌极丑、脸皮极厚的小破孩儿。莫言描写其肖像的文字虽不多，但寥寥几笔一个诙谐幽默的立体“莫言”已跃然纸上。在小说中“莫言”就像一个活跃在街坊邻里间的“小丑”，又像一个穿梭在悲喜故事中的喜剧精灵，热闹之处总有他的身影，从而增添了故事的趣味性。在

《酒国》中又描写了一个“体态臃肿、头发稀疏、双眼细小、嘴巴倾斜的中年作家莫言”[①]，这个成人版的“莫言”外貌虽描写得也不多，但他就像是一幅被莫言放大了的漫画，体态、头发、双眼、嘴巴都被莫言做了夸张的处理。而不管是儿时的“莫言”还是成年后的“莫言”在外貌和个性上都与现实中的莫言极其相似。莫言儿时也是如此调皮捣蛋、精力旺盛，成年后的莫言虽没有小说中那么夸张，但也基本符合文中“莫言”的样子。因此莫言好像在依葫芦画瓢，他在用一种自嘲的方式让自己不断地被读者审视和评点，很多时候都在刻意描写自己的缺陷和不足，这是一种更高层次的幽默，显示了莫言的豁达与智慧。

（二）人物本身制造了很多滑稽搞笑的幽默情节

从情节来说，“莫言”这个人物在小说中制造了无数滑稽搞笑的情节，更增添了人物的幽默性。

莫言在他的小说中塑造了儿时“莫言”、青年“莫言”和中年“莫言”。相比较而言，儿童版的“莫言”更富幽默喜剧性，这主要源自他丰富有趣的性格特征。总的来说，儿时的“莫言”生性好奇、精力旺盛、不甘寂寞，贫嘴碎舌、事事掺和、溜须拍马、自吹自

① 莫言：《酒国》，百花文艺出版社 2012 年版，第 275 页。

擂、卖弄学识，事事凑热闹、处处招人厌。“莫言”的这种个性使得他所到之处总是热闹非凡，趣事连连，令人捧腹。莫言也充分利用了“莫言”孩子般调皮活泼的个性，在小说中穿插了很多滑稽好笑的精彩片段。下面就依照“莫言”的个性结合《生死疲劳》的具体情节详细地阐释一下。

“莫言”生性好奇、精力旺盛，总是调皮捣蛋地搞一些小破坏，因此闹出了不少趣事。如他爱搞破坏，偷偷地往发电的柴油机马力带上撒尿，使得全场停电。当被问到为什么那样做时，他却说“我想给皮带降降温”①，这样的回答实在令人啼笑皆非。这种充满童趣的场景，再加上孩子天真好奇的想法，都让人暂时忘记了生与死的艰辛，只沉浸在“莫言”带来的搞笑氛围中。

“莫言”年幼无知，总是有很多奇奇怪怪的鬼点子，也惹出了很多荒唐事。他就像是一个不断搞怪的小破孩儿，总是能出其不意地带给我们惊喜，读者阅读之时如欣赏卓别林的无声喜剧电影。“莫言”用他天真懵懂的话语或行为让故事笑料百出，经典的段子当数他对猪饲料所做的试验。

> 他认为这些猪之所以只吃饲料不长肉是食物在它们肠胃里停留时间过短，如果能延长食物在它们肠胃里的停留时间，就会使食物中的营养被吸收。这想法似乎抓住了问题的根本，接

① 莫言：《生死疲劳》，百花文艺出版社2012年版，第255页。

> 下来他就开始试验。他最低级的想法是在猪的肛门上装上一个阀门，开关由人控制，这想法当然无法落实，然后他便开始寻找食物添加剂。无论是中药或是西药里，都能找到治疗腹泻的药物，但这些东西价格昂贵，而且又要求人。他最初将草木灰搅拌在食物里，这让“碰头疯”们骂口不绝，碰头不止。莫言坚持不动摇，“碰头疯”们被逼无奈，只好吃。我曾听到他敲着饲料桶对“碰头疯”们说：吃吧，吃吧，吃灰眼明，吃灰心亮，吃灰还你们一副健康肠胃。吃灰无效后，莫言又尝试着往饲料里添加水泥，这一招虽然管用，但险些要了“碰头疯”们的性命。它们肚子痛得遍地打滚，最后拉出了一些像石头一样的粪便才算死里逃生。①

这段文字幽默就幽默在把“莫言”孩子般的天真和懵懂描绘得淋漓尽致。孩子的想法总是出乎大人们的意料，孩子有他们自己的推理逻辑，而他们的逻辑由于认识的不足总是荒谬的、不符合常规的，因而“莫言”越是认真，就越显得风趣。先是他新奇的想法——想设法延长食物在猪肠胃里的时间，孩子这种天真的探索心理已经让我们感觉新鲜好奇，接着他绞尽脑汁做了很多尝试，如把草木灰拌进食物里，接着又出奇招——添加水泥。每次尝试都是读者始料未及的，非常奇特荒唐，再加上对猪们叫苦连连、骂不绝口的拟

① 莫言：《生死疲劳》，百花文艺出版社 2012 年版，第 323—324 页。

人化的描写，更使得文字妙趣横生，难怪在小说中洪泰岳称：“‘莫言’是歪门邪道之才。”①

“莫言”时不时地想引起他人的注意，因而总不失时机地表现自己，胡编乱造冒充博士就是他惯用的伎俩。如小说中描写了“猪上树”的场景，人人都惊诧不已，而“莫言”却故作博学地称：

> 南美洲热带雨林中有一种野猪，在树杈上筑巢，它们虽是哺乳动物，但身上生着羽毛，生出来的是蛋，孵化七天后，小猪才破壳而出！②

猪不但上树还像鸟一样生着羽毛，并在树上筑巢、产蛋、孵蛋，这种不合常理、瞎掰乱造的话，却被他说得煞有其事，而且这样的话竟出自一个稚子之口，着实让人感觉荒谬可笑。

① 莫言：《生死疲劳》，百花文艺出版社 2012 年版，第 240 页。
② 同上书，第 245 页。

再如“莫言”喜欢事事掺和、处处卖弄，很多片段也因此搞笑之极。

> 我抽着烟，做出十分老练的姿态，吐了三个烟圈，一根烟柱，然后说，“……我个头小，娃娃脸，但我的智慧，西门屯无人可比！…… ”
>
> 我抽着烟，有条有理地对他们讲说，金龙和解放的病情，都是因情而起，这样的病，无药可医，只能用古老的方式禳解之，那就是让金龙和互助结婚，让解放和合作结婚，俗话说就是“冲喜”，准确地说是“喜冲”，以喜冲邪。①

这段话中“莫言”明明是个小孩，还故意装出老练状，学大人抽烟，滑稽可笑。另外小小年纪却自吹智慧无人可及，自卖自夸的样子也非常有趣。再者“莫言”还非常滑稽地像个谋士一样张口“之乎者也”，并用一副见多识广的样子为洪泰岳献计献策。“莫言”的这个形象和我们头脑里既成的对孩子的认知差距很大，因而形成了一种不协调感。当我们结合语境和“莫言”的个性最终理解时，幽默也油然而生。

“莫言”在很多场合都不忘自吹自擂，如在金龙、解放的婚宴上他就借用《易经》序卦中的话语“有不速客三人来敬之大吉”②向

① 莫言：《生死疲劳》，百花文艺出版社 2012 年版，第 288—289 页。

② 同上书，第 300 页。

外来道贺的庞虎一家显摆自己的博学多识，并变相地夸耀自己“不敢说才高八斗，很无奈学富五车！”[①]这一引一夸，使“莫言”在人前出尽了风头，在那样的语境下“莫言”小小年纪却操着一副学贯古今的口吻，如一个沉稳老练、见闻广博的小老夫子，幽默诙谐之极。

青年时的“莫言”随着年龄的增长，虽不再像儿时那样调皮捣蛋，但骨子里很多方面还是保持着儿时“莫言”的个性，比如爱耍嘴皮子、爱吹牛、爱卖弄。如在《生死疲劳》中“莫言”本没有上过大学，却说“艺术家都不是大学培养出来的，譬如我！”[②]，言外之意是自己虽没上过大学却也是个人才，这种自吹的功夫简直让人叹服。“莫言”还极爱卖弄自己的学问，最搞笑的是“他喜欢把成语说残，借以产生幽默效果”[③]，让读者印象深刻的应该是他和庞春苗一起比着把成语说残的场景：

> 莫言探头看看我，说：这家伙，真是“如狼似——”。“惨不忍——”莫言说我“如狼似——”，“豆蔻年——”庞春苗对我微微笑。“惨不忍——”莫言“发自内——”地赞叹：真是条好狗！对小主人是“赤胆忠——”。二人一齐大笑，哈哈哈哈。[④]

① 莫言：《生死疲劳》，百花文艺出版社2012年版，第300页。
② 同上书，第415页。
③ 同上书，第430页。
④ 同上书，第431页。

可见，“莫言”这个人物形象的幽默风趣最根本上源自作者赋予他的丰富个性，而他的幽默性最终被生动地表现在故事情节之中。莫言创造性地塑造出了“莫言”，很多事情都让这个“莫言”参与其中，并常常在小说中充当插科打诨的角色，有时“莫言”又在小说中具有一定的分量。但无论怎样，莫言的巧妙之处则在于始终保持在故事中的在场性。“莫言”就是情节的一个有力旁证，同时也让读者在是与非、真与假的迷宫里兜圈，增强了故事的难辨性和神秘感。

（三）利用自嘲的手法来增强幽默感

制造幽默的方式有很多种，自嘲可谓是一剂制造幽默的良方，是幽默的最高境界。从心理学的角度来讲，自嘲是宣泄心理压抑的最佳方式，让悲观、沮丧以一种诙谐的方式释放出来，有益于身心健康。从沟通学上来讲，自嘲也是增进人际关系的重要策略。自嘲用一种自嘲自讽、自贬自抑的方式增进了谈话的幽默感，不仅愉悦了别人，也愉悦了自己，使人与人的相处更加融洽。一个懂得拿自己的缺陷或不足来随意调侃的人，意味着他已经摆脱了卑微，懂得以豁达、乐观的态度笑对人生。而一个随意贬低自己优点的人，则反映出他对人对事的谦虚及低调，更容易拉近与别人的距离，增强在他人心中的可信度。

古往今来很多名人大家都喜欢用戏谑的方式来自嘲，如鲁迅就曾经创作了一首《自嘲》诗，用一种诙谐的方式描写自己在国民党黑暗统治时期备受迫害、四处碰壁的处境。

自嘲

运交华盖欲何求，未敢翻身已碰头。
破帽遮颜过闹市，漏船载酒泛中流。
横眉冷对千夫指，俯首甘为孺子牛。
躲进小楼成一统，管他冬夏与春秋。

著名的漫画家韩羽是个秃顶，他也创作了一首《自嘲》诗来调侃自己："眉眼一无可取，嘴巴稀松平常。唯有脑门胆大，敢与日月争光。"[①]

当代著名小品演员潘长江更是自嘲的高手，当大家取笑他个头矮时，他却风趣地说："你用这块布只能做个短裤而我却能做条长裤，效果怎样，当然省钱！"[②] 让人赞叹潘长江的乐观态度。还有家喻户晓的赵本山，他的作品深受观众喜欢的一个最重要因素就是他敢于自嘲。如在小品《同桌的你》中，赵本山大胆地自嘲了一把。场景如下：

① 翟晓斐：《自控力的7项修炼》，华中科技大学出版社2014年版，第228页。

② 同上书，第227页。

王小利："那个，一会儿看赵本山的小品啊。"

赵本山："拉倒，别提他了，我最不爱看他，年年都出来，挺大个脸。我不喜欢他啊，咱们喝酒啊好吧。"

王小利："我们都喜欢。"

赵本山："你喜欢啊，像我们这些高雅的人看他那玩意儿太俗，受不了。"①

赵本山就有些人指出的年年霸占春晚、作品又太俗的问题巧妙地以自嘲的方式做出了回应，把负面评论本身当作嘲笑的对象，并做了艺术化的夸张，睿智而风趣。赵本山的自嘲，体现了他对自我的一种清醒认知，也蕴含着一种"踏实做好作品，结果任由人评说"的潇洒和坦然。这种大胆的自我嘲讽自然赢得了满堂彩。

潘长江和赵本山都常以自嘲的方式来丑化自己，而且常采用小品、电视剧等可视化的形式。观众在画面中自然真切地体味出其中包含的夸张成分，对比出话语内容与事实本身两者之间的差距，从而获得很多乐趣。

在文学创作中莫言也喜欢用这种自嘲的方式来嘲讽自己、制造幽默。说莫言自嘲是因为他在小说中塑造了与自己同名的"莫言"，而且这个"莫言"与作家自己有着惊人的相似。如小说中常

① 赵本山等：《同桌的你》，2011年中国中央电视台春节联欢晚会节目，见https://tv.sohu.com/v/MjAxMjAxMTkvbjMzMjY4NDQwNy5zaHRtbA==.html。

常插入一个年幼的顽皮“莫言”，这个“莫言”的性格特点和莫言小时候也非常相似。比如《生死疲劳》中的小“莫言”的家庭成分也是中农，也经常受欺负、受忽视；也非常馋，“是西门屯建屯一百五十年历史上最馋的小孩”[①]；也酷爱阅读，终日研读《参考消息》，甚至去背诵；也非常多才多艺，如编顺口溜、写小说等；也精力旺盛，也不甘寂寞，也调皮顽劣……除此之外，《生死疲劳》中的“莫言”也创作了《爆炸》，他说过的很多话也都是现实中作家本人曾经说过的，如“故乡是血地”，有些话也是作者本人在小说中创作的经典语句，如“最英雄好汉最王八蛋、最能喝酒最能爱！”，这就更增加了“莫言”的真假难辨性。莫言就好像在小说中设置了一个自己的影子，见证了小说故事的起起落落。

不光儿时的“莫言”非常像莫言本人，连中年“莫言”与作者本人也有很大的相似性，如在《酒国》中莫言就塑造了一个作家“莫言”，他“体态臃肿、头发稀疏、双眼细小、嘴巴倾斜”，以作家的身份不断地与李一斗频繁通信，探讨文学写作的技巧，无论其职业身份还是外貌特征，都与现实生活中的莫言极其相似。

如上所述，“莫言”虽带有作者本人的影子，有很多相似性，但他始终是作者在小说中设置的人物角色，与现实的莫言还是存在很大的区别的，正如他在小说中所写：“我知道我与这个莫言有着

① 莫言：《生死疲劳》，百花文艺出版社2012年版，第253页。

很多同一性，也有着很多矛盾。我像一只寄居蟹，而莫言是我寄居的外壳。莫言是我顶着遮挡风雨的一具斗笠，是我披着抵御寒风的一张狗皮，是我戴着欺骗良家妇女的一副假面。有时我的确感到这莫言是我的一个大累赘，但我却很难抛弃它，就像寄居蟹难以抛弃甲壳一样。在黑暗中我可以暂时抛弃它。"[①]当无人时，"我把莫言这甲壳抛掉，打哈欠，吐痰，脱鞋脱袜子"[②]。

莫言在小说中好像在跟我们玩一个变脸的游戏，时而是作品中的人物，时而是叙述者，是我非我，真我假我，读者仿佛走进了小说的迷宫，稍不留神就掉入了莫言的陷阱。尽管最终"莫言"只是作家塑造的一个人物形象，终归不是本人，但莫言本人和他笔下的人物有如此多的相似性，且又同名，所以莫言对小说中人物的嘲笑和贬低无疑等于自嘲。这种自嘲以艺术化的夸张方式刻意丑化自己，自我开涮，自我抹黑，与读者认知中的莫言本人形成鲜明的对比，使小说笑料百出。

莫言对小说中的"第二个我"经常采取嘲讽的态度，而且这种嘲讽通常运用一种降次格的形式制造幽默。索振羽先生在《语用学教程》中就曾提出降次格的准则，即"利用言语形式，在心理上故意降低幽默对象的等级，使崇高者鄙俗化，庄严者油滑化，精神者具象化，使人'物化'，借此释放说话人的情感郁积。通

① 莫言：《酒国》，百花文艺出版社 2012 年版，第 275—276 页。

② 同上书，第 284 页。

过‘雅’突然变‘俗’产生幽默情趣。”[①] 莫言就经常利用这种形式有意地用嘲讽的话语来贬低和嘲笑自己。如在《生死疲劳》中作者不时用“莫言那个臭小子”“莫言那个小兔崽子”“狗屁不通的混账王八羔子”“除了懂得一点小说的皮毛什么都不懂”“猴子戴礼帽装绅士”等充满讽刺意味的话语对小说中的“莫言”进行嘲讽，嘲讽里故意贬低自己，称自己为“臭小子”，并在话语里把人拟为鄙俗之物，如“兔崽子”“王八羔子”，并嘲笑自己没什么文化水平，是故意装出来的绅士。这样的一个“莫言”形象和我们认知中的才华横溢、叱咤文坛、享誉海内外并获得诺贝尔文学奖的莫言形成了一种不协调感，使读者在和作者本人对比的矛盾中不断获取幽默的意趣。

其实不仅是在称呼上莫言带有这种嘲讽自己的语气，在出身、相貌、学识、能力等方面莫言也自觉、主动地揭露和贬低自己，故意降低自己的品格，以此产生幽默效果。

> 莫言从来就不是一个好农民，他身在农村，却思念城市；他出身卑贱，却渴望富贵；他相貌丑陋，却追求美女；他一知半解，却冒充博士。这样的人竟混成了作家，据说在北京城里天天吃饺子……[②]

① 索振羽：《语用学教程》，北京大学出版社 2000 年版，第 113—114 页。
② 莫言：《生死疲劳》，百花文艺出版社 2012 年版，第 323 页。

这段话对好几个本属正常、不该是莫言缺陷的方面进行了一定的嘲讽。莫言常以农民自居，却说他“从来不是个好农民”，且爱慕虚荣。长相本还忠厚，却被他屡次夸张地说成“丑陋”，而且还是个好色之徒。本来勤恳创作、历经磨砺才熬出今日的成就，却说自己是“混”成的作家。可见莫言嘲讽自己时下笔从不手软，在小说中借“莫言”这个人物形象之名，不断地进行自我批评、自贬自抑，总是试着贬低自己的形象，讽刺自我，读者则从这些半真半假、半虚半实的话语中，对比现实和文本之间的差距，体悟出莫言通过自嘲的方式制造出来的幽默乐趣，并且对莫言本人越了解，趣味性就越大。

小说中像这种色调的话语比比皆是，特别是在《生死疲劳》中表现尤为明显。除了对以上方面嘲讽以外，莫言还故意编造一些不可思议的荒唐行为来对自己进行冷嘲热讽。

尽管莫言现在依然以农民自居，动不动就要给国际奥林匹克委员会写信，让人家在奥运会增设一个锄地比赛项目，然后他好去报名参赛。其实这小子是在吓唬人，即便奥委会增设了锄地项目，他也拿不到名次。骗子最怕老乡亲，他可以蒙法国人美

国人，可以蒙上海人北京人，但他小子蒙不了咱故乡人。[①]

这段话从侧面嘲讽莫言常以农民自居，还调侃性地添加了“莫言”给奥委会写信要求增设锄地项目的滑稽情节。奥委会这样一个国际体育组织的严肃和锄地这样一个劳作行为的普通寻常之间形成一种强烈的反差，从而突出其行为的荒唐可笑，增强其形象的油滑性。再加上即使有这样的项目，“莫言”也拿不到名次，就更增强了自嘲的意味。除此之外，莫言还以一种更尖锐的眼光来审视自己，延伸性地贬低自己，说自己是个骗子。这种故意把莫言本人高大形象降次格的手法，创造出无穷的幽默乐趣。

莫言就是这样，不断地用略带粗俗的语调丑化自己，由于其形象过于夸张，与人们认知中的莫言形象存在很大的差距，从而使读者在这种对比中获得极大的乐趣。

莫言在作品中插入一个自己的影子，供人阅读、欣赏、点评，呈现给读者一个多面性的莫言，这无疑是莫言对自我认识的一种超越。他不断地审视自己、剖析自己，体现了对自我的一种反思和自省，加深了小说对人生、人性的剖析深度。其实这也是他对社会的一种回应，也表现出了其为人的谦虚和低调、心境的豁达与乐观。他始终对自己保持着清醒的认识，他只是那个来自高密的普通农民，始终只是一个写小说的，无论自己多么辉煌，面对故乡那片“血地”都无任何骄傲可言。

① 莫言：《生死疲劳》，百花文艺出版社 2012 年版，第 323 页。

二、通过塑造人化动物形象制造幽默

莫言不仅在塑造人物形象上采用多种方式创造出幽默效果，而且还塑造了人化的动物形象，这种手法与前者相比更加新奇有趣。作者有意地把我们以为卑俗不堪的动物拟人化，动物性的外表、身躯、举止、行为、本性，但却有着人的语言、谈吐以及思维，这都使其笔下的世界更为新奇、荒诞，笑料百出。这样一个形象无疑是莫言对塑造人物形象的超越，制造出令人捧腹的幽默效果。当很多人为了怎样塑造人物形象冥思苦想之时，莫言已独辟蹊径，根据自己20多年在农村的生活积累，创造出文学作品中另外一种荒诞诙谐的形象——人化的动物。人类和动物的特性在一个形象上相互交错，是成精了的动物，也是降格化了的人，打破了以往以人为叙述中心的写作传统，从而创造出一种陌生新奇的小说意境，妙趣横生。

这种人化的动物形象主要是借助陌生化的手法创造出新奇、怪诞的幽默效果。俄国形式主义代表维克托·鲍里索维奇·什克洛夫斯基（Viktor Shklovsky）在《作为手法的艺术》一文中指出："艺术的技巧就是使对象陌生，使形式变得困难，增加感觉的难度和时间长度，因为感觉过程本身就是审美目的，必须设法延长。"[①] 可见陌生化的手法就是拉长与熟悉事物的距离，把日常熟悉、俯拾皆是

① 朱立元等：《二十世纪美学》（上），北京师范大学出版社2013年版，第231页。

的事物运用一定的方式进行异化，使它变得陌生，从而引起人的关注，使人获得一种全新的语言感受。人化的动物形象就是采用这种手法来制造幽默效果的。

莫言人化动物形象中的动物一般都是我们生活中常见的家畜，正因为太常见，所以我们形成一个普遍的共识，就是这些畜生猥琐低贱、愚蠢低能，其行为举动遵循着动物的本能，没有像人一样的思想意识和智慧才能，而莫言却充满想象力地从不为人所习以为常的角度描绘出了一个生动诙谐的动物世界。人化的动物形象虽然拥有一副动物的躯体但是却拥有像人一样的意识和情感。这种塑造形象的方法在文学创作上本不多见，人们传统的阅读经验中更是缺少类似的形象，再加上人们对生活中常见的事物缺少细致的观察和感受，因此读者在阅读时面对陌生化的语言、陌生化的形象、陌生化的叙事等就增加了对这种形式感受的难度，拉长了审美欣赏的时间，从而在阅读时产生了极大的审美快感，感觉到此种形式的新奇怪诞、诙谐幽默。

莫言小说人化动物形象主要借助陌生化的叙事视角和陌生化的语言两个方面来制造幽默效果。

（一）利用陌生化的叙事角度制造幽默效果

作者要进行创作必须选择一个观察社会、反映生活的角度，以这个角度为立足点进行文本构思。莫言塑造的人化动物形象摆脱了作家习惯了的以人为叙事视角的叙事模式，而别出心裁地运用一种动物视角和口吻去叙事。动物的眼光陌生单纯，动物的习性遵循着本能，野性不羁，动物的头脑无理性无逻辑，因此以这样的视角来叙事，再加上作者的虚构和想象，从而开拓了另外一个新奇的动物世界，探索我们无法知晓的动物谜语，如此必然赋予读者全新的阅读体验，达到陌生化的效果。如果单纯按照这种陌生化的动物视角来审视人类社会，其情节未必是幽默的，如卡夫卡的《变形记》，人骤然变成了大甲虫。这部小说也是采用动物的视角来观察世界，但这部小说中的格里高尔因为不堪承受现实的压抑，想要追求个体精神的解放。甲虫的坚硬外壳成了他逃避现实最坚硬的保护壳，他越来越像一只虫子，纯粹性地以一只虫子的行为方式和生活习性在生命的旅途中跋涉，甚至他自己也觉得自己本是虫子，而人的思想意识也随着他的彻底变形而逐渐消解，留给我们反思的是沉重的社会现实。因此整部小说的基调带给我们的感觉是虽然叙事角度新鲜陌生，但却没有体现那种人与动物的特征集中在一个肉体相互矛盾的不协调性，因此我们并没有觉得多么幽默。

而《生死疲劳》这部同样运用动物视角进行叙事的小说却截然不同，在这部小说中西门闹经过佛教的六道轮回，分别再世变成了驴、牛、猪、狗、猴和大头婴儿蓝千岁。这五种动物都是我们熟悉的，但是当换一种角度把叙述者变成动物本身，外部世界包括人成了它们审视的对象时，其感觉完全是我们所未知的。当作者依靠经验和想象填充我们未知的空白时，尽管我们自知是虚构的，但还是为作者笔下新奇的动物世界所吸引，不由自主地沉浸其中。

更为重要的是这些动物都是西门闹转世，脑子里还留有西门闹的记忆，并且西门闹常常觉得自己冤枉，本不该投胎为动物，因而人的记忆时时侵袭其动物的头脑，况且转世投胎的地方还是自己前世为人时待的地方。西门闹前世记忆、现世场景和动物本身的世界几条线索相互穿插、齐头并进，使得西门闹虽然失去了人的肉体，但其灵魂仍附在这些动物的躯体上，如影随形。因此当本来习以为常的猥琐动物被冠以西门闹人的帽子但却按照动物的本能习性行事时，往昔身份尊贵的西门闹被降格成了一个个动物，甚至是极其鄙俗的家畜，那么这些本来为我们所熟悉的动物习惯行为就显得特别滑稽可笑，幽默迭生。

如初生为驴的西门闹听到白氏的哭声时，按捺不住挣脱了缰绳，纷乱之余忘记了自己的驴嘴驴身，弄得白氏痛苦不已。

> 我想抱起她，却突然发现她在我两腿之间昏迷了。我想亲她一口，却猛然发现她头上流出了血。[①]

再如西门闹刚为驴形就对一头母驴心醉神迷，欲火中烧，并以“互相啃着痒”“互相磨蹭”“互相梳理乱毛”“脖子交缠”等一系列

① 莫言：《生死疲劳》，百花文艺出版社 2012 年版，第 47 页。

驴的动作来表达其情到浓时的柔情蜜意。西门闹与那头母驴山盟海誓，无数次地交配，感觉自己是世界上最幸福的驴，甚至要摆脱西门闹的记忆。这种仍保留着人的思想意识却按照动物的本能行事的行为，把人降格成了一个猥琐的动物，描绘出了西门闹荒诞滑稽又无可奈何的命运。

> 我对你发誓我再也不会理睬别的母驴，你也对我发誓再也不会让别的公驴跨你。嗯哼，亲爱的闹闹，我发誓。啊噢，亲爱的花花，我也发誓。你不但不能再去理母驴，连母马也不要理，闹闹，花花咬着我说，人类无耻，经常让公驴与母马交配，生出一种奇怪的动物，名叫骡子。你放心花花，即便他们蒙上我的眼睛，我也不会跨母马，你也要发誓，不让公马配你，公马配母驴，生出的也叫骡子。放心小闹闹，即便他们把我绑在架子上，我的尾巴也会紧紧地夹在双腿之间，我的只属于你……[①]

① 莫言：《生死疲劳》，百花文艺出版社2012年版，第53—54页。

人类的甜言蜜语对读者来说并没有多么新鲜，但是此段作者却以驴的视角和口吻来阐述一头驴的忠贞不渝、一心一意，再不理睬别的母驴和母马，不让别的公驴“跨”爱驴，不让别的公马“配”爱驴。这一系列的山盟海誓、充满缱绻柔情的话语竟是出自一头驴之口，有着一副动物的外形，但头脑中却带有西门闹的记忆，而且套用人类在热恋时的表达模式，读来新奇风趣、生动形象。

最为滑稽的是西门闹一次又一次地被阎王耍弄，他曾投胎成极为肮脏、丑陋的畜生——猪。一个个猪仔成了西门闹的哥哥姐姐，他不得不吮吸着一头母猪的猪乳，吃着用鸡屎、牛粪发酵而成的猪食，像猪一样地被圈养在猪舍里，像猪一样大小便，对母猪充满本能的霸占欲。因此当化身为猪的西门闹只能以肮脏鄙俗的猪的方式来表现自己、反抗人类控制时，这种被比拟成畜生的形象就显得特别幽默诙谐。

（二）利用陌生化的语言形式制造幽默效果

除了利用陌生化的叙事角度来制造幽默效果以外，莫言还利用陌生化的语言形式来增加语言的幽默感，而莫言创造陌生化语言形式的常用手法就是比拟。“在言语表达中，有意把鄙琐的事物，或者将低贱甚至粗俗的事物煞有介事地拟成高贵、文雅的人，或者将高贵、庄重的事物比拟成鄙俗的人或物，就会产生有趣可乐的效果。”[①] 莫言在塑造人化动物的形象时主要就是采用这种比拟的手法来创作为我们所不熟悉的语言形式，从而增添幽默效果。在小说《生死疲劳》中西门闹经过六道轮回投胎成了驴、牛、猪、狗、猴五种动物。西门闹本是一个人，其灵魂却被附在一个个动物的躯体之内，且这些动物在人们的意识里都是卑下的，甚至被叫作畜生。这种把人降格的手法，降低了人的尊严，使得西门闹的命运特别滑稽可笑。最为可笑的是由于这些动物都是西门闹转世，因而它们虽拥有一副动物的躯体，但却拥有人一样的话语神态、人一样的动作行为、人一样的品格学识、人一样的思想意识。作者运用拟人化的方式叙述情节，使猥琐的动物高雅化，使读者仿佛在欣赏一个一个的人披着动物的外衣在表演人一样的故事，诙谐幽默。

1. 动物具有像人一样的行为嗜好

动物在一般人的眼里也许只是动物，其行为方式皆出于本能。但莫言笔下的动物却常常被拟人化，模仿着人的动作及行为，俨然成了精。

> 我跟随主人多年，沾染上了烟瘾。我把烟锅吸得吱吱响，两道浓烟，从我的鼻孔里喷出来。[②]

① 李军华：《幽默语言》，社会科学文献出版社 1996 年版，第 137 页。

② 莫言：《生死疲劳》，百花文艺出版社 2012 年版，第 93 页。

一头驴竟然会吸烟，并染上了烟瘾。这种人才有的嗜好却发生在驴身上，让人觉得特别不可思议，拟人化的举动也非常滑稽可笑。

> 我的冷淡态度显然使玛丽受了打击，它斜眼看着那些喷泉边狂饮暴吃的狗，不屑地说："你们高密狗，太野蛮了。我们北京狗，举行月光party时，一个个珠光宝气，轻歌曼舞，大家跳舞，谈艺术，如果喝，那也只喝一点红酒，或者冰水，如果吃，那也是用牙签插一根小香肠儿，吃着玩儿，哪像它们，你看那个黑毛白爪的家伙——"①

狗本是卑下的动物，其行为习惯都是动物性的，毫无高雅可言，但此段的狗却被描写得像人一样尽显尊贵优雅，开着月光party，喝着红酒，谈着艺术，轻歌曼舞，连吃东西都用牙签，像人一样有修养有品位。这种运用拟人的手法被升格了的狗的形象跟我们认知中的狗形成巨大的反差，读后令人捧腹大笑。另外此段还借用北京狗鄙视地方狗、高雅鄙视野蛮的方式揭露出了实际存在的首都与地方的差距问题，令人反思。

2. 动物具有人一样的才能本领

一般来说动物的头脑比较简单，囿于自身动物性的限制往往很

① 莫言：《生死疲劳》，百花文艺出版社2012年版，第443页。

难学会人所具有的本领。但莫言却常常颠覆我们对动物的认知，使它们具有人一样的才能本领，和人们习惯上的认知形成强烈反差，荒诞新奇，幽默连篇。

> 这些傻瓜，以为我听不懂你们的话吗？老子懂高密话，懂沂蒙山话，懂青岛话，老子还从那个幻想着有朝一日出国留洋的青岛知青嘴里学会了十几句西班牙语呢！[①]

猪懂人话已经够奇的了，猪懂得几种方言就更奇，猪竟然还懂外语就更是奇上加奇。作者运用拟人化的手法把我们印象中蠢笨低能的猪描写成了精通各种方言甚至还知晓外语的语言天才。现实中的猪和作者笔下的猪形成鲜明的对比，使读者在这种违背常理、荒谬夸张的叙述中，体味无限谐趣。

> 我叫你儿子起床的时间也从六点半改成了七点。问我会不会看表？笑话！我偶尔也打开电视机，看看足球赛，我看欧洲杯，看世界杯。宠物频道我是从来不看的，那些玩意儿，根本不像有生命的狗，像一些长毛绒的电子玩具。奶奶的，有些狗，变成了人的宠物；有些狗，把人变成宠物。[②]

① 莫言：《生死疲劳》，百花文艺出版社 2012 年版，第 258 页。
② 同上书，第 429 页。

这条狗不仅会看表叫人起床，还会自己打开电视机看电视，还像个男人一样看足球赛、鄙视宠物频道，其聪明程度简直像极了人类，不仅像人还超乎常人，把人当成了宠物。这一系列不可思议的动物举动，通过作者高超的想象和虚构能力呈现了出来，让人觉得既陌生又好笑，使小说趣味无穷。

3. 动物像人一样知识渊博、经验丰富

动物无法像人一样学习文化，语言能力也极差，因此更不必谈像人一样知识广博、出口成章。但莫言却常常运用其丰富的想象力，把动物高尚化，与现实中的动物形成强烈的不协调感，风趣之极。

刁小三眼睛放出绿光，牙齿咬得咯咯响，它说：“猪十六，古人曰：出水才看两腿泥！咱们骑驴看账本，走着瞧！三十年河东，三十年河西！阳光轮着转，不会永远照着你的窝！”①

一头猪会说话已经很是稀奇了，更让人稀奇的是这头猪竟然还博古通今，引用了《增广贤文》中的“闭眼难见三春景，出水才看两腿泥”中的句子，并且还连用三个人类常用的俗语，表现出了刁小三不甘心服输，誓有一天要战胜对手的决心。这些俗语的巧妙运用更表现了一头猪生活经验的丰富、见识的广博，趣味十足。

为了公正、透明、让你败得口服心服，我们可以选几头办事公道、熟知竞赛规则、知识渊博、品德高尚的老猪充当裁判。②

猪之间的较量竟然也像人类组织比赛一样，要求公正、透明，而且还有裁判，并且裁判具有人一样的知识品格，把猪的世界想象得像人类一样多姿多彩，读来荒诞可笑。

4. 动物像人一样谈情说爱、甜言蜜语、深情款款

动物一般出于本能进行交配，不会像人一样制造浪漫、谈情说爱。但莫言却运用想象给我们呈现出了一个不一样的动物世界。在这个世界里，动物会甜蜜地撒娇调情，狂热地追求爱情，读来令人觉得滑稽可笑。

① 莫言：《生死疲劳》，百花文艺出版社 2012 年版，第 264 页。

② 同上书，第 239 页。

俺娘说过，不能随便吃男猪的东西，蝴蝶迷娇滴滴地说。你娘胡说八道，刁小三硬把那颗杏子塞到蝴蝶迷的嘴里，然后，趁机在蝴蝶迷的耳朵上亲了一个响亮的吻。后边群猪起哄：Kiss 一个！ Kiss 一个！啦呀啦——啦呀啦啦呀啦——[①]

猪在人们眼中一般是蠢笨、猥琐的畜生，本没什么浪漫可言，但这段话中猪的话语神态、动作行为都彻底拟人化了。一头母猪不仅有着勾人魂魄的名字“蝴蝶迷”，其发嗲娇滴滴的语气更表现得如恋爱中的女人一样妩媚动人。两头猪之间的调情也非常生动浪漫，再加上一头猪的偷吻、一群猪英文式的调侃起哄，更使得整段文字读来特别轻松、诙谐。

5. 动物有像人一样的意识活动

由于人类无法像和人一样地和动物沟通，无法探知动物的内心

① 莫言：《生死疲劳》，百花文艺出版社 2012 年版，第 311 页。

世界，所以一般认为动物并不具有像人一样的意识。然而当这样一个陌生新奇的世界被莫言淋漓尽致地描述出来，并和人的意识活动别无二致时，我们禁不住被它的奇妙所吸引，其荒诞诙谐禁不住让人开怀一笑。

> 我将一泡童子猪尿，对准刁小三那张咧开的大嘴滋了进去。我看着它那焦黄的獠牙想：杂种，老子这是为你洗牙呢！我的热尿流量很大，尽管我有所控制，但还是溅到了它的眼睛里，我想：杂种，我这是给你上眼药呢，这尿杀菌消毒，效果不亚于氯霉素。[①]

一头猪不仅有像人一样的智商，挑衅似的故意往别的猪嘴里撒尿，而且还有像人一样的意识活动，把往猪嘴里滋尿叫作给猪洗牙，把溅到猪眼里的尿叫作给猪上的眼药，自以为是地把自己侮辱别的猪的破坏行为说得像做功德一样。

6. 动物具有像人一样的品格和美德

品格和美德一般是用来形容人的，人在日常生活中不断地提高自身修养，逐渐具有高尚的品格，而当动物也表现出像人一样高尚的品格时未免让人觉得可笑。

① 莫言：《生死疲劳》，百花文艺出版社 2012 年版，第 237 页。

> 六百余头沂蒙山猪，化成了蛋白质、维生素以及其它各种维持生命必须的物质，延续了四百头猪的生命。让我们集体嚎叫三分钟，向这些悲壮牺牲的英雄们致敬！[①]

对那些为国家和人民的利益牺牲的英雄，人类一般会用奏哀乐或默哀三分钟的方式追悼缅怀。猪们竟然也有像人一样尊重英雄的品格，用嚎叫三分钟的方式向已逝的英雄山猪致敬，把猪描写得像人一样高尚、富有正义感，其动作的滑稽好笑消解了悲壮行为的崇高。

> 它对我有养育之恩，我应该报答它，但我实在想不出拿什么报答它，最后，我将一泡尿撒在它的食槽里，据说，年轻公猪的尿含有大量激素，对因哺育过度而瘫痪的母猪，有奇特的疗效。[②]

猪也像人一样知恩图报，只不过它的报答方式较为稀奇古怪，用一泡尿来报答哺育过自己的母猪，并宣称自己的尿有奇特的疗效，新奇而又荒唐可笑。

① 莫言：《生死疲劳》，百花文艺出版社2012年版，第270页。
② 同上书，第219页。

7. 动物像人一样有组织有纪律，建立相应的管理制度

动物一般自由散漫，其机警聪敏也多是动物性的，很多本领都是由人驯化而成，就其聪明程度而言更是无法和人相提并论，因此无法像人一样有组织有纪律，更不可能建立组织严密的管理制度。但莫言却常常给我们带来不一样的阅读体验，读来令人称奇，令人捧腹。

> 我们成立了以黑背狼犬为核心的狗协会，总会长嘛，当然是咱家，又按街道、小区下设了十二个分会，分会会长，都由黑背狼犬担任，副会长嘛，本来就是摆设，让那些杂种狗、中国化了的土洋狗担任去吧，借此也可表示我们黑背狼犬的雅量。[①]

人类社会常见的林林总总的协会没想到竟也出现在了狗的世界里。狗这种平时负责给人类看家的家畜竟然也像人类一样组织严密、职责分明，不仅成立了狗协会，还下设了分会，会长副会长这样的职务也像人类一样因才任用、各履其责。把狗这种人类眼中卑贱的家畜比拟成了有管理头脑、组织才能的人，可谓奇思妙想，谐趣迭出。

① 莫言：《生死疲劳》，百花文艺出版社 2012 年版，第 425 页。

莫言通过塑造“人化动物”形象的方式打破了人和动物的界限，为他的小说创作出了一个个瑰奇荒诞、诙谐幽默的动物世界，创造了一系列搞笑的故事情节，增强了小说的趣味性。不得不说莫言是中国当代文坛的“奇才”，他运用现实和幻想相结合的方式，用动物的经历来影射社会历史的风云变幻、世态人情的变化无常，外谐内庄，不愧是中国当代的文学大师、幽默大师。

第二节　从民间诙谐文化的视角分析莫式幽默的构建方式

民间诙谐文化是巴赫金在《拉伯雷研究》一书中提出的，“巴赫金认为民间诙谐文化主要有两个特征：首先是全民性，其次是包罗万象。它是民间集体智慧的结晶，也是民间叙事的一种典型代表。它通常以笑话、故事、谚语、俗语、顺口溜、歌谣等形式出现。巴赫金还认为民间诙谐文化有三种基本的表现形式。首先，是各种仪式、演出形式、节日活动中与之相关的诙谐表演。其次，是各种诙谐的语言作品（包括戏仿体作品）。第三种是各种形式和体裁的广场言语，包括骂人的话、指天赌咒、发誓、民间的褒贬诗等。”[①]

莫言在小说创作中充分挖掘民间诙谐文化资源，以民间思维和老百姓的立场进行叙述，在小说中不时地夹杂很多顺口溜、童谣、笑话和民间故事等。这些丰富多彩的民间形式，有的在文本中单纯只是以娱乐为目的，有的在幽默之余又含有一定的讽刺批判意味。这使得他笔下的人物形象立体生动、幽默滑稽，充满了民间诙谐色彩，体现了老百姓的集体智慧和审美趣味，同时也增加了文本的可

① 周引莉：《论九十年代以来小说中的民间诙谐文化成份及其功能》，《中南大学学报（社会科学版）》，2012 年第 18 卷第 4 期。

读性。

下面就从民间诙谐文化的角度分析一下莫式幽默的另一构建方式。

一、通过利用童谣和快板制造幽默

童谣和快板是民间诙谐文化中娱乐性极强的艺术形式。莫言在农村的生活经验为他积累了丰富的创作素材，再加上莫言从小就擅长编写顺口溜，因此在小说创作时总是有意无意地掺杂进一些童谣快板，用这两种节奏性强又充满趣味性的形式为他的小说增添了一抹轻快灵动的色彩。

（一）童谣

童谣是流传在民间，以孩子们的说唱为主的民间俗文学形式。天真无邪的童心未经雕琢和夸饰，浑然天成，具有一种淳朴自然之美，而以这样的一颗童真之心观察人情世态，把对周围事物的情感诉诸浅显易懂的说唱之中，节奏分明，直抒胸臆，更使得说唱之词率真任性、妙趣横生，具有很强的语言感染力和趣味性。

莫言的小说在叙述的过程中也常常穿插一些童谣，这些童谣一般语调活泼可爱，句式整齐又相对灵活，句尾押韵、节奏感强，语言通俗明了易于传唱，充满了童真童趣。而且童谣常常运用比喻、拟人、夸张等修辞手法增强语言的形象性和感染力，再加上孩子纯真的嗓音，在小说中起到很好的调节气氛的作用，像是莫言为他的小说注入的一剂幽默剂，为他充满悲悯情怀的叙述增添了一抹鲜活亮丽的色彩。莫言小说中的童谣除了抒发真实的个人情感之外，还起到了影射和批判社会现实的作用，以儿童的眼光看社会，以儿童的眼光看人物的人生，以看似嬉戏喧闹的唱词反映世间百态，真实有力，显示了莫言小说技法的高妙。

单干是座独木桥，走一步来摇三摇，摇到桥下淹没了。

人民公社通天道，社会主义是金桥，拔掉穷根栽富苗。

蓝脸老顽固，单干走绝路。一粒老鼠屎，坏了一缸醋。

金龙宝凤蓝解放，手摸胸口想一想。跟着你爹老顽固，落后保守难进步。[①]

这首童谣是以“莫言”为首的一批嘴皮子发痒的顽童编的，前两节句尾押“ao”韵，后两节押“u”韵，说唱起来朗朗上口。而且这首童谣还运用比喻的方法巧妙地形容了单干和加入合作社，以及选择两条路的不同前景，最好笑的是故意极度丑化蓝脸，把他比

① 莫言：《生死疲劳》，百花文艺出版社2012年版，第107—108页。

喻成一粒老鼠屎，形容猥琐，力量薄弱，非常好笑。同时“坏了一缸醋”也运用了比喻兼夸张的手法说明一个单干户对合作社进程造成的巨大破坏力，形象贴切，诙谐幽默。在痛批蓝脸单干的同时还机智灵活地争取团结同龄的孩子，谆谆告诫，阐明了跟随单干的后果，表现出孩子率真的个性。

冷冷冷，操你的亲娘，
飞艇扎在河堤上！
热热热，操你的亲爹，
飞艇扎在河堤上！
飞艇扎在河堤上，
烧死了一片白树桑。
飞艇扎在河堤上，
方家七老妈好心伤，
一块瓦灰铁，
打死了怀中的小二郎，
流了半斤血，
淌了半斤白脑浆，
七老妈好心伤！
飞艇飞艇，操你的亲娘！[①]

① 莫言：《白狗秋千架》，百花文艺出版社2012年版，第329页。

这段童谣，节奏轻快，朗朗上口，用拟人的手法痛骂冷热的天气及飞艇的爹娘，看似违背常理，实则很符合农村人抒发情绪的语言习惯。在农村遇到恶劣的鬼天气时，为了发泄内心的不满，骂娘骂爹都是稀松平常的事情。虽然其中包含骂人的字词，但却并没有什么实际的辱骂意义，然而人们痛骂之后却会感到酣畅淋漓。天气冷热无常，又飞来横祸，飞艇打死了七老妈的小儿子，这种悲痛和愤恨无处发泄，只有借助夹杂脏话的歌谣畅快地抒发出来。只是农村孩童的这种抒发方式过于直爽耿直，让人惊讶于这种事之余不禁哑然失笑。

许宝许宝，见蛋就咬！
咬不着蛋，满头大汗。
许宝许宝，是根驴屌。
吊儿郎当，不走正道……①

这段由一群小学生即兴现编现唱的童谣利用节奏感极强的说唱形式讽刺了整日以劁驴阉牛骟马为业的许宝，讽刺他不光鲜的职业，讽刺他追求私利贪婪的嘴脸，也讽刺他丑陋、不走正道的形象。童谣用夸张及暗喻的方式把人形兽性、丑陋不堪的许宝这一人物形象描绘得惟妙惟肖，并由稚童的口中唱出，为许宝的形象增添了幽默的

① 莫言：《生死疲劳》，百花文艺出版社2012年版，第64页。

色彩。

在莫言小说中幽默风趣的童谣还有很多，同样为文本增添了无限的幽默趣味。如：

> 紫碗碗花儿，盛蓝酒，妞妞跟着女婿走。走啊走，走啊走，走到黑天落日头，草窝窝里睡一宿。抱一抱，搂一搂，来年生了一窝小花狗。①

（二）快板

快板又叫作“数来宝”“顺口溜”“流口辙”“练子嘴”，是中国广大人民群众比较喜爱的一种口头说唱形式，老百姓口头上习惯叫它“顺口溜”，曲艺界则喜欢称之为“快板”。据郑万里的《当代说书文化实录》记载，“这种说唱形式，是从艺人的行乞说唱发展而来。最初艺人们以牛骨头、竹板、木棒、撒拉机、碗片等作为敲击的乐器。为了沿街或挨户讨要，艺人要把店铺、商品、施舍的主人等夸赞一番。他们即兴编词，看见什么就说什么。”②

快板说唱起来非常简单，乐器的话也只是简单的两片竹板而

① 莫言：《丰乳肥臀》，百花文艺出版社 2012 年版，第 585 页。

② 郑万里：《当代说书文化实录》，吉林大学出版社 2013 年版，第 65 页。

已。说唱者可多可少，唱词也可长可短。说唱者一般触景生情，随编随唱，以宣传自己的见解和主张，所用词句简单易懂、生动活泼、幽默诙谐、韵味十足、节奏感极强，表达起来精练、方便、快捷，也很容易掌握，因此传播起来非常便捷、迅速。快板一般会运用“包袱”、夸张和铺陈的手法刻画人物、描写情节，具有特别强烈的幽默风趣的艺术风格。

戴其晓曾这样概括顺口溜的功能：“顺口溜是民间文学的一种，以大众喜闻乐见的形式被广泛流传，并因为其丰富多彩的内容在当今社会中发挥着重要的社会功能：或揭露、抨击，或讽刺、嘲笑，或劝诫、教育，或娱乐、宣泄，或褒扬、称颂。”[①] 因为快板就是顺口溜在曲艺界的一个别称，因此快板也同样具有以上功能，以其独特的语言魅力在社会上发挥着重要的作用。

农村人无论是在宣传鼓动时，还是在讽刺嘲笑时，抑或是赞扬歌颂时，总喜欢用一些节奏明快、朗朗上口、诙谐生动的顺口溜来加强语气。莫言作为一个生于民间、长于民间的民间语言大师，对这种深受群众喜爱的民间艺术形式特别了解和熟悉，也在平时的生活体验中积累了大量的快板语料，再加上其本身就具有极好的创作天赋，因此在刻画人物或组织情节的时候也很喜欢运用这种老百姓喜闻乐见的说唱形式，为描写的内容增添了很多幽默色彩，使文章内容更加活泼生动。

① 戴其晓：《当代最新流行顺口溜大全》，上海大学出版社2010年版，第1页。

根据快板所述内容的性质，现把莫言小说中表现幽默的快板段子概括为以下几类。

1. 讽刺性的幽默快板

莫言小说中讽刺性的快板通常是押韵上口、富有故事性，采用夸张、比喻等方式生动活泼地叙述一个人或一件事，话语中极具讽刺意味。而且所插入的快板中所述之人或所述之事通常不太符合常理，荒谬可笑，以此来讽刺人或事，影射当时的社会环境对人思想的腐蚀。

> 说的是畜牧队长马瑞莲，那颗脑袋不平凡，在配种站里搞实验，让羊和兔子结姻缘。气恼了小乔配种员，对着她的肚子打一拳，马配毛驴生骡子，羊配兔子不沾弦。如果说兔子和羊结了婚，公猪能娶马瑞莲。马瑞莲奶子一挺生了气，找到李杜提意见。李杜场长胸怀宽，劝说老婆马瑞莲，算了吧算了吧，这些右派不简单，小乔念过医学院，于正省城做主编，马鸣留学美利坚，章杰能编大辞典，就说右派王梅赞，那个头号大笨蛋，还是个健将运动员……[1]

这段文字几乎用“an”韵一韵到底，读来朗朗上口，以刻画马瑞莲不切实际的荒谬想法为主线，以小乔和马瑞莲的想法冲突结构情节。马瑞莲的想法匪夷所思、不切实际，让人哭笑不得。小乔的

① 莫言：《丰乳肥臀》，百花文艺出版社2012年版，第416—417页。

反驳也是巧妙之极，运用起兴的手法先言他物，然后引出自己所要阐述的重点，用“公猪能娶马瑞莲”人畜通婚这样不可能出现的事实来突出马瑞莲想法的荒谬，妙趣横生。不管是羊和兔子结姻缘还是公猪和人通婚都造成了想法和现实的强烈不协调，再加上快板轻快活泼的调子，更使得所述内容幽默十足。

2. 叫卖性的幽默快板

快板是从艺人行乞发展而来，行乞的过程中艺人边敲边唱，通常极尽赞美之词以博得打赏施舍，因此溜须拍马的嘴皮子功夫非常厉害。发展到现代，很多市集商贩为了吸引顾客的注意，也会编写一些朗朗上口、极富赞美意味的快板唱词，边夸赞边叫卖，而且所说之词通常极尽夸张之能事，非常不符合实际，但叫卖者的编述能力以及轻松活泼的语气都让人忍不住为之一笑，想探个究竟，叫卖者从而达到销售的目的。因为莫言小说的故事背景多是在农村，而广大的底层人民群众尤其喜爱和擅长编写快板唱词，所以他的小说中也常会出现这种叫卖性的快板。

拴个娃娃带回家，全家高兴笑哈哈。
今年拴回明年养，后年开口叫爹娘。
我的娃娃质量高，工艺大师亲手造。
我的娃娃长相美，粉面桃腮樱桃嘴。
我的娃娃最灵验，远销一百单八县。
拴一个，生龙胎；拴两个，龙凤胎。

> 拴三个，三星照；拴四个，四天官。
>
> 拴五个，五魁首；拴六个，我不给，怕你媳妇噘小嘴。……[①]

这是王肝敲着木鱼售卖泥娃娃时的一段快板，用词讲究，几句一韵，节奏感强。这段快板运用夸张的表现手法把拴泥娃娃和生儿育女联系在一起，称赞了自家泥娃娃的形象、功效及受欢迎的程度。这段快板把民间工艺大师秦河手下的泥娃娃描述得活灵活现、惟妙惟肖、神奇无比，和旁边摊位的泥娃娃形成强烈的反差，再加上其夸张的叫卖方法欢快逗趣，因此读来幽默生动。

3. 宣传性的幽默快板

莫言小说中这个类型的幽默快板通常都是描述政府或有关部门为了更好地宣传或推广政策，用过分夸大等方式鼓吹执行方针对人民群众的益处，但用轻松活泼的语气消解了政治上的严肃性，努力使群众相信而遵从，以达到宣传的目的。

> 社员同志不要慌，社员同志不要忙。男扎手术很简单，绝对不是骗牛羊。小小刀口半寸长，十五分钟下病床。不出血，不流汗，当天就能把活干……[②]

① 莫言：《蛙》，百花文艺出版社2012年版，第155页。

② 同上书，第49页。

这是一段宣传计划生育的快板，政治意识强烈，韵律和谐，节奏感强。本来男扎手术慎重严肃，但却用这种轻松夸张的方式说唱出来，消解了话题本身的严肃紧张性，轻松畅快，幽默风趣。快板把男人恐惧无比的男扎手术描述得轻松简单，起到了很好的宣传和鼓动作用。

4. 赞美性的幽默快板

莫言小说中还有很多赞美性的幽默快板，习惯用极其夸张的语言行赞美之词，让人听了禁不住开怀大笑。

> 蒋桂英拉泡屎，光棍子离地挖三尺；陈百灵撒泡尿，小青年十里能闻到。[①]

> 王小涛，黏豆包，一拍一打一蹦高！[②]

前面一段主要是用极其夸张的话语赞美蒋桂英和陈百灵貌美如花，似仙女下凡，但这段快板性的赞美诗的书写方式却是民众口语式的，用词虽然极其粗俗，却形象地表达了光棍子和小青年对她们的迷恋程度，令读者在通俗夸张的语句中体验到农村独特的话语乐趣。后面一段同样是赞美性的，因为王小涛个子不高，身体又结实，所以被比喻成黏豆包，比喻形象贴切、俏皮生动，又因为他爱

① 莫言：《师傅越来越幽默》，百花文艺出版社2012年版，第123页。
② 同上书，第126页。

蹦蹦跳跳，所以说他“一拍一打一蹦高”，节奏明快，句句押韵，把王小涛的活泼可爱描绘得淋漓尽致。

二、通过穿插幽默小故事制造幽默

中国文化具有5000年的悠久历史，中国人民在漫长的时间长河中积累了丰富的生活经验，创作了大量着眼于现实又具有一定幻想成分的民间故事，很多奇闻逸事或神仙鬼怪等故事经过劳动人民的不断传播，添枝加叶，听起来幽默风趣，深受劳动群众的喜爱。至今仍有很多表现幽默的艺术形式，如小品、相声等，以其轻松搞笑的形式不断丰富着人们的生活。

会讲故事对一个作家来说至关重要，小说在一定意义上就是在讲故事，妙趣横生、生动活泼的故事总是特别富有感染力，而讲故事正是莫言的专长。莫言生于民间，长于民间，而民间是故事的宝藏。莫言常说他的故乡人人都是讲故事的高手，“村子里凡是上了点岁数的人，都是满肚子的故事，我在与他们相处的几十年里，从他们嘴里听说过的故事实在是难以计数。他们讲述的故事神秘恐怖，但十分迷人”①。而那时使莫言忘却孤独和苦难的方

① 莫言：《2001年5月在悉尼大学的讲演词》，载莫言：《莫言讲演新篇》，文化艺术出版社2010年版。

式就是在田间地头或牛棚马厩听人讲故事。乡亲们口中讲出的逸闻趣事、神鬼故事使他暂时忘却了现实的艰辛，滋生了无穷的想象力，也为他以后的创作带来了丰富的素材和灵感。他在不断地与自然对话、与自我对话的过程中锻炼了自己讲故事的能力，很多听来的故事经过他的不断加工和发挥也更加生动有趣。甚至莫言获诺贝尔文学奖后在瑞典学院发表演讲时的主题就是《讲故事的人》，他认为自己是因为会讲故事才获得了诺贝尔文学奖。莫言用他精彩异常的故事使他的小说充满了独特的魅力，他尤其喜爱在小说中穿插一些幽默的小故事，特别是在他的一些短篇小说中。这些风趣诙谐的小故事像是他特地为读者添加的调味剂，使读者更加了解他笔下人物以苦为乐的乐观人生，为他的小说增添了一抹活泼亮丽的色彩。

在莫言的中短篇小说中，莫言常常以民间拉呱唠嗑的形式插入一些风趣诙谐的小故事。这些幽默小故事的背景一般都是乡村，叙述故事的人物也是普通的老百姓，不是慈眉善目、脑子里装满故事的祖父祖母，就是那些有了一定生活经验的乡亲，亦或是那些走街串巷经历丰富的小生意人。故事的来源有的是对已有故事的传承，有的则是道听途说，还有的是莫言的亲身经历。小说中的人物添油加醋、形象生动地把故事描述出来以打发农村枯燥沉闷的生活，畅快一笑中也缓解了沉重的生活压力。

根据莫言小说中幽默小故事所表现出来的性质，可以把它们分为以下几种类型。

（一）滑稽打诨式的幽默小故事

这种类型的故事主要意旨就是逗趣搞笑，故事中一般不含对社会或政治的批判和揭露，深得农村人的喜爱。农村人在茶余饭后、田间地头最喜欢以这种类型的故事来愉悦自己、消除烦恼。以说故事见长的莫言对此更是如鱼得水，驾驭得游刃有余。莫言常常以说书人或者乡间唠嗑的方式插入一些滑稽打诨的幽默小故事，利用喜剧性的幽默场景展现他独具特色的幽默才华。

这种故事出现得最多的当数莫言的短篇小说集《白狗秋千架》，如在他的短篇小说《草鞋窨子》中于大身讲的卖虾酱时的有趣经历：女人闻着于大身的虾酱有股子骚味，说："你往桶里撒尿了吧？怎么臊乎乎的？"[①] 于大身生气地骂道："臭娘儿们，我往你嘴里撒了尿。"[②] 女人被于大身的话气得与他对骂起来，精神到了热火头上时，"把双手往腰里抄去，刷地抽出裤腰带，搭在肩膀上，把裤子往下一褪，世上的人都不敢睁眼。女人翘着屁股，在两个虾酱桶里各撒了半泡尿"[③]。小说中女人粗俗挑衅的话语、极度夸张的神情、咄咄逼人的气势都营造出一种闹剧的氛围，特别是最后女人当众脱裤子的行为，更是让人感觉匪夷所思、荒唐搞笑，把故事的幽默感推

① 莫言：《白狗秋千架》，百花文艺出版社 2012 年版，第 245 页。

② 同上。

③ 同上。

到了高潮，生动地塑造了一个泼辣、彪悍、直率的幽默女主人公形象。再加上女人豪放、大胆、不羁的行为过于出位，不合常理，和读者的生活经验里保守本分的农村妇女形象形成强烈的反差，因此显得特别幽默滑稽。

（二）机智型的幽默小故事

莫言偶尔在他的小说中插入充满机智特色的幽默小故事，虽然不多，但从中也可以窥见莫言知识的广博。如在《猫事荟萃》中，莫言为了反驳时下一些人认为的“凡是以第一人称写出的作品，作品中之事都是作家的亲身经历”[①]的文学批评法，引出了张贤亮，又插入了一个名为《买葱》的小故事，尽显机智幽默。

> 一乡下人卖葱，一数学家去买葱。买者问：“葱多少钱一斤？”卖者答：“葱一毛五分钱一斤。”买者说：“我用七分钱买你一斤葱叶，八分钱买你一斤葱白，怎么样？”卖者盘算着：葱叶加葱白等于葱，七分加八分等于一毛五，于是爽快地说：“好吧，卖给你！”[②]

① 莫言：《白狗秋千架》，百花文艺出版社2012年版，第365页。
② 同上。

这则小故事的幽默风趣之处在于买者的巧妙买法，他把一毛五分钱分成了七分和八分，用同样的一毛五分钱买了两斤葱。这种机智的买法新奇独特，与人们平时的行为习惯相背离，形成一种行为方式上的错位，造成一种不协调感，加上最后卖者悟不透其理白白地被骗去一斤葱，更加令人忍俊不禁。莫言用这样一个例子来反驳文坛上那些错误的批评方法，如果他们的说法成立的话，那么写《买葱》的人估计真的成了教唆犯了。莫言用简短幽默的小故事来批评时下的错误评论方法，用一个极简单的例子来阐述一个深刻的道理，讽刺了当今文坛上一些文艺批评者的荒谬看法，真正做到了寓庄于谐，促使人反思当今文坛的一些现象，意味深长。

（三）荒诞型的幽默小故事

以马尔克斯为代表的魔幻现实主义，常运用魔幻和夸张的手法表现拉丁美洲光怪陆离的现实。而莫言的“高密东北乡”同样是一片充满神奇的土地，受魔幻现实主义的启发，莫言在创作时也不自觉地调动自己以往的农村生活经验，用夸张、荒诞等手法组织情节、讲述故事。在创作中，用“老祖父”蒲松龄的方式把故乡的传说、神话因素吸收进作品中，构思之新奇堪称登峰造极。因为讲述故事的方式过于荒诞夸张，因此其中的人或动物的形象一般在现实中难以找到原型，而且莫言擅长塑造一些与人们平时理念相差较大的形象，把低俗丑陋的形象变成高雅超脱的，从而形成巨大的反差，妙趣横生，读来让人忍俊不禁。

在《罪过》一篇中莫言穿插了很多有关鳖精的荒诞故事，一方面充分利用了农村生活的经验，发挥了他讲民间小故事的特长，另一方面也增强了小说的故事性和幽默性。鳖给人的印象一般是幼小、笨拙和丑陋，但小说中莫言却用近似蒲松龄的手法，把鳖神话化荒诞化，鳖变成了巨大可怕、神通广大、知识渊博的水族，可以呼风唤雨，主宰着河口决堤，也可以幻化成人形与人推杯换盏，谈古道今。这两种形象在读者的意识里形成巨大的反差，新鲜而生动，增强了故事的诙谐幽默性。

鳖精的故事中有一则讲鳖精考中进士、迎娶富家女。在这则故事中富家女嫁给一个考中进士的大才子，但最后富家女却发现自己的如意郎君竟是鳖精所化，不堪其辱自缢身亡。这个故事中鳖这种被人们认为笨小、丑陋的水族竟考中了进士，变成了一个大才子，而且还娶了一个如花似玉的富家女。莫言用这种极尽夸张荒诞的手法塑造了一个和人们的常识反差极大的鳖的形象，造成了一种极大的不协调性，和人们的理念越是不相符、越是差距大就越是荒唐可笑。

还有一则讲的是人替鳖精送信的故事。在这则故事中鳖精之间会有书信往来，家族内部也有“八叔”“爷爷”这样和人类相同的辈分之分，而且这则故事中的鳖神通广大，能幻化成“红衣少年”和“白衣老者”。不仅如此，鳖精还懂得知恩图报，送给送信人一篮子金豆芽，这种鳖的形象与人们常见的鳖简直有天壤之别。莫言模仿“老祖父”《聊斋志异》的写法，把鳖神化，又模仿马尔克斯的写法，把故事写得魔幻荒诞，读来让人感到既神奇夸张又幽默有趣。特别是这则故事中的送信人不知珍惜，愣是把一篮子金豆芽丢入水中，最后懊悔不已的形象更是为故事添上了一抹喜剧色彩，让人哭笑不得。

从以上莫言插入的几则幽默小故事可以看出，莫言的幽默情趣基本上是农村下层劳动人民幽默感的体现，很多故事都是莫言根据在农村时候的所见所闻结合一些文学的艺术手段加工改编而成。为了增加故事的幽默性，莫言在讲述的时候有意无意地制造出和现实一定程度上的错位，造成了一定的不协调性，从而营造出诙谐风趣的喜剧效果。但总体来说莫言的幽默小故事充满了浓郁的农村生活气息，充分体现了劳动人民丰富的想象力、直率纯真的真性情以及乐观豁达的生活态度，也因此使得莫言的小说更具有故事性、更富有幽默性，在当代文坛绽放出独特的文学魅力。

三、通过利用有趣的人物名字和外号制造幽默

莫言是个技艺高超的幽默大师，他运用极其奇巧、极富创造性和生命力的语言为我们呈现了一席语言上的幽默盛宴。莫言的幽默不仅体现在语言上，还体现在人物塑造方面。他更是别出心裁地为笔下的人物起了一个个幽默诙谐的名字，或引用人物身体部位取名，或根据人物外貌特征取名，或给人物起幽默风趣的外号等，千奇百怪，不合常规，为他的幽默小说世界增添了一道道绚丽的色彩。同时他那些别具特色的幽默名字外谐内庄，渗透着他独特的生命体验，更反映出他对人物命运的深切关照，以及对当下社会的理性思考，极富象征意义和文化内涵。

（一）莫言小说中幽默人物名字的构成方式

莫言小说中充满幽默性的人物名字形形色色、丰富多彩，但

莫言并不是随意起就的，常遵循一定的规律。他总是在符合人物性格、身份和特征的基础上别具匠心地打破当今流行的起名风俗，为这些人物增加一抹幽默色彩。

总的来说，莫言主要通过以下几种方式来使人物的名字富有幽默性。

1.用身体部位为人物起名

随着人们物质生活和文化水平的提高，起名更变成了一门人人不得不讲究的学问，生辰八字、星座运势都被考虑其中。父母们翻烂了词典、想破了脑袋，只为给自己的孩子起一个好名字，好名字寄寓了父母对孩子未来的期望。随着日韩时尚剧的风行，在人人皆以有一个充满韩味、洋气十足的名字为傲的当下，莫言却一反常规为他小说中的名字绘就了一幅人体生理结构图，按人体的器官或身体部位为人物命名。这种非常规的人物命名方式和当下的起名习俗形成强烈的反差，因此人物未出场，光是人物的名字就已经让人觉得滑稽好笑了。

具有代表性的当属他的长篇小说《蛙》。这篇小说可谓莫言的呕心沥血之作，光是看人物名字就已经让人感觉幽默可笑之极。小说中的大部分人物都是以身体部位或人体器官命名，如王肝、王胆、李手、陈鼻、陈额、袁腮、袁脸、肖上唇、肖下唇、吕牙、杜脖子、万心、郝大手、五官、陈耳、张拳、陈眉、万足等，莫言几乎用人物名字为我们画出了一张人体结构图。读罢甚至让人怀疑莫言是不是真的看着一张人体结构图来设计人物名字的。人物的命名和现在的取名习惯相背离，透露出一股土俗、卑贱之气，相当地新鲜奇特，且符合乡土农村语境，读来滑稽可笑。

同时人名也非常巧妙地体现出了人物的外貌特征、身份职业、角色地位以及人物之间的关系。如全文主要给我们讲述的是一个农村妇产科医生的故事，被称为“姑姑”的万心贯穿小说的始终。而名字中的“心”在人体中的重要性可谓是众所周知，有形之心主宰着人体的整个生命活动，被称为“五脏六腑之大主”，无形之心则是灵魂的别名，指向人的精神世界，可见莫言给人物取名构思之缜密。

再如肝胆因互为表里、关系密切而常被人并提，因此小说中将王肝和王胆设置为异卵双胎。小说中更设置了王肝舍身巧救王胆，躲过计生队伍的追捕这一情节，更体现了王肝“肝胆过人”“肝胆相照”的兄妹情意。人物名字既和人物关系相对应，又体现出了名字的精神风蕴，幽默之外又巧妙之极。

还有人体中唇有上下之分，本就是一体，因此莫言也巧妙地利用这样的特征把小说中的肖上唇和肖下唇设计为父子关系。另外唇舌本来就有言辞之喻，因此带有“唇”的人物定能巧言善辩，小说中的肖上唇、肖下唇就是如此。肖上唇满嘴下流话，爱耍流氓，并好胡搅蛮缠，曾多次上访污蔑“姑姑”把他的性功能破坏。肖下唇更是善于污蔑造谣，说“姑姑”是因为没结过婚变得变态、嫉恨别人夫妻出双入对才发明的绝户计——给男人结扎，更污蔑“姑姑”是国民党特务的姘头。人物的名字和人物关系、人物特征密切对应，既诙谐又巧妙。

陈眉的名字更是符合人物的外貌特征。“眉”字自古就和美女有密切的关系，在《西京杂记》卷二中有“文君姣好，眉色如望远山，脸际常若芙蓉，肌肤柔滑如脂……”[①]。“远山眉”即形容女子容颜娇媚。“眉”也通“媚”，《释名·释形体》中言道：“眉，媚也，有妩媚也。”[②]现代人也常用“眉清目秀”“眉目如画”“柳叶弯眉”这样的词来形容秀气美丽的女子，而且网络上又流行“美眉”一词，用来指代美女。由此可见，古往今来“眉”这个字跟“美女”关系何其密切。莫言在进行人物设置时也巧妙地把陈眉描绘成高密东北乡最美丽的女子，有着模特儿般的身躯，有着两条高密东北乡最美的眉毛，是“羊群中的骆驼，是鸡群里的仙鹤”[③]，在父亲陈鼻的眼中更是可以成为王妃的人，因此莫言在给人物取名时是特别讲究的。

手是人身体的重要部位，另外手还指人的本领、手艺。郝大手是高密的泥塑大师，捏出的泥娃娃独一无二，充满神奇的生命力，而且还能捏出别人未来孩子的模样。因为有着一双这样的神奇巧手，故莫言把人物的名字和人物的职业技能联系在一起，为他取名为郝大手。人物名字符合人物身份，充满情趣，而且和当今人物取名的习惯不一致，所以显得幽默。

① 李土生：《土生说字》（第11卷），中央文献出版社2009年版，第197页。
② 同上。
③ 莫言：《蛙》，百花文艺出版社2012年版，第202页。

鼻与额相连，鼻在额的下部，陈鼻又与生俱来一个大鼻子，所以莫言设置陈额与陈鼻为父子关系。额在脸部正中，高于脸部的其他部位，因此莫言在设计人物角色时，陈额的条件也比其他人优越。首先文化水平比较高，识字很多；其次经济条件好，“解放前就有良田百亩，开着烧酒作坊”[①]；最后精神生活也“丰足”，一人双妻。可见莫言在设计人物角色时也是细心琢磨，很费了一番心思。

脸统率着面部全局，因此袁脸被作者巧妙地设定为村支书。脸的两旁为腮，而且素有“脸腮”一词，即腮颊，可见脸与腮的关系非常紧密，因而袁脸与袁腮被巧妙地设置为一对父子。另外还有因为有两条大长腿而被取名的万足，至于杜脖子、吕牙等人，虽文中没有做太多的交代，但从他们的名字我们也能大概猜出其人其性。

从以上对莫言小说中人物名字的分析可以看出，莫言心思是何其缜密，对每一个人物名字都做了非常巧妙的布局。他笔下的人物犹如他指间的棋子，一棋一子置于何处都在他的掌控之中，所投之处恰到好处，棋棋相连又融为一体，绘就了一幅高密东北乡的风土人情画。

2. 用鄙琐的家畜动物为人物起名

另外莫言在很多小说中还喜欢用家畜为人物取名，以现在的取名习惯来看不免有些丑陋、粗俗，很多字都是取名忌讳用的，如

① 莫言：《蛙》，百花文艺出版社 2012 年版，第 7 页。

《蛙》中的蝌蚪。蝌蚪是万足的笔名，蝌蚪与人的精子形状非常相似，代表了旺盛的生殖能力。这也照应了他荒唐的人生经历，基于传宗接代的使命，被偷采去了“蝌蚪”，使一个曾经抱过、差点成为自己女儿的女孩怀上了自己的孩子，名字紧扣人物形象，巧妙中又包含对人物命运的讥笑。此外还有《蛙》中的象群、小金牛，《草鞋窨子》中的大白鹅，《苍蝇·门牙》中的骡子等。这种起名方式一般采用比拟的手法把人比拟成鄙琐的动物，人为地降低人的尊严，使崇高的人类卑贱化，再加上与人物的形象、性格或行为某一方面非常相符，使人物更加形象，富有画面感，从而宣泄了内心的压抑情绪，产生了幽默效果。

3. 以极度夸大人物荒谬期望的方式为人物起名

家长们常常把自己的内心期望寄寓于孩子的名字之中，希望孩子会朝着名字中所蕴含的目标努力奋进，时时鞭策和激励他们，同时也侧面激励自己，期望梦想成真，终圆自己所愿。有的人期望比较大，像期望国富民强之类，如“国泰”“民昌”；有的人期望事业有成、博学多才，如“国栋”“建功”“良才”“文博”；有的人则期望自己财源滚滚、吉祥如意，如“永昌”“富贵”“庆祥”等；还有好多人则期望自己儿孙满堂，但一般表达起来词正意吉、高雅别致，富有正能量。但莫言在《丰乳肥臀》中的一系列人名则给我们夸张地传递了另外一个意思，如上官家的七个女儿——来弟、招弟、领弟、想弟、盼弟、念弟、求弟。这七个名字同有一“弟”字，而且名名相连，意义递进，强烈地表达出了一个起名者的急切期望——生儿子。这些名字单独拿出一个来还不算太稀奇，但当七个名字排列成串，一口气读出时顿时感到上官一家那种不得儿子誓不罢休的咄咄气势。女儿的名字非常随意，而她们的名字只是一个过渡、一种表达愿望的方式，最终的指向是下一个——儿子。这种起名的方式极度夸大了一个荒谬期望，为了达到这个愿望甚至到了人性扭曲变形的地步，和我们追求内涵丰富、意义积极的起名习惯相悖，因而显得非常夸张可笑。这些荒唐可笑的名字也从侧面反映了传统的重男轻女观念对人思想的腐蚀。女人在这种观念下始终背负着传宗接代的重任，女人已不可谓为人，只是一个生儿育女的机器，让人不觉慨叹其命运的多舛，在笑过之后更多的是欲为之拭泪的心酸。

除此之外，还有很多给人物起名的方式也非常幽默，比如《蛙》中根据孩子的出生方式起的“蛋生”，主要是因为刚接生下来是一个蛋，后来娃娃从蛋里蹦了出来，光是名字荒诞性的来历就已经让人感觉趣味十足。再如小说《生死疲劳》中根据当时的时代背景取就的名字：黄互助、黄合作、开放、改革等，很巧妙地把中国历史上具有史诗意义的几大变革都镶嵌在几个人的名字中，人物身份的低微和人物名字意义的宏大形成对比，使得名字更加有趣味。另外还有余一尺、西门闹、航空母舰、盖八庄等人物名字也都非常幽默。

（二）分析莫言用以上方式为人物起名的原因

至于为何会以身体部位、器官为名，莫言在小说中也阐释道："我们那地方，曾有一个古老的风气，生下孩子，好以身体部位和人体器官命名。譬如陈鼻、赵眼、吴大肠、孙肩……这风气因何而生，我没有研究，大约是那种以为'贱名者长生'的心理使然，亦或是母亲认为孩子是自己身上一块肉的心理演变。"[①] 可见首先是当地农村的风气使然，现在仍有不少地方还沿袭着这样的风俗，大概正如作者所言，主要是源于"贱名长生"的心理。这种取贱名的习俗早在古代就已经有了，古代人认为姓名是一个人灵魂的符号象征，心怀不轨的人可对姓名施行巫术从而加害人的性命，因此忌讳直呼其乳名。另外古代人还认为小孩初生最是脆弱，要闯过很多道鬼门关，一不小心命就会被小鬼勾去。因此为了使自己的孩子命硬，能抵御风险，古人常常有意识地用一些刚强、坚硬、凶猛或丑陋不堪的词语给孩子取贱名，使得鬼怪厌恶，不敢近身加害，从而保护孩子。现在民间很多地方还常有用家畜动物或屎尿粪便等不洁肮脏之物给孩子起名的习惯。这些地方一般经济文化水平不高，人们仍然比较迷信，怕自己的孩子受到鬼怪妖魔的伤害，因此用取贱名这种方式来保护孩子。光是带有"狗"字的常见人名就有很多，比如狗蛋、狗剩、狗娃、狗子等，其他还有带

① 莫言：《蛙》，百花文艺出版社 2012 年版，第 3 页。

驴的、带猪的、带粪的，等等，形形色色，俗之又俗。适巧莫言笔下描写的世界也多是贫穷落后的农村，农村条件一般较为艰苦，特别是 20 世纪的中国历经风云变幻，战争、灾害、贫苦、精神创伤不断，人们只有把对生的希望寄托于粗俗的贱名以求苟延残喘地存活于风云变幻之间。随着人们思想文化水平的提高及时代背景的变换，这种颇显粗俗的文化风俗正逐渐被消解。

再者也许父母们认为孩子是自己的心头肉，是自己身体的一部分，因此用身体部位或器官为孩子起名，以此来表达对孩子的疼惜之情。

除此之外，笔者认为作者有意识地违反常规、取一些适合农村语境同时又幽默逗趣的名字也是原因之一。一部小说要想有吸引力，不仅要有扣人心弦的故事情节，还要有引人注目的人物形象。名字在某种意义上代表着人物本身，是让人物醒目特别、激发读者阅读兴趣的重要因素，所以要想刻画出有血有肉的人物形象，首先在名字上就要下足功夫。莫言小说中这些略显粗俗的名字看似遵循着农村的旧俗信手拈来，但仔细研究后你会发现这些名字非常符合人物的脾性、身份，对人物之间的关系及人物的命运都有一定的暗示意义。可见这些人物名字都是莫言精心设计的，一部小说偶尔一人如此取名不足为奇，但成套成系列地出现则蔚为大观，如莫言的《蛙》展示了一套完整的人体结构图，《丰乳肥臀》则上演了七女求弟的年度大戏，而以家畜等动物为名则为我们制作了一档《动物世界》。莫言总是能给我们带来惊喜，而他在人物上给我们的最大惊喜就是每个名字都不合常规，每个名字都意趣盎然，每个名字都奇特巧妙，让人浮想联翩，让人悠然一笑。莫言就是这样在他的小说世界里为我们创造了一个又一个形色各异的家族，其人物名字略显粗俗、怪异，和当下追求意境优美、高雅脱俗的取名风格大相径庭。但正是这些不合常规的陌生化的词语，给人物本身抹上了一层喜剧色彩，细细回味又适切所描绘的语境，阅读起来轻松、诙谐、趣味不断，这也许就是莫言一贯的处理方式——用幽默来对抗苦难。人总要忍受、面对生活中的艰难困苦，微笑地活着是处于困境却无法逃出困境的人最明智也是最无奈的选择。

（三）用给人物起外号的方式制造幽默

外号是人的一种特殊的称谓符号，很多人除了有名、字、小名、笔名之外，还有一个有趣的外号。外号在当下的中国还是非常盛行的，在一些经济文化不发达的地区尤其常见。起外号也是一门学问，很多人的外号并非随意取的，而是根据其外貌特征、性格特点、嗜好特长及特殊经历等用比较形象生动的词语概括出来的。区别于本名之处就在于它用一些比喻性、象征性的语言，与本名相比更形象、更通俗、更夸张、更幽默，叫起来也更上口，而且外号指向丰富，还包含了赞美、嘲讽、讥笑、憎恨等多重感情色彩。

莫言是个名副其实的语言大师，在农村生活 20 年的经验，使得他对农村人的起名习惯有了深刻的了解，因此他在创作时除了别出心裁地赋予人物一个个让人印象深刻的名字之外，还运用他丰富的想象力给很多人物起了幽默的外号。这些外号巧妙别致，常常运用比喻、借代等修辞手法，非常符合人物的身份和性格特征。而且更重要的是莫言所取的外号常常能把人物降格，刻意凸显其丑陋粗鄙的一面，消解了人物的严肃和崇高，甚至把人物贬低至卑俗的地位，借以抒发其嘲讽、奚落、戏弄的情绪。这种方式在小说中起到了很好的调节气氛的作用，收到了很好的幽默效果。

莫言小说中把人卑贱化而又极富幽默意味的外号主要分为以下几类：

1. 由本名谐音造成的幽默

这类外号直接根据本名由字音相同或相近、意思上却有很大区别的字组成，如《苍蝇·门牙》中的林华锌被叫作“磷化锌”，把人形容成了一种化学成分，不知道的还以为是种肥料，引人发笑。《生死疲劳》中的范铜，因为食量惊人，人送外号“饭桶”，一语双关，既是名字的谐音又反映出此人饭量大的特征，其中还含有贬低此人只是一个吃货的意思，充满谐趣。《丰乳肥臀》中的张德成因为秦二先生的一句话，一辈子被人叫“磕头虫”。把人比喻成了虫子，并且还是磕头虫，使人的地位更加卑俗化，富有幽默性。

2. 由于夸大人物生理上的缺陷造成的幽默

人生理上的缺陷本就不宜指出，免得伤人自尊，更何况是给人取极富有形象性且带有极强讥讽意义的外号。这种类型的外号常常用一些充满比喻性的陌生言辞或夸张地凸显人物自身的缺陷和鄙陋，或贬低人物的人格，把人比喻成鄙琐的动物，内含取笑、奚落的意思，但却采用外谐的形式。当结合人物的相貌及生理特征悟出其隐含的道理时，幽默随之而生。这类外号的数量比较多，如《蛙》中“麻花儿”这个外号是因这个人脸上生出了浅白麻子。《生死疲劳》中一头猪因为半个耳朵缺失被称为“破耳朵”。《丰乳肥臀》中乳头又硬又大、兴奋起来能挂住一只香油壶的老金，被叫作“香油壶”；神汉郭福子因为长着两只极像土拨鼠的细小眼睛，而被人叫作“土拨鼠”；来自省艺术学院声乐系、唱歌的声音比毛驴叫唤还要悠长的常天红，被戏称为“大叫驴”，跟着学唱的则被叫作“二叫驴”；巴掌阔大、攥起来像两只马蹄、一拳能打倒一匹大骡子的大姑父，人送外号“于大巴掌”；还有被自己爹一棍子打哑的“杜哑巴”；身材矮小灵活的张毛林被叫作“猴子”。

3. 由于凸显人物行为的奇特癖好而造成的幽默

这种类型的外号主要是根据人物出人意料的滑稽喜好取就，数量虽少，但常常以此方式消解人的崇高，使人物低俗化，因此比其他外号更显诙谐可笑。比如《蛙》中有人因为喜欢用鞋底打刁民泼妇的脸，人送外号“高二鞋底”；《生死疲劳》中公社粮管所的金所长因为特别喜欢吃耗子肉，被人叫作“金耗子”；另外还有能让死人行走、引领死人还乡的张天赐，被人称为“天老爷”。

总之，莫言作为一个植根于乡土的作家，农村的生活经验为他积累了丰富的经验和素材，并且已经融入到他的创作血液中，形成独特的“莫式风格”。童谣、快板或民间故事信手拈来，妙趣横生。莫言利用他最原生的记忆，充分发挥想象力，为小说中总是游走在苦难深处的人们披上一件轻松幽默的外衣，丰富了人物个性，充实了故事内容，增添了文本的幽默性和灵动性，使得其小说别有风味。

第三节　从语言学角度分析莫式幽默的构建方式

莫言的幽默性归根结底还是通过语言来实现，而莫言本身又是个名副其实的语言大师，他那手法多变、想象奇诡、雅俗共赏、幽默诙谐的语言使他的表达充满了无限的磁性和张力。本节主要根据收集到的语料从以下两个方面来分析莫式幽默的构建方式。

一、通过违反会话合作原则制造幽默

格赖斯认为人们的日常交际中往往会有意无意地违反合作原则，造成说话者自己的主观意图和实际产生的效果不一致，从而制造幽默效果。莫言小说中的人物交谈时所产生的幽默常常也是违反会话合作原则的结果，笔者将结合莫言小说中的语言分析其在违反会话合作原则下制造的幽默。

幽默的语言一般都是机智、巧妙的，充满智慧和哲理，表现出了说话者的思想修养、经验学识。幽默的言语通常借助修辞来表现。修辞可谓是幽默的发酵剂，因为有了修辞让幽默的语言更巧妙，更风趣，但不是所有的修辞都可以制造出幽默效果。索振羽先

生在他的《语用学教程》中发展补充了格赖斯的会话含义理论，提出了得体原则，在得体原则的下面又提出幽默的次准则。他认为幽默总的来说是语言的幽默，幽默的语言主要包括三个特征：不协调性、情趣性和适切性。

“不协调性是幽默的首要的、不可或缺的特性。幽默的秘密就在于合乎常规的内容采用了超常规的形式或合乎常规的形式负荷了超常规的内容，引起心理能量骤然释放而发笑。”①

“情趣性的浓淡是衡量幽默作品优秀与否的重要标准之一。幽默的情趣性不是那种优美或壮美的情趣，而是一种谐美情趣，它充溢着轻松、愉快、戏谑、嘲弄，永远伴随着‘笑’的浓烈情趣。”②

“适切性则是说幽默必须适切语境，要注意交际对象的身份，区分不同的交际场合。还要求巧妙地利用语境：关注新出现的情况，触景生情，临场潇洒发挥，妙语成趣。”③

从以上幽默的特征可以看出，修辞手法要想表现出幽默的效果，所使用的语言一定要奇特新鲜、生动巧妙，不符合常规，还要贴合上下文的语境，表现出一定的谐趣性。只有这样的修辞才能创造出幽默，而非所有的修辞都可以创造出幽默。

① 索振羽：《语用学教程》，北京大学出版社 2000 年版，第 100 页。
② 同上书，第 101 页。
③ 同上书，第 102—103 页。

莫言小说常常利用一些修辞技巧来表现幽默，而这些方式也常常借助违反合作原则的方式来制造幽默。下面选取了符合幽默特征同时又利用一定修辞格的语料来分析莫言在违背合作原则下制造的幽默。但是笔者要强调的是：本书利用一些修辞格来分析莫言在违背会话合作原则时制造出来的幽默，但并不是说以下所有的修辞格都可以制造幽默，修辞手法要表现出幽默的效果，还要符合幽默的基本要求。

（一）违反量准则制造的幽默

量的准则要求我们在交谈时所提供的信息量应包含交谈目的所需要的信息，但不能超出需要，也就是说要把握一个“度”，不应多也不宜少，要恰到好处，所说出的话应该是对方要求或期待的，对方没有要求或期待的，或跟交谈目的没有关系的不宜说出，以免啰唆烦琐，浪费彼此的时间。

违反量准则的情况主要有两种，一是说话人在交谈中提供的信息过多，一是提供的信息不足。莫言小说中的部分幽默也可以用违反量准则的这两种情况来解释。

在莫言的小说中很多幽默是因为一方提供的信息过多造成的，如：

> 为此，我的导师，也是我老婆的爹爹我岳母的丈夫我的岳父。岳父者泰山也。俗称老丈人也的袁双鱼教授经常批评我不务正业，甚至挑唆他的女儿跟我闹离婚。[①]

酒国市酿造学院的博士研究生李一斗对文学充满了热情和向往，一心想从事文学创作，在文学领域大展身手，而身为岳父的袁双鱼教授则觉得他是不务正业。在这里作者采用“我老婆的爹爹”“我岳母的丈夫”“我的岳父”“泰山”“老丈人”几个同样意思的词语故意在我们已经知道的人物身份和关系上反复重复、解释、渲染，并夹杂了“……者……也”的文言句式，文白混搭，利用提供超多信息量的方式让我们感受到莫言的诙谐幽默。

> 我听到儿童们在蒸笼里啼哭，在油锅里啼哭，在砧板上啼哭。在油、盐、酱、醋、糖、茴香、花椒、桂皮、生姜、料酒里啼哭。在你们胃肠里啼哭。在厕所里啼哭。在下水道里啼哭。在江河里啼哭在化粪池里啼哭。在鱼腹里啼哭在庄稼地里啼哭。在鲸鱼、鲨鱼、鳗鱼、鱿鱼、带鱼等等的肚腹里，在小麦的芒尖上、玉米的颗粒里、大豆的嫩荚里、番薯的藤蔓上、高粱的茎秆里、谷子的花粉里等等啼哭。[②]

① 莫言：《酒国》，百花文艺出版社 2012 年版，第 21 页。
② 同上书，第 69 页。

这段主要描述当侦察员丁钩儿在招待他的宴席上看到栩栩如生的“红烧婴儿”时在某种正义感的驱动下不由自主在心中展开的各种联想。幽默之处就在于作者利用他丰富的想象力为读者提供了超多的信息，用新鲜生动的语言展现了啼哭声在食物消化链中的循环反复，且他的联想遵循一定的次序，从烹饪到吃到人的肚中，到消化排出，到流入江河，到循环入鱼的腹中，再到其养分滋养万物的生长……层层递进，通俗易懂，同时又超出了我们习以为常的想象习惯，因而极其风趣。幽默之余，笑中带泪，间接讽刺了酒国社会中吃人的奢侈与腐败，揭露了社会阴暗面，发人深思，令人警醒。

类似违反量准则的情况在莫言其他小说中也非常常见，如：

> 我首先看到的当然是那张红木炕桌上摆着的盘子。炕桌子摆着三个盘子，一个盘子里残留着一点韭菜炒牛蛋子。第二个盘子里残留着一点韭菜炒牛蛋子。第三个盘子里还剩下小半盘韭菜炒牛蛋子。[①]

（二）违反质准则制造的幽默

质准则要求说话双方在交流的时候不能说自己认为是虚假的

① 莫言：《师傅越来越幽默》，百花文艺出版社2012年版，第26页。

话，也不能说缺乏足够证据的话，也就是说“说真话，不说谎话”是遵循质准则的关键。它规定了人们在交际中所谈内容的真实性，这种真实是说话人自认为的真实，但不否认在实际情况下存在自认为是真实，但实际并不真实的情况，在这种情形下我们也认为说话人并没有违反质准则。人们在实际生活中经常会出现故意违反质准则的情况，说假话或证据不足的话，例如，运用反语、夸张等语言修辞技巧使交流产生别样的语言效果，从而制造幽默。

莫言的小说中也经常运用这样的手法来制造幽默。下面就结合一些修辞技巧具体分析一下莫言的小说中通过违反质准则制造出来的幽默。

1．夸张

夸张在《现代汉语词典》中的解释是：“①夸大；言过其实。②修辞方式，指为了启发听者或读者的想象力和加强所说的话的力量，用夸大的词句来形容事物。③指文艺创作中突出描写对象某些特点的手法。”[①] 陈望道先生在《修辞学发凡》中指出：“说话上张皇夸大过于客观的事实处，名叫夸张辞。说话上所以有这种夸张辞，大抵由于说者当时，重在主观情意的畅发，不重在客观事实的记录。我们主观的情意，每当感动深切时，往往以一当十，不能适合客观的事实。……所谓夸张，便是由于这等深切的感动而生。”[②]

① 晁继周等：《现代汉语词典》（第7版），商务印书馆2016年版，第755页。
② 陈望道：《修辞学发凡》，复旦大学出版社2008年版，第104页。

从以上定义可以看出，夸张这种方法主要是为了更深刻地反映事物的本质，或更酣畅地抒发说话者的思想感情，运用丰富的想象力，以夸大的词句突出事物的某个特征，以增强语言感染力。夸张重在情意的畅发，不看重客观事实，不能把夸张的言辞误认为是事实，由此可见夸张的手法违反了质准则的基本要求。

但是并非所有的夸张都幽默，"要使夸张产生幽默情趣，必须让过头话或夸张的话语中包含某些不合情理的东西，从而形成喜剧效果"①。莫言这个具有超强想象力的作家在遣词造句时常常违反质准则，运用夸张的手法制造幽默。话语内容常常不合情理，和日常经验产生强烈的反差，而且莫言的用词常常别出心裁、不落窠臼，使他的小说读起来新奇风趣，具有很强的语言感染力，产生令人忍俊不禁的幽默效果。

（1）夸大事物性质特点的幽默

一般性地夸大事物的性质特点并不一定会造成幽默，但利用新奇的想象把事物的性质特点夸张到了离谱的程度，不符合平时的经验，则会让人忍不住开怀大笑。

> 漫天的飞雪，在距离她头顶三尺处就化了！这样的羔皮，简直就是一个小火炉子，把鸡蛋包在里边，用不了一袋烟工夫就熟了。②

① 索振羽：《语用学教程》，北京大学出版社 2000 年版，第 96 页。

② 莫言：《生死疲劳》，百花文艺出版社 2012 年版，第 166 页。

这里作者主要强调的是她的羔皮质地优良、很保暖，但这里过分夸大了羔皮的这种特质。“飞雪距头顶三尺处就化了”“像小火炉，能把鸡蛋暖熟”这两种情况根本不符合常理，再好的羔皮也不能使距离人头顶三尺的飞雪融化，更不会把鸡蛋暖熟。这种超出常规的夸张，让人感觉荒谬可笑。

离汽车老远就听到女司机在马路上咆哮：“你他妈的到黄河里去提水还是到长江里提水？”

放下水桶，他摇摆着麻木酸痛的胳膊说：“我他妈的到雅鲁藏布江里去提来的水。”

“我他妈的还以为你掉到河里给淹死了呢！”①

在这里女司机用非常豪爽、夸张并夹杂着脏话的语词来强调丁钩儿去提水花的时间太长，就像到黄河、长江提水一样。丁钩儿没有反驳，反而顺势接下了女司机的话，并进一步夸张地说自己是到雅鲁藏布江提来的水，更加不符合实际情况，但二人这种运用夸张的幽默手法一则突出了人物性格，二则更活泼风趣，增强了语言的感染力。

其实这完全是多余的摆设，因为那晚上的月亮距离地球非

① 莫言：《酒国》，百花文艺出版社2012年版，第112—113页。

常之近，放出的光辉，完全可以让女人绣花。[①]

按照我们平常的经验，女人绣花是个仔细活儿，要求非常光亮的环境，再亮的月光也不可能达到可以让女人绣花那样的程度，再说也没人在月光下绣花。在这里作者主要想说明当晚的月光很亮，但作者夸张地说当晚的月辉可以让女人绣花，违背了常理，但这种夸张的想象让小说充满画面感，读来趣味无穷。

（2）夸大事物功效的幽默

人们一般对事物的功效有一定的认识，但如果对事物夸张性的描述在人可想象的范围之外，不符合事实，也会产生幽默。

我始终坚信，常天红的歌喉是世界第一，世界级的大叫驴。他在树下歌唱时，树上的叶子都微微颤抖，他唱出的音符像彩绸一样在空中飞舞，昆山玉碎凤凰叫，公猪迷狂母猪舞。[②]

这段话主要是想表达常天红悦耳动听的歌喉，但是作者却连用了五次夸张的手法来极度夸大他声音的功效：树叶颤抖、昆山玉碎、凤凰叫、公猪迷狂、母猪舞，极其不符合常理，而且所联想的事物也是非常新奇的，在人的想象和意料之外，读起来令人捧腹大笑。

① 莫言：《生死疲劳》，百花文艺出版社2012年版，第297页。
② 同上书，第329页。

大喇叭发出震天动地的声响，使一个年轻的农妇受惊流产，使一头猪受惊头撞土墙而昏厥，还使许多只正在草窝里产卵的母鸡惊飞起来，还使许多狗狂吠不止，累哑了喉咙。[①]

这段话作者用夸张的语词表达了大喇叭声音过大产生的后果，但作者没有直接表述，而是运用“女人流产”“猪受惊发狂撞墙”“产卵母鸡惊飞”“狗吠哑了嗓”这些通俗新奇的具象来侧面夸大其影响，展现给读者一幅幅动感十足的幽默画面。

如果这情景被洪泰岳看见，他就会对我说：解放爷们，你这褥子，可以蒙在头上去端鬼子的炮楼，子弹打不透，炸弹皮子崩上也要拐弯！[②]

这段话主要表达被尿湿过无数次的褥子的坚实、厚重，但作者表达的方式非常巧妙，用“子弹打不透”“炸弹皮子崩上也要拐弯”这样根本不可能发生的情况来说明褥子坚实、厚重的程度，虽不符合实际，没有遵循质准则，但很新颖独特地表达了言外之意。

（3）不切实际地吹牛皮

人们在日常生活中常常会说些不着边际的大话，也就是“吹牛

① 莫言：《生死疲劳》，百花文艺出版社 2012 年版，第 129 页。

② 同上。

皮”，这种吹牛皮和我们平时的说谎是有区别的。说谎是说话者用听话人不知道的事情欺骗听话人，但是吹牛皮是听话者心知肚明说话者在说谎，但还是用一副沉浸状来配合说话人，主要是因为说话人巧妙的构思和智慧使听话者非常欣赏，所以尽管知道并非事实，但听话者还是愿意在这种幽默的气氛下听下去，听说话者怎样圆自己的谎，甚至赞叹说话者幽默风趣的表现才能。

> 他说有一些女孩子在例假期间嗅觉特灵敏，想象力也特别丰富。所以，许多人类历史上的重大发现，都与例假的周期紧密相连。[①]

把人类历史上的重大发现归功于女人例假的周期，显得过于夸张荒谬，漫无边际。

> 我堂堂骑士，国王是我的密友，王后是我的相好，这点医疗费，自然会有国库支付。即便国王与王后不为我买单，我也用不着你们施舍。我的两个女儿，貌比天仙，福如东海，不做国母，也做王妃，她

① 莫言：《酒国》，百花文艺出版社2012年版，第231页。

们从指缝里漏出来的钱，也能买下这座医院！[①]

陈鼻明明自己落魄到一无所有，只能靠在小饭馆扮演堂吉诃德挣点小钱，装疯卖傻苟延残喘地度日，但还是放不下自尊心，把自己吹得极其高贵、没边没影，把自己因为被烧伤只能以黑纱遮面的女儿也吹得貌美如仙、富可敌国。这种不着边际、不符合实际的夸张手法，相当地好笑。

（4）夸大人物的动作、神态或感觉

在莫言的小说中为了突出表现人物的性格特征，常常在人物的动作、神态或感觉上下足功夫，夸张造势，妙语连珠，把人物表现得形神具备，让人读后如身临其境，幽默之极。

“大叫驴”左手掐着腰，右手在空中挥舞，做着变化多端的动作，时而像马刀劈下，时而如尖刀前刺，时而如拳打猛虎，时而如掌开巨石。动作配合着话语，腔调抑扬顿挫，嘴角溢出白沫，语言杀气腾腾、空空洞洞，犹如一只只被吹足了气、涂上了红颜色、形状如冬瓜、顶端一乳头的避孕套，在空中飞舞，碰撞，发出嘭嘭的声响，然后一只只爆裂，发出啪啪的声响。[②]

① 莫言：《蛙》，百花文艺出版社2012年版，第208—209页。

② 莫言：《生死疲劳》，百花文艺出版社2012年版，第158页。

这段话中作者一连用了四个节奏紧凑、比喻式的夸张来形容人讲话时的动作，展现出说话人动作的变化多端、铿锵有力，更风趣的是把人说话时的语气、腔调、样子比喻成了一只只避孕套在空中飞舞爆裂发出的声响，更把避孕套的颜色、形状描述得细致入微、形象立体，奇思妙想令人赞叹不已，展现了莫言对语言超强的驾驭能力。

> 他在洞里竖起耳朵，捕捉洞外的细微声响，藤萝在微微颤抖，不是风，爷爷知道风的形状和风的性格，他能嗅出几十种风的味道。①

耳朵可以捕捉细微声响，夸大了爷爷的听觉，这么写还不算太过夸张。但爷爷可以知道风的形状、性格和味道，则幽默地夸大了爷爷超常的视觉、味觉等感觉，把爷爷描写成了神仙一般的人物。与此同时更风趣地把风拟人化，夸张的感觉加上细腻的想象，字里行间妙趣横生。

> 这样的旅馆，如果按照公安条例严格管理，那非关门大吉不可。因此，每当看到蓝开放这张脸，老板娘那胖脸上就要笑出香油，那张猩红大嘴里就要喷出蜂蜜。②

① 莫言：《白狗秋千架》，百花文艺出版社 2012 年版，第 407 页。

② 莫言：《生死疲劳》，百花文艺出版社 2012 年版，第 567 页。

“笑出香油”“喷出蜂蜜”在现实生活中根本不可能发生，老板娘的脸上不会真的笑出香油，嘴里也不能喷出蜂蜜，但作者运用这种丰富的超前想象，幽默形象地揭露了老板娘的阿谀奉承、示好恭维、溜须拍马的嘴脸，恰切生动。

（5）对日常生活现象的夸张

人们对日常生活现象尤为熟悉，且都具有普遍性的认识，因此如果言辞过于夸张，极易产生和事实的不协调，也极易产生幽默。莫言对日常生活观察入微，常常对平常的生活现象加以联想，做夸张性的描述，产生极强的幽默效果。

> 他日夜写稿头发蓬松，身上烟臭扑鼻，每逢下雨，便把身上衣服脱下来拿出去淋着，并写打油诗自乐：二十九省数我狂，敢令天公洗衣裳。[①]

让天公替自己洗衣服，现实中根本不可能，更何况天公本就是我们想象出来的。这段话妙就妙在明明是“莫言”写作时太过痴疯和张狂，衣服都顾不上洗，而是下雨的时候拿出去淋一淋，就算洗了，但他却借此夸耀自己的狂傲与胆识，敢让老天替自己洗衣服。这种幽默地美化日常行为的写法，造成一种现实行为与实际习性相冲突的不协调感，风趣之极。

① 莫言：《生死疲劳》，百花文艺出版社 2012 年版，第 400 页。

丁钩儿笑着说："小心别把你自己放倒！用这种瓦斯手枪制人，自己要站在上风头。"

"嘿，看不出来，你这兔崽子还挺内行！"

丁钩儿说："老子擦屁股就用这种破瓦斯枪！"[①]

人们日常擦屁股不可能用瓦斯枪，因此违反了质准则。说话者刻意夸大了自己日常生活的行为，意在说明自己对枪非常内行，特别是对这种瓦斯枪更是司空见惯、不屑一顾，甚至用它来擦屁股。

2. 倒反辞

陈望道先生的《修辞学发凡》定义道："说者口头的意思和心里的意思完全相反的，名叫倒反辞。倒反辞可以分作两类：或因情深难言，或因嫌忌怕说，便将正意用了倒头的语言来表现，但又别无嘲弄讽刺等等意思包含在内的，是第一类，我们可以称为倒辞。……第二类是不止语意相反，而且含有嘲弄讥刺等意思的，我们称为反语。"[②] 由此可见，倒反辞主要强调语意相反，正话反说或反话正说，运用一定的语气和腔调，把本来意思运用相反的意思形式表现出来，使读者通过表意琢磨推敲出本意，从而产生委婉含蓄、耐人回味的幽默意味。这种倒反辞的修辞手法从根本上违反了合作原则中的质准则——不说自知是虚假的话。说话者明知是假

① 莫言：《酒国》，百花文艺出版社 2012 年版，第 109 页。

② 陈望道：《修辞学发凡》，复旦大学出版社 2008 年版，第 107—108 页。

话，但还是用这种倒反辞的手法表现出来。一则这种含蓄的艺术手法可以发人深思，耐人回味，这跟我们常说的“文似看山不喜平”是同样的道理。一则这种手法往往产生俏皮诙谐的艺术效果，增强文章的灵动性。另外话中有话，字面意思的深处蕴含着说话人的思想倾向，或讽刺批判，或情意浓浓。

（1）含有嘲讽意味的反语

反语简而言之就是反话正说，以褒义之词行贬义之意，话语之间饱含嘲讽，带有尖刻酸涩之感，但话中有话的表达形式违反了质准则，运用巧妙也会产生强烈的幽默效果。

> 我说：我姐姐呢？我要找我姐姐——爷们儿，他说，你姐姐正在给我老婆接生呢。我看着院子里那五个阶梯般的鼻涕丫头，嘲他道：你老婆真能，像母狗一样，一窝一窝地下。[①]

蓝解放去陈大福家找懂医术的姐姐救金龙，看到他家院子里已经有五个丫头了，他老婆又在生，所以说出了上面的这段话。他本来的意思是反话，讽刺他老婆太无能了，总是生丫头，生了五个了还没生出个儿子，但是在字面上夸奖陈大福的老婆“真能”，反话正说，并把他老婆比喻成生育能力极强的母狗。这种违反质准则的反语手法，带有浓浓的嘲讽意味，同时读起来妙趣横生。

① 莫言：《生死疲劳》，百花文艺出版社 2012 年版，第 170 页。

> 时下，文坛上得意着一些英雄豪杰，这些人狗鼻子鹰眼睛，手持放大镜，专门搜寻作品中的“肮脏字眼”，要躲开他们实在不易，就像有缝的鸡蛋要躲开要下蛆的苍蝇一样不易。①

这段文字作者本意主要是想讽刺当今文坛上的一些人，特别是一些文艺批评家，常常断章取义，放大作品中的个别字眼，对作者或文本进行猛烈的批判和攻击，全然不顾其在特定环境下在文中所起的作用，甚至不容人辩解。但作者却反话正说，讽刺性地称他们为“英雄豪杰”，并夸张地形容他们有像狗一样敏锐的嗅觉、鹰一样的眼睛，并把他们吹毛求疵的样子比喻成要下蛆的苍蝇找有缝的鸡蛋，暗含猛烈的鞭挞，想象贴切新奇，令人拍案叫绝。

> 她可能是头天夜里跟男朋友玩耍时误了觉，从坐上车时她就哈欠连天，而且打过一个哈欠就掉转那颗令人敬爱的头颅，怒气冲冲地瞪我一眼，好像我刚往她的胸膛上吐过一口痰似的，好像我刚往她的雪花膏瓶子里掺了石灰似的。②

公共汽车的女售票员因为车上只剩我一个乘客又不得不送我到目的地对我怒气冲冲，明明面目可憎，却用“敬爱”两字来形容

① 莫言：《酒国》，百花文艺出版社 2012 年版，第 115 页。

② 莫言：《白狗秋千架》，百花文艺出版社 2012 年版，第 300 页。

她，在反语中更反衬出了售票员的恶劣态度。不仅如此，作者接着运用了“往她的胸膛上吐过一口痰”“往她的雪花膏瓶子里掺了石灰”这两个让女孩极难接受的比喻夸张地表现了她表情的严厉，更加强化“敬爱”两字的反语力量。

（2）温情脉脉的倒辞

倒反辞中有一类同样是正意反说，但这类倒反辞多半是因为说话者与听话者之间关系亲密，但又碍于情面、过于羞涩或嫌忌怕说，故意用反话表达正话的意思，并不是真的想嘲弄讽刺，细细品读反倒感觉温情脉脉、情意绵绵，这种修辞手法就叫作倒辞。莫言的小说中也常运用这种倒辞的手法来制造幽默，虽违反质准则，但这种含蓄委婉地表达情意的手法更符合人们日常生活的说笑习惯，活泼风趣，耐人回味。

> “就她那模样，还能生国家主席，生个不缺鼻子不少眼的儿子，我就磕头不歇息了！”小个子男人说。
>
> 马车上的女人双手按住车厢板，支着锅跪起来，骂说：“就他娘的你模样好！你不撒泡尿照照！耗子眼，蛤蟆嘴，驴耳朵，知了龟腰，嫁给你也算俺瞎了眼！”
>
> 小个子男人嘻嘻地笑起来，说：“俺年轻时也是一表人才！”
>
> “狗屁！”女人说，“年轻时你也是狗脸猪头，武大郎转世！”[①]

① 莫言：《天堂蒜薹之歌》，百花文艺出版社2012年版，第292页。

这段话中的话语表面上看起来把对方骂得狗血喷头、恶毒无比、一无是处，带有一定的嘲笑讥讽之意，但是读来却并没有感觉到多少实质性的攻击，反而给人温情脉脉之感。这主要是因为这种情形发生在农村的小夫妻之间，农村人在外人面前常常羞于直接表达自己的爱意，而是常用一种笑骂的形式互相讥讽对方。虽所用词语不免有些粗俗，但并没有真的要贬低之意。这种故意把意思反着说的形式，违反质准则，但却极其俏皮风趣，诙谐幽默。

（三）违反关系准则制造的幽默

关系准则要求说话双方在交谈时要切合题旨，说话内容和所要达到的目的和方向要有所关联，不能说东道西，答非所问。其实人们在实际交流中常常会说一些貌似避开题旨、看似非常离题的话，这在一定程度上违反了合作原则的关系准则，但这种貌似跟题旨毫无关系的语言形式在一定程度上能引起听话者的探索欲。当后面补充性的话语揭开真相时，使人顿觉茅塞顿开，妙趣横生。

修辞格中的歇后语、引用、曲解等都在一定程度上违反了关系准则，莫言也常常利用这些修辞格来制造幽默。

1. 歇后语

“《辞海》中对歇后语的解释是：熟语的一种。多为群众熟识的诙谐而形象的语句，运用时可以隐去后文，以前文示意，如只说

'围棋盘里下象棋'，以示不对路数；也可以前后文并列，如'芝麻开花——节节高'。"①

"《中国语言文字大百科全书》对歇后语的解释是：说话的时候把一段常用词语故意少说一个字或半句而构成的带有幽默性的话语。通常有两种：原始意义的歇后语，指把一句成语的末一个字省去不说，也叫'缩脚语'。如《金瓶梅》里来旺媳妇说'你家第五的秋胡戏'，就是用来影射'妻'，因为'秋胡戏妻'是有名的故事、剧目。也有利用同音字的。如称'岳父'为'龙头拐'，影射'杖'字，这里代替'丈'。扩大意义的歇后语，在北京叫俏皮话，是指可以把一句话的后面一半省去不说，如'破菜篮端水'省去的是'漏光'。有时候也利用同音字，如'一脚踢翻煤油炉——散伙（火）'。"②

《现代汉语词典》对歇后语的解释是："由两个部分组成的一句话，前一部分像谜面，后一部分像谜底，通常只说前一部分，而本意在后一部分。如：'泥菩萨过江——自身难保'；'外甥点灯笼——照旧（舅）'。"③

从以上对"歇后语"概念的解释可以看出，歇后语通常是人们日常生活中常用的熟语，一般分前后两部分，前部分比较诙谐形象，起谜面的作用，后一部分才是作者要表述的真正本意。在使用

① 李学季：《中国歇后语》，中国旅游出版社 2004 年版，第 3 页。
② 同上。
③ 晁继周等：《现代汉语词典》（第 7 版），商务印书馆 2016 年版，第 1448 页。

中有时前后文并列，前文展示谜面，是提示语，后文揭示谜底，是说明语；有时隐去后文，听者根据前文形象的表达推知其意，俏皮风趣。总之前文看似跟内容没有关系，违反了关系准则，实际意在言外，当推敲出真意时，幽默之妙趣即生。

莫言在他的小说创作中充分利用自己的生活经验，常常在语句中夹杂一些歇后语，使他的语言幽默而充满情趣。

（1）前后文并列的歇后语

前后文并列的歇后语谜面先出现，前后形式的不协调阻断了习惯性的语流，令人一顿。当谜底揭出，又令人恍然大悟，释然一笑。

> 你他妈的简直是狗坐轿子不识抬举，县长能骑你家的驴，是你家三辈子的造化。①

在这里用“狗坐轿子”作为谜面，虽诙谐风趣，却让人感觉与说话目的毫不相干，不明其意，接着说明要表达的本意是“不识抬举”，方让听者恍然大悟，从而理解其中的妙趣。

> “你可真是石头蛋子腌咸菜，油盐不进啊，”洪泰岳恼怒地说，“好你蓝脸，你能，你就一个人在外边，等着看吧，看看

① 莫言：《生死疲劳》，百花文艺出版社 2012 年版，第 87 页。

是我们集体的力量大，还是你蓝脸的力量大。”①

洪泰岳几番动员蓝脸入社，但蓝脸始终不肯入社，由此引得洪泰岳动怒，用“石头蛋子腌咸菜——油盐不进”这样的歇后语怒斥蓝脸。用石头来腌咸菜看似荒谬，与文意并无关系，但后面谜底揭出，才让人明白其中暗存的关联，以“油盐不进”来形象地说明蓝脸怎么动员都不心动的倔性子。

> 要拉火的不要他！刘副主任，你看看他瘦得那个样子，恐怕连他妈的煤铲都拿不动，你派他来干什么？臭杞摆碟凑样数！②

黑孩儿本就年小瘦弱，不能算个劳力，所以用“臭杞摆碟——凑样数”这样的歇后语来形象地表达对其嘲讽之意。“臭杞摆碟”作为形象的导语，“凑样数”指出其实际含义，恰切生动。

（2）隐去后文的歇后语

隐去后文的歇后语通常故意隐去谜底，只给出谜面，省去了解释说明的部分，令人疑惑，发人深思。当听者根据前后句推敲出意思时，方领悟到这种文字间的妙趣。

① 莫言：《生死疲劳》，百花文艺出版社2012年版，第24页。
② 莫言：《透明的红萝卜》，百花文艺出版社2012年版，第15页。

蓝脸眼泪汪汪地说："老洪，你这条老狗，疯咬了我半辈子，现在，你终于咬不到我了！我是癞蛤蟆垫桌腿，硬撑了三十年，现在，我终于直起腰来了！把你的酒壶给我——"[①]

在这段话中，说话者本来要引用的是"癞蛤蟆垫桌腿——死撑活挨"这个歇后语，但说话者巧妙地隐去了后半部，给听者想象的空间，顿觉突兀之感，但读罢后面的补充部分领会说话者的真正用意，幽默顿生。

"彻底的唯物主义者是无所畏惧的"，老师不必怜香惜玉进退维谷，更不必投鼠忌器左顾右盼，有什么看法直说不要吞吞吐吐，竹筒倒豆子，是我党的光荣传统之一。[②]

这段话李一斗除了引用建设新中国时期毛泽东的名言"彻底的唯物主义者是无所畏惧的"之外，还引用了"竹筒子倒豆子——直来直去"这个歇后语。但李一斗故意隐去了歇后语的谜底部分，显得跟意思毫无干系，新鲜奇特，引起听者的求解欲。但根据上下文我们可以推敲他主要想表达的是让莫言"有什么看法直说"，含蓄巧妙，让人不禁为之一笑。

① 莫言：《生死疲劳》，百花文艺出版社 2012 年版，第 360 页。

② 莫言：《酒国》，百花文艺出版社 2012 年版，第 48 页。

2. 引用

《现代汉语词典》对引用的解释是："①用别人说过的话（包括书面材料）或做过的事作为根据：引用古书上的话。②任用：引用私人。"[①] 作为一种修辞手法，"把前人的话引到自己作品里，叫做引用"[②]。

莫言小说中时不时地夹杂引用一些古代诗词、前人名言、歌曲戏剧唱词等，使得前后句在语言形式或语言场景上造成一种不协调感，从而中断了已形成的语流感觉习惯，干扰了上下句在语言形式上的关联，违背了合作原则的关系准则。但正是这种上下句在文体或使用语境上的不一致，使得引用的话语新鲜、巧妙，特别富有表现力，从而制造幽默。

（1）诗词的引用

莫言古文造诣深厚，表情达意时常不自觉地穿插几句诗词。在白话文中突然夹杂几句古文，在文体形式上造成不协调之感。另外把用于别种语境下的诗词穿越性地用在现代语境下，用诗词的内容来象征性地暗示其真实语义，在荒谬中又充满了谐趣。

> 我不怕，我为了文学真格是刀山敢上，火海也敢闯，"为伊消得人憔悴，衣带渐宽终不悔"。[③]

① 晁继周等：《现代汉语词典》（第7版），商务印书馆2016年版，第1565页。
② 王希杰等：《修辞学》，湖南师范大学出版社2012年版，第198页。
③ 莫言：《酒国》，百花文艺出版社2012年版，第21页。

“为伊消得人憔悴，衣带渐宽终不悔”，本是宋朝柳永《蝶恋花》中的词句，主要描写恋人的相思之苦，虽形容憔悴、衣带渐宽，但情感始终专一执着，不曾懊悔。本是古代诗词，却夹杂于现代话语之间，本是表达对爱情的矢志不渝，此处用来表达对文学的执着坚持，影响了上下句的语流关系，违反了关系准则，造成了幽默。

> 麻叔嚷道：“老杜，你胡嚷什么你，人家老董同志是兽医大学毕业的，这大半辈子研究的就是这点事，说句难听的话，老董同志编出的蛋子儿比你吃过的窝窝头还要多……”
>
> “老管呀，你太喜欢夸张了！您是一片‘燕山雪花大如席！’”①

“燕山雪花大如席”是唐代诗人李白在《北风行》中的诗句，全句为“燕山雪花大如席，片片吹落轩辕台”。李白用极其奇妙夸张的想象把下雪的景象描绘得大气磅礴、气象雄浑。但此句巧引李白的诗句暗示麻叔的夸奖过于夸张，幽默形象，精彩绝伦。

> 我欲乘风离去，但高处似有一个威严的声音提醒我：猪王，你没有权利逃脱，就像刁小三没有权利与它们交配一样，与它们交配是你的神圣职责！②

① 莫言：《师傅越来越幽默》，百花文艺出版社 2012 年版，第 6 页。

② 莫言：《生死疲劳》，百花文艺出版社 2012 年版，第 313 页。

“我欲乘风归去”来自宋代苏轼的《水调歌头》，本是充满古典高雅之风的词句却用在了一头猪的口中，风格不一，主体变异，展现了莫言说话的幽默风趣。

（2）歌曲、戏剧唱词的引用

莫言在创作时思维跳跃，表现手法灵活多变，综合运用多种形式来构建幽默，歌曲、戏剧的唱词也是信手拈来。歌曲、戏剧的唱词节奏感强，朗朗上口，与小说的语言形式存在一定的不协调感，再加上标志性的歌词内容却用来穿插着表述句子大意，确实新鲜风趣。

> 不要问我从哪里来，我的家乡在那阳光灿烂的地方。①

“不要问我从哪里来”来自齐豫演唱的歌曲《橄榄树》，“在那阳光灿烂的地方”又化用蒋大为演唱的歌曲《在那桃花盛开的地方》。莫言把他那个年代的经典歌词不着痕迹地运用于文本之间，可见他知识涉猎的广泛、组织语言的巧妙，风趣之极。

> 酒博士，你坐下，咱俩拉拉知心话。他蹲在那把能够载着他团团旋转的皮椅子上，亲切而油滑地对我说。②

① 莫言：《酒国》，百花文艺出版社 2012 年版，第 152 页。
② 同上书，第 151 页。

“酒博士，你坐下，咱俩拉拉知心话。”这句话化用了豫剧《朝阳沟》中的唱词：“亲家母，你坐下，咱俩说说知心话”，把经典的戏剧唱词不着痕迹地融入作品中，生动传神，但阅读之时又会浮现戏剧演唱时的腔调、场景，对正使用的语流造成一定的干扰，违反了关系准则，也就是这种突兀感增强了文本的趣味性。

（3）古今名言语录的引用

莫言还经常在文中引用一些古今名言语录制造幽默。名言语录通常有着标志性的特征，为人们所熟知，与上下文不管是在形式上还是语境上都存在明显的不协调，再加上莫言常常故意消解它们的崇高，使得句子滑稽可笑。

> 刁小三严肃地说，“獠牙虽长，也是父母所生，不敢毁伤，孝之始也。这是人的道德准则，对猪同样适用。”①

“獠牙虽长，也是父母所生，不敢毁伤，孝之始也”源自《孝经·开宗明义》的“身体发肤，受之父母，不敢毁伤，孝之始也”。《孝经》传说是孔子所作，后来又有人认为是后人附会。总之《孝经》是古代伦理思想的代表，大致讲的是我们的身体是父母给的，要珍惜爱护。但在这里把人的这种高尚孝敬的道德准则变成了猪的，出自猪之口，且严肃经典的文言夹杂于白话之间，使得前后语体不

① 莫言：《生死疲劳》，百花文艺出版社2012年版，第290页。

一，缺乏了一定的关联性，违反了关系准则。

老红军严肃地教育我，革命不是请客吃饭，不是做文章，不是绘画绣花，不能那么雅致，那么文质彬彬。革命是暴动，是一个阶级推翻另一个阶级的暴烈的行动。我说这是毛主席的话，他说是毛主席的话。[①]

“革命不是请客吃饭……是一个阶级推翻另一个阶级的暴烈的行动”是毛泽东在1927年3月《湖南农民运动考察报告》中的一句话。把毛泽东的经典语录引用在了当下，因话语习惯和情景与当前不符，使得上下句联系不紧密，违反了关系准则，产生了幽默。

3. 曲解

“曲解”在《现代汉语词典》中的解释是：“错误地解释客观事实或别人的原意（多指故意地）。”[②] 在《修辞学》一书中又解释道：“词有同音词，有多义词。由于同音和多义，有意无意地把词语的意义弄得和本义不符，叫做曲解。”[③] 可见字词同音或一词多义都可造成曲解，曲解者往往故意装作不懂字词意思，只从其表面上去浅层次地理解本意，使得曲解意和本来要表达的意思发生逻辑或意义

① 莫言：《白狗秋千架》，百花文艺出版社2012年版，第349页。

② 晁继周等：《现代汉语词典》（第7版），商务印书馆2016年版，第1076页。

③ 王希杰等：《修辞学》，湖南师范大学出版社2012年版，第63页。

上的错位，让人意想不到，从而产生幽默的语言效果。这种故意误解表达本意的手法，对读者的理解造成了干扰，影响了上下文的关系，违反了关系准则。

莫言的小说也常常利用这种方式制造幽默，在一定的语言情景下人物大智若愚，装作不懂地故意说错，这样表面的糊涂给文章增添了更多的趣味。

(1) 因字词同音或近音造成的曲解

莫言在制造幽默时常常利用字词的同音和近音故意曲解本来的意思，另作别解，而且曲解出来的意思通常与原义大相径庭，特别新鲜俏皮。

我说："你可真能干。"

"不能干有什么法子？该遭多少罪都是一定的，想躲也躲不开。"

"男孩女孩都有吧？"

"全是公的。"

"你可真是好福气，多子多福。"

"豆腐！"[1]

"多子多福"中的"福"本是指福气，但人物根据字音的相似

① 莫言：《白狗秋千架》，百花文艺出版社 2012 年版，第 204 页。

性故意说成“豆腐”，出乎人的意料，且与本义相差甚远，从而造成幽默。

（2）因一词多义造成的曲解

汉语中很多词语都有多个义项，而不同的义项适用于不同的语境。莫言对语言有着超强的驾驭能力，常以字词为棋子在文中排兵布阵。他有时故意混淆多义词的意思，使一词在句子中呈现多重含义，词义含混，但又极其贴切巧妙，趣味丛生。

> 我相信他说的都是真理，因为真理都是赤裸裸的，老红军就是赤裸裸的。[①]

“赤裸裸”本身是个多义词，一是指人没有穿衣服、光着身子，二是指没有遮盖和掩饰。在这里莫言故意把一词两意在一个句子里交集，推导结果荒谬可笑。

（四）违背方式准则制造的幽默

格赖斯会话合作原则的前三条准则都是关于“说什么”的问题，但第四条准则是方式准则，是关于“怎么说”的问题。方式准

① 莫言：《白狗秋千架》，百花文艺出版社 2012 年版，第 349 页。

则要求我们在与人交流的时候说话要清楚明白，不能晦涩难懂，也不能含混不清，让人理解上产生歧义，更不能烦琐冗长，让人分不清重点，也不能杂乱无章，让所说的话毫无条理。总之格赖斯的方式准则就是要求我们说话时要条理清晰。但人们在实际交流中常常机智地利用一定的语言表达方式，把话说得另有深意，或故意曲解本义、或一词多义、或含糊其词，提高了话语的表现力。当读者发挥自己的想象力，填补其中的空白，意会到其中暗含的意思，那么语言的妙趣与魅力随之而生。

莫言在小说创作中常常利用自己在农村生活的经验，运用多种修辞手法如委婉、双关等，为读者设置了一个又一个幽默的文字游戏及“语言陷阱”，使读者在诙谐风趣的话语中体会到莫式语言的魅力。

1. 双关

双关在《现代汉语词典》中的解释是：“①修辞方式，用词造句时表面上是一个意思，而暗中隐藏着另一个意思。②用这种修辞方式表达意思。”①

王希杰和李维琦的《修辞学》一书中除了解释双关的含义，还对双关进行了分类：“字面指的是一个意义，字里却是指的另一种含义，这种含义才是说话人真正要表达的意思，这叫双关。一类是

① 晁继周等：《现代汉语词典》（第 7 版），商务印书馆 2016 年版，第 1222—1223 页。

字词的双关，包括谐音和借义两种。……另一类是语句双关，通常只有借义一种。”[①]总之双关一般是言此意彼，字面上的只是虚指，字里含义才是真正要表达的意思，而且两种意思之间要通过读者的想象、延伸才能意会，因此造成了表意的含混不清，违背了方式准则。

老师啊老师，您可千万不要学那些无耻的小人，刚刚扔掉打狗棍，就回头痛打叫花子。[②]

“打狗棍”一般是指叫花子用来防身的棍子，因为乞讨者蓬头垢面常常遭到恶狗的攻击，所以他们手中一般会有一根棍子防身。但这句话却不是像字面意思那样，说莫言刚不当叫花子了就回过头鄙视并痛打叫花子，而是让莫言不要忘记自己的苦出身，自己刚刚在文学上有点成就，就开始打击那些像他当年一样热衷于文学的人的自信心，而不是耐心地帮助和引导。这种不直接说出真实用意的方式，违背了方式准则，却因此产生了幽默的语言效果。

坐在石堆前，旁边一个姑娘调皮地问她：“菊子，这一大会儿才回来，是跟着大青年钻黄麻地了吗？”她没有回腔，听

① 王希杰等：《修辞学》，湖南师范大学出版社2012年版，第56页.

② 莫言：《酒国》，百花文艺出版社2012年版，第48页。

凭着那个姑娘奚落。[①]

“钻黄麻地”字面意思是钻进了种着黄麻的地，而字里意思却不是真的钻进了黄麻地，而是故意奚落菊子，调侃她跟男人在野地里偷情。这种表达上含混不清、不清楚说明的方式同样违背了方式准则，但却特别符合农村人说笑调侃的习惯，使语言有嚼劲，富有画面感。

“老弟，卸下车上的货吧，把空车鼓捣上去，再装上。我们帮你一把手。”黄四说。

“刘起，快让嫂子去把她相好的喊来，他最愿帮人解决‘困难’。”金哥说。[②]

后一句金哥戏弄刘起的话中，“困难”二字表面上看像是帮刘起卸车上的货，解决他这方面的困难，但因为叫的人是他老婆的相好的，所以实际上是用一种调侃的语气暗示帮他解决性爱方面的难题。“困难”这方面的含义和人们习惯上对“困难”内容的认识形成很大反差，造成一种强烈的不协调之感，同时又含蓄委婉，带点“黄”的色彩，别有一番深意和妙趣。

① 莫言：《透明的红萝卜》，百花文艺出版社 2012 年版，第 26 页。
② 莫言：《白狗秋千架》，百花文艺出版社 2012 年版，第 139 页。

2. 委婉

委婉在《现代汉语词典》中的解释是："（言辞、声音等）婉转：委婉动听｜态度诚恳，语气委婉，也作委宛。"[①] 委婉在陈望道的《修辞学发凡》中被称为"婉转"，并解释说："说话时遇有伤感惹厌的地方，就不直白本意，只用委曲含蓄的话来烘托暗示的，名叫婉转辞。"[②] 这种修辞方法最显著的特征是不直白本意，而是用兜圈子、绕弯子等语言技巧曲折详述他事或闪烁其词，以此来委婉地暗示出要表达的意思，从而达到委婉蕴藉、幽默诙谐的语言效果。这种说话方式非常有技巧性，主要是让听者根据字里行间的意思猜出说话者的真正用意。这和方式准则中直接明白的基本要求是不相符的，违背了会话合作原则，但听者经过细细推断悟出真正意思之时，暗含在言语中的乐趣自是妙不可言。

"给你们送点点心来，光赚不花，活着还有什么劲？五哥六哥轱辘子老子，每人称上半斤，香香口，再有一天就过年了，该吃点了。"……

薛不善说，"今夜里刘家的窨子里、二马家的窨子里都买了不少，连王大爪子那个铁公鸡都买了半斤花生一盒烟，要是信着卖，早就卖光了。这半篮花生几盒烟，我是给你们留的。

① 晁继周等：《现代汉语词典》（第 7 版），商务印书馆 2016 年版，第 1365 页。
② 陈望道：《修辞学发凡》，复旦大学出版社 2008 年版，第 109 页。

全村的窨子里，都比不上这窨子里有钱，五哥六哥是快手，一个顶一个半，老于钱来得顺，小轱辘子更甭说了。”[①]

薛不善是卖花生和烟的，但他并没有用最直接的方式说出让窨子里的人买他东西的目的，而是通过很多的理由绕着弯子暗示，一是人活着光赚不花没劲；二是马上要过年了，该吃点；三是其他窨子里的人都买了，连最小气的都买了；四是不是卖不完，是特意留的；五是夸奖大家不差钱，说话者说服买者的过程委婉含蓄、妙趣横生，让听者在欣赏说话者的口才与推销技巧中体会其真正用意。但正是他这段话说得委婉隐讳，违背了方式准则，才更增加了话语的艺术性和趣味性。

“俺女婿让我来告诉你们，做牛蛋子，应该加点醋，再加点酒，还要加点葱，加点姜，如果有花椒茴香最好也加一点，这样，即便是不剔臊筋也不会臊。如果不加这些调料，即便把臊筋剔了，也还是个臊。”他从老董同志面前拿起一根筷子，点点戳戳着盘子里的牛蛋子块儿，说，“你们只加了一点韭菜？”他又拿了一根筷子，两根筷子成了双，夹起一块牛蛋子，放到鼻子下闻了闻，说：“好东西，让你们给糟蹋了，可惜啊可惜！这东西，如果能让俺女婿来做，那滋味肯定比现在

① 莫言：《白狗秋千架》，百花文艺出版社 2012 年版，第 251—252 页。

强一百倍！”他把那块牛蛋子放在鼻子下又狠狠地嗅嗅，说，“臊，臊，可惜，真是可惜！”

麻婶说：“杜大哥，您吃块尝尝吧，也许吃到嘴里就不臊了。”[①]

在人民公社时期，牛属于公有财产，是不可以私自屠宰的，再加上条件艰苦，轻易吃不上肉，所以肉在当时是特别有诱惑性的。杜大爷也是嘴馋，也想尝尝牛蛋子的味道，但年纪大了怕给人落个馋嘴的印象，基于面子不好直说自己想吃，所以他拐弯抹角地一再重复暗示，又是说应该加上什么调料，又是闻味道，同时还不忘夸自己女婿的手艺，目的就是引起听者的注意，让他尝上一块。这种曲折表达本意的手法从根本上违背了方式准则，但这种手法妙就妙在听者能感受到说话者的意思，但也是为了面子有意不去揭穿，任凭其曲折委婉地提示，欣赏其卓越的口才，其过程让人忍俊不禁。

王顺儿怯生生地问：“肖班长，有情况吗？”

班长沮丧地把枪往铺盖上一摔，说：“你以为特务是聋子？就冲你那一通咋唬，有一个团也跑光了！”

王顺儿说：“肖班长……我可不是成心的……我是老贫农、老党员……”

① 莫言：《师傅越来越幽默·牛》，百花文艺出版社 2012 年版，第 28 页。

班长说："军法无情，可不管你是什么老贫农老党员！"

"肖班长……"王顺儿好像要哭。

班长说："算啦算啦，你也别害怕，我们回去不提你的事就是啦！算我们倒霉，要不，抓回去个特务，准立大功，你说是不是，小管？"

我说："一定立大功。"

班长说："口渴死了，老王，有凉水吗？"

王顺儿说："班长，您瞧我这个糊涂劲儿！忘了摘瓜慰劳解放军啦！"

班长说："不要不要，解放军不拿群众一针一线！"

老王说："这是哪里的话！军民一家，解放军抓特务辛苦理当慰劳！"

老王提着一个篓子往瓜田走去。[①]

这是《苍蝇·门牙》里的一个片段。本来班长和小管一起去偷瓜，但却被贫农王顺儿逮个正着，无奈之下只能谎称自己在抓特务，一番故弄玄虚之后回到瓜棚。为了能让王顺儿心甘情愿地给自己摘瓜吃，身为解放军的班长在对话时要尽了心机，兜了半天圈子才让对方入套，最终体会到自己的意思。首先说王顺儿的咋唬吓跑了特务，让他有负罪感，然后又提到自己本该立功，却没有立成，使王顺儿欠了自

① 莫言：《白狗秋千架·苍蝇·门牙》，百花文艺出版社2012年版，第265页。

己一个大人情。在前后两种情况下，再提出自己口渴，急于摆脱责任的王顺儿当然会尽力讨好班长，从而顺理成章地达到了吃瓜的目的。更为可笑地是班长碍于自己的军人身份，故作推让，最后不但吃到瓜还没有影响自己的形象。

这种一波三折式的委婉叙述方式，非常有技巧性，前面铺垫性的内容初读起来偏离了题旨，感觉没有什么直接性的关系，违背了关系原则，但在不断的暗示中破解其真实目的时，读者恍然大悟，顿感这种曲折表达方式技法之高妙，不由得会心一笑。

二、通过运用比喻修辞手法制造幽默

幽默是调节生活的润滑剂，更是一个人智慧的表现。林语堂先生把幽默看成只是在深远意境下方能拥有的一种态度、一种格调、一种人生观，自然冲淡，读之心灵启悟，胸怀舒适。幽默的语言一般都是机智巧妙的，充满智慧和哲理，通常借助修辞来表现，修辞可谓是幽默的发酵剂。幽默的语言因为运用了巧妙的修辞往往变得更加形象生动、诙谐风趣，而所有的修辞手段中最能表现此类效果的莫过于比喻，比喻可称得上“文学语言形象的母亲，也是语言幽默天地的骁将”[①]。

① 胡范铸：《幽默语言学》，上海社会科学院出版社 1987 年版，182 页。

关于比喻的内涵，王希杰先生在《汉语修辞学》一书中阐释道："比喻，又叫'譬喻'，俗称'打比方'，就是在心理联想的基础上，抓住并利用两种或两种以上的不同事物之间的相似点，用其中一个事物来展现、阐释、描绘相关事物，交相辉映，混为一体。"① 另外他还认为，比喻需要两个成分和两个条件。"两个成分是：（一）所描绘的对象，叫作'本体'；（二）用来比方的事物，叫作'喻体'。两个条件是：（一）本体和喻体不同质，有差异之处；（二）两者之间有相似点。"②

比喻一般是利用两种事物的相似点，发挥想象，把抽象、深奥的事物描绘得更加具体、浅显，使语言更加形象生动，富有表现力和感染力。另外巧妙的构思、生动的作比还可以使语言充满诙谐色彩和喜剧效果，字里行间洋溢着一种幽默情趣。

但并非所有的比喻都是幽默，"幽默语言中采用的比喻和一般修辞意义上的比喻在审美方面是截然不同的。一般的比喻以贴切、神似、协调为原则，但幽默则相反，它刻意追求反差过大、或因对比荒谬所造成的不协调感"③。因此具有幽默意味的比喻通常本体和喻体之间反差极大，把高尚、尊贵的事物描述得极为猥琐、低俗，或反其道而行之，把平常我们认为极其鄙俗不堪的事物描述得极其

① 王希杰：《汉语修辞学》（第3版），商务印书馆2014年版，第390页。

② 同上。

③ 龚维才：《幽默的语言艺术》，重庆出版社1993年版，第219页。

光鲜亮丽。或刻意地扩大事物自身的缺陷，从而使语言形象产生不协调感，造成其语言形象的滑稽可笑，以此抒发幽默情趣。

莫言是个驾驭语言的“鬼才”，他小说中的语言雅俗相融、想象瑰奇、文采斐然，比喻往往信手拈来，却蕴含了无穷的妙趣，给我们呈现了一幅幅五彩缤纷的幽默画卷。

莫言小说中充满幽默性的比喻主要分为三类：明喻、隐喻和借喻。下面就结合具体的语料分析莫言是如何利用这三种形式来制造幽默乐趣的。

（一）明喻

明喻一般本体和喻体同时出现，并且在两者之间有非常明显的比喻词来连接，如“像”“好像”“如”“如同”“宛如”“恰似”等。一般性的明喻如果只是追求贴切、神似还不能达到幽默的效果，需存在一定的不协调性，或者刻意丑化，或者夸张地美化，或者构思新颖，超乎人的想象，与人的普遍经验形成强烈的反差，从而制造出一种幽默的趣味。

莫言小说中的明喻主要利用以下几种方式制造幽默：

1. 把尊贵高雅的人比喻成极其丑陋鄙俗的事物

幽默的产生很大程度上取决于主观认识和客观实际的反差性，反差越大越容易产生幽默。莫言深谙此理，他常把尊贵高雅的人故意比喻得丑陋不堪，从而造成本体与喻体之间的巨大反差，以发泄人物心中的积郁，产生一种痛快酣畅的幽默快感。

> 他随着头皮的痛楚站立起来，他感到自己的身体像一团凌乱地折叠在地上的猪大肠——冰凉滑腻满是皱折发着腥臭气息令人恶心——一折一折地抻直了，并且他知道只要老革命一松手，这堆猪大肠就会淋漓尽致地滑落在地。[①]

这里把喝醉了酒的丁钩儿的身体比喻成了一团肮脏丑陋的猪大肠，并且运用一系列的后置定语“冰凉滑腻满是皱折发着腥臭气息令人恶心”来修饰。一个省高级侦察员的高大形象和猪大肠联系到了一起，人被比喻成肮脏的家畜——猪已是十分不堪，再被比喻成猪中最肮脏的内脏器官——猪大肠就更是令人作呕。这样本体和喻体之间产生了强烈的不协调感，更加强化了丁钩儿喝醉酒后的丑态，巧妙、形象的语言作比使得叙述更加幽默。

> 时下，文坛上得意着一些英雄豪杰，这些人狗鼻子鹰眼睛，手持放大镜，专门搜寻作品中的“肮脏字眼”，要躲开他们实在不易，就像有缝的鸡蛋要躲开要下蛆的苍蝇一样不易。[②]

① 莫言：《酒国》，百花文艺出版社 2012 年版，第 207 页。

② 同上书，第 115 页。

这里用反语的手法把文坛上喜好挑人毛病的一些人称为“英雄豪杰”，而把文人躲开他们挑剔的情形比喻成“有缝的鸡蛋要躲开要下蛆的苍蝇”。这个比喻中又暗含了双重的比喻，存在“肮脏”问题的作品被喻成“有缝的鸡蛋”，非常奇巧贴切，而这些专门搜寻别人作品中肮脏问题的“英雄豪杰”被比喻成了下蛆的苍蝇。苍蝇因其肮脏丑陋的形象而被人们所厌恶，下蛆的苍蝇就更令人恶心之极，把喜欢无事生非的一些文人比喻成了肮脏的苍蝇，巧妙贴切，让人不得不佩服莫言的想象力和语言功力。

> 赤裸裸的女司机与鸡胸驼背罗圈腿的小侏儒同床共枕的情形清晰地出现在眼前，生动如画，如同他曾从钥匙孔里窥视过一样。越想越生动，越想越丰富。女司机肤色金黄，如同一条肉滚滚的母泥鳅，身上生着黏膜，滑溜溜、腻滋滋，散发着淡淡的腥味；余一尺像一只癞蛤蟆，满身疥疙瘩，用四只生蹼的爪子抓挠着她，一片片的泡沫，一阵阵瓮声瓮气的蛤蟆叫。[①]

精妙、幽默的比喻往往自然贴切，出乎意料但细想又在情理之中，了解后不觉让人开怀大笑。此段亦是如此，把女司机和余一尺比喻成了母泥鳅和癞蛤蟆，一般意义上的人一下子降格成了滑腻肮

① 莫言：《酒国》百花文艺出版社 2012 年版，第 204 页。

脏的动物，并且对两者的形象做了更进一步的修饰描述，使两人同床共枕的情形更加生动、丑陋，和一般意义上对男欢女爱的描述反差极大，但却神似之极，想象之奇特、语词之精妙、画面之生动令人赞叹不已。

> 每到一地儿，我都用数码相机拍照，就像公狗每到一地都会跷起后腿撒尿一样。①

人每到一地儿喜爱拍照的这种习惯嗜好本可以用其他事物作喻体，同样也会达到比喻形象生动的效果，但作者却故意把人比喻成公狗，把人每到一地儿喜爱拍照的行为比喻成公狗撒尿。把人的喜好故意和狗撒尿这种举动联系在了一起，把人一般意义上的行为降格化、卑贱化，实在是出乎人的意料，但确实又有一定的相似性，使语言更加具有表现力和感染力。

2. 把低贱鄙俗的动物比喻成高尚尊贵的人

把尊贵高雅的人或事物比喻成低贱鄙俗的事物可以产生极大的不协调感，产生幽默，同样把低贱鄙俗的比喻成高雅尊贵的也可以产生极大的反差，制造意想不到的幽默效果。

> 虎纹大狗安详地趴在灶火旁，长长的嘴巴搁在松木劈柴

① 莫言：《蛙》，百花文艺出版社2012年版，第191页。

上，双眼盯着灶中香气扑鼻的、金黄色的火苗，显得格外深沉，像一个大学里的哲学教授。[①]

狗本就是鄙俗的动物，这段文字中却把狗拟人化，用“深沉”这个本用来描述人的神态的词语来形容狗，提升了狗的身份格调。同时又用比喻的修辞方法，再次把狗升格化，把狗比喻成了一个博学多识的教授，而且是哲学教授。这种由狗到教授的身份跳跃，从家畜到博学的教授的转变实在是令人匪夷所思，超出想象，但两者之间在当时的语境下又极为贴切、神似，让人觉得非常幽默滑稽。

当众猪因长途坐车体力不支丑态百出时，这家伙却悠闲地散步看景，宛如一个抱着膀子吹口哨的小流氓。[②]

① 莫言：《酒国》，百花文艺出版社 2012 年版，第 208 页。
② 莫言：《生死疲劳》，百花文艺出版社 2012 年版，第 224 页。

这段话运用了拟人和比喻双重修辞手法，一般来说猪的形象比较肮脏丑陋，被人圈养在臭气熏天的猪圈里，“散步”和“吹口哨”也本是人的动作行为，但作者却把一头猪升格拟人化，描述得如人一样悠闲自得，滑稽搞笑之极。另外作者在描绘时更是展开想象，用了比喻词“宛如”，由猪悠闲的神态联想到了“抱着膀子吹口哨的小流氓”，两者之间具有一定的相似性，巧妙贴切之极，描述极富画面感，让人感受到莫言语言的幽默风趣。

3. 把卑下部位或粗言秽语作喻体造成的幽默

莫言本身是个农民，从小在农村长大，有着20年的农村生活经验，因此在写作时不可避免地会调动自己的实际生活经验。而且莫言是个非常大胆的作家，在他的很多作品中都充满赤裸裸的性描写，如《红高粱》《酒国》《生死疲劳》等，粗俗卑贱的语言如粪便、屎尿等在其作品中比比皆是。因此他在作比时常常运用一些农村中常见的极其粗俗肮脏的事物或者跟生殖器官有关系的词语作为喻体，阅读小说的读者群作为一个知识分子群体，大多缺乏类似的农村经验，比较崇尚雅文化，再加上当代作家群中敢于挑战中规中矩的传统写作方式、敢于把如此粗俗不雅的事物直接写进作品中的还比较少，读者缺乏类似的阅读体验。因此在遇到这样的喻体时读者在思想意识上会产生强烈的新鲜及不协调感，但是仔细琢磨又具有一定的合理性。当读者在联想中理解了本体和喻体之间的相似关系时，幽默便油然而生。

> 柴油机像一个被捏住了睾丸的男人一样发了疯地嚎叫着，机体抖动剧烈，油星四溅，烟筒里黑烟滚滚，固定在木底座上的螺帽抖动着，仿佛随时都会脱落飞去。①

把机体抖动剧烈的柴油机比喻成了“一个被捏住睾丸的男人”，新奇巧妙之极，由此可见莫言的想象力何其丰富，非常人可比，又大胆直露，让人不得不佩服他的胆识气魄。喻体看似荒谬，但确实与本体有一定的相似性，远远超出了一般人的想象能力，从而让人感觉到极大的不协调感，不由得笑喷。

> 偌大个世界，芸芸着众生，酒如海，醪如江，但真正会喝酒者，真正达到“饮美酒如悦美人”程度的，则寥若晨星，凤其毛，麟其角，老虎鸡巴恐龙蛋。②

这段主要是说明大千世界真正会喝酒并达到“饮美酒如悦美人”的人少之又少。这里作者连用了五个比喻，前三个喻体晨星、凤的毛、麟的角还算贴切，更和表达的意思非常协调。正当读者在作者设下的语言氛围中平顺行进时，作者在写到下面的喻体时却笔锋一转，在结尾处大胆地使用了让人难以启齿的动物生殖器官以及灭绝

① 莫言：《生死疲劳》，百花文艺出版社 2012 年版，第 279 页。
② 莫言：《酒国》，百花文艺出版社 2012 年版，第 80 页。

的恐龙蛋作喻体，前后在语言的感情色彩上产生了一定的变化。虽和前面的比喻表达的主旨意思一致，但又在挑战读者的想象力和接受能力，前后出现强烈反差，粗俗卑下的语言增添了幽默感。

再如以下两个比喻句，同样运用了动物的生殖器官或跟污秽的排泄物有关系的词语作为喻体，更加强化了事物本身的丑态，使形象、动作或神态更加丑陋不堪，滑稽幽默的同时也起到了强烈的批判和讽刺作用，让人深切地体会到莫式语言所带来的感染力。

> 那顶伪军帽，褪色起皱，恰似一头阉牛的卵囊。①

> 林间小路上因猪食滴沥而结成的冰坨子使你连跌两跤。一跤前仆，状如恶狗抢屎；一跤后仰，恰似乌龟晒肚。②

4. 通过言语形象的新颖化制造出来的幽默

造成幽默的语言一般都需要高超的技巧，还要有相当的新颖度，因此如果作者运用自身丰富的想象力，借助言语活动的机智创造出新鲜别致的言语形象，那么也能使语言风趣活泼。如王蒙就曾以衣服同人的关系比喻父母同孩子的关系——“没有母亲的孩子便是没有人穿的衣服，而没有父亲的孩子至多是没有衣服穿的人”，

① 莫言：《生死疲劳》，百花文艺出版社 2012 年版，第 172 页。
② 同上书，第 266 页。

这种比喻方式诙谐别致，主要归功于王蒙创造出了特别新鲜的言语形象。莫言对语言高超的驾驭能力是有目共睹的，而让莫言的语言如此别具一格的主要原因来自他对周围事物独特的感觉。从《透明的红萝卜》、《球状闪电》到《红高粱》，莫言总是能通过独特的感知捕捉到一个个充满艺术画面感的别致形象，晕染开来，经过一番心灵的幻化，创造出令人心醉神迷的艺术境界。莫言运用的比喻修辞手法也是如此。莫言有时通过轻松愉快的言语笔调，利用创造性的想象创造出一个新颖别致、富有画面感的喻体，以此来抒发对本体的感觉，勾勒本体形象，使话语之中包含幽默风趣的情致。

> 我拥有这样一个美味可饮如同奥罗露索雪利酒（Oloroso Sherry）一样色泽美丽稳沉、香气浓郁扑鼻、酒体丰富圆润、口味甘甜柔绵、经久耐藏、越陈越香的丈母娘而不是拥有一个像村里人烧出的地瓜干子酒一样颜色混浊不清、气味辛辣酸涩、酒体干瘪单调、入口毒你半死的丈母娘，最重要的原因是我岳母诞生于一个采燕的世家。[①]

这段话的本体是丈母娘，作者运用“拥有……而不是拥有……”肯定加否定的形式，以酒喻人，连用两个比喻抒发自己对丈母娘的整体感受。第一个比喻用肯定的形式描绘了丈母娘的美态，把她比

① 莫言：《酒国》，百花文艺出版社 2012 年版，第 213 页。

喻成了奥罗露索雪利酒。第二个比喻用否定的形式说明丈母娘不像地瓜干子酒那样，通过否定的形式更进一步肯定了丈母娘的丽姿。又通过对酒色、香气、口味等特质的描述，多角度勾勒出了一个饱满、香郁、立体的丈母娘形象。以酒为喻体喻人，通过酒质来形容人品，确实绝妙之极，再加上轻松得意的叙述语气，尤其显得诙谐有趣。

> 您的来信如同一瓶美酒，如同一声春雷，如同一针吗啡，如同一颗大烟泡，如同一个漂亮妞……给我带来了生命的春天，身体的健康和精神的愉快。[1]

收到来信时的美好感觉本来就是精神上的愉悦，是个虚体，只可意会无法摹状，但莫言却连用了五个比喻，像一瓶美酒让人反复品味，像一声春雷给人带来新生的希望，像一针吗啡麻醉心神安抚疼痛，像一颗大烟泡让人迷醉充满幻想，像一个漂亮妞让人激动着迷。用五个充满具象感的实体多角度立体化地形容无以名状的虚感，博喻的形式层层描画、层层晕染，引人步入作者臆想的画面，并且喻体的新颖度逐层升级，在结尾处长出了一个新奇的尾巴——漂亮妞，层层设喻让人因思考而绷紧的神经，最后舒放开来，释然而笑。

① 莫言：《酒国》，百花文艺出版社 2012 年版，第 133 页。

诸如此类言语新颖的比喻在莫言的小说中非常常见，如：

> 我听到了你的怒吼，看到了你的不耐烦，像内蒙古生产的草原白酒一样，你简直还是一瓶子波浪翻卷的哈尔滨高粱糠白酒，酒度60，劲头十足。①
>
> 你们这些资本主义的小业主，小商小贩，就像三九天的大葱，根枯皮干心不死，一旦气候合适，马上就发芽开花。②

前一句同样把人比作酒，以哈尔滨酒的劲头来形容一个人不耐烦、怒吼时的强度，非常形象贴切。后一句用“三九天的大葱”作喻体一开始让人感觉特别奇怪突兀，就像是歇后语中的一个谜面，接着作者又详细解释，如同告诉了我们谜底。当读者悟出了其中的道理、解除了心中的疑惑时，顿感相当轻松好笑。

（二）隐喻

隐喻又叫暗喻，一般本体和喻体同时出现，但隐喻不像明喻那样用一些表示相类关系的标志性的喻词如“像”“好像”“如”“犹

① 莫言：《酒国》，百花文艺出版社2012年版，第214页。

② 莫言：《生死疲劳》，百花文艺出版社2012年版，第363页。

如”“若”“似”等来表示，而是常用一些判断性的喻词如“是”“成为”“当作”等来连接本体和喻体，常见的形式是“a 是 b”，本体和喻体之间存在一定的相似点，但本质不同。

但是并非所有的隐喻手法都会产生幽默的效果。索振羽先生在《语用学教程》中解释道：“比喻并非都幽默，必须使事物自身原有的缺陷、丑陋更加丑化，或使原本崇高、美好的事物凸显鄙俗，从而造成强烈的不协调性，才能产生幽默情趣”[①]，作为比喻中一种的隐喻也是如此。莫言在小说创作中常常利用隐喻这样的语言技巧人为地降低人或事物的尊严、层次，把人比喻成动物、刻意丑化人或事物、颠倒高尚与卑贱，从而宣泄内心鄙视、反感或嘲讽的情绪，在一定形式上也造成了话语与现实认识的不协调感，从而产生幽默。

1. 把人动物化的隐喻

莫言在叙述时为了表现人物对某一现象的不满与鄙视，常常故意把人降格地比喻成一些猥琐不堪的动物，形成与客观事实的强烈反差，从而制造幽默。

小头目嘻嘻地笑着说：“你们酿造大学的司机，都是些臊骡子。”“对，都是臊骡子。”[②]

① 索振羽：《语用学教程》（第 2 版），北京大学出版社 2014 年版，第 95 页。
② 莫言：《酒国》，百花文艺出版社 2012 年版，第 111 页。

这里小头目和丁钩儿都把酿造大学的司机比喻成了臊骡子，把人比喻成了动物，侮辱性、挑逗性的言语中暗含了她们平时行为的不检点，骨子里比较放荡，表现了小头目及丁钩儿内心深处对这些女人的鄙视。

我说蓝脸就是一头犟驴，要顺着毛摩挲，性急不得，性急了他就会尥蹶子、咬人。①

这里把蓝脸说成了一头犟驴，不符合客观事实，人不可能成为驴，但这种把人比喻成动物并幽默地按驴的性子来说明蓝脸性格的手法巧妙滑稽，幽默风趣。

2. 把人或事物刻意丑化的隐喻

莫言为了拉大事物之间的反差，增强不协调感，还惯于把人或事物刻意丑化，甚至采用粗俗污秽的事物作喻体，造人所不敢造之喻，发人所不敢发之言，这种大胆的幽默形式令人产生不尽的畅快之感。

我他妈的算什么，我清楚地知道我不过是一根在社会的直肠里蠕动的大便，尽管我是和名列仙班的治蝗专家刘猛将军同一天生日，也无法改变大便本质。②

① 莫言：《生死疲劳》，百花文艺出版社 2012 年版，第 34 页。
② 莫言：《食草家族》，百花文艺出版社 2012 年版，第 2 页。

为了突出自己在社会上的低贱与普通，故意把自己贬低成了大便，刻意丑化自己。人不可能是大便，两者之间产生极大反差，读罢让人不觉露出一种无奈的笑，但这种比喻方式却淋漓尽致地描绘出了一个人在社会上的尴尬处境。

类似手法的描写在《生死疲劳》中也有很多，如：

> 我知道在秋香的心目中，她的第二个男人黄瞳，只不过是一堆黄色的狗屎。①

明知人不可能是一堆狗屎，但还是用这种手法把人贬低得丑陋无比，毫无分量，从而表达出秋香对黄瞳的厌烦不满，“人”与“狗屎”之间的巨大反差也给读者带来一种风趣诙谐的阅读感受。

> 爹，怪不得人家说你是茅坑里的石头又臭又硬。②

这段话不直接批判对方倔强、偏执的性格，而是把人丑化成了茅坑里又臭又硬的石头来反衬一个人的脾性，形象生动，不落俗套，因而幽默风趣。

① 莫言：《生死疲劳》，百花文艺出版社2012年版，第118页。
② 同上书，第183页。

3. 把卑下的事物高尚化的隐喻

莫言的小说中还有很多把卑下事物高尚化的隐喻，本是污秽低俗之物却被描绘得异常漂亮崇高，很是滑稽可笑。

吴秋香只要一看到我娘把褥子抱出来晾晒，就大声咋呼着叫她的女儿：互助呀，合作呀，快出来看哪，西屋里解放又在褥子上画世界地图啦。于是那两个黄毛丫头就跑到褥子前，用木棍指点着褥子上的尿痕：这是亚洲，这是非洲，这是拉丁美洲，这是大西洋，这是印度洋……①

因为尿床而让褥子尿痕斑斑，本来是一件让人极难为情的事情，但吴秋香却故意美化眼前的画面，把尿痕描述成了形状各异的世界各地，两个黄毛丫头充满童趣的指点辨识更为画面增添了风趣色彩。构思巧妙，新颖独特，幽默的同时语词之间又透露出一股淡淡的嘲讽，让人不得不赞叹作者新奇丰富的想象力。

① 莫言：《生死疲劳》，百花文艺出版社 2012 年版，第 128—129 页。

> 我们要在一个月内，兴建二百间花园式猪圈，实现一人五猪的目标，猪多肥多，肥多粮多，手中有粮，心里不慌，深挖洞，广积粮，不称霸，支持世界革命，每一头猪，都是射向帝修反的一颗炮弹。所以，我们的老母猪一胎生了十六只猪娃，实际上是生了十六颗射向帝修反的炮弹，我们的这几头老母猪，实际上是向帝修反发起总攻的几艘航空母舰！[①]

猪原本给人的印象是好吃懒做、丑陋不堪，但这段话却极大地美化了猪，把养猪当成了发展的宏伟目标，更把养猪和支持世界革命联系起来，大肆宣扬养猪的意义。尤其夸张的是把猪看成了射向帝修反的炮弹，把老母猪看成了向帝修反发起总攻的航空母舰，荒谬可笑之极。猪不会真的成为炮弹，更不可能成为航空母舰，这种风趣的隐喻也影射了当时中国激进的方针政策对人思想上的影响。

（三）借喻

“借喻是借用喻体来代替本体的比喻。它不用任何喻词，本体也不在句中出现，因此更含蓄，更深刻。它要求既要符合本体的本质特征，又要让人明白喻体比喻什么。本体和喻体必须是两种

① 莫言：《生死疲劳》，百花文艺出版社2012年版，第208页。

事物。”[①]可见借喻这种修辞手法本体和喻词都不出现，直接用跟本体有某种方面相似性的喻体代替本体，常用的形式是“借 a 作 b”。因为借喻中喻体和本体之间本身就存在一定的相似性，所以如果想象丰富运用巧妙，就会使表达更加形象生动、意蕴丰富，引起人无尽的联想，产生幽默诙谐的艺术效果。莫言在小说中就常常运用借喻这种方式，使语言立体贴切、妙趣无穷。

> 扯住我们主任又撕又掳又叫唤：“老头子老头子你不给我作主谁给我作主杜家那个卖腚的臭婆娘又指鸡骂狗骂我光吃食不下蛋我不下蛋关她屁事她下了两个斜眼歪歪蛋老娘连腚都不愿夹噢哟哟亲娘啊叫人欺负喽……”[②]

这段女人撒泼时说的话从形式上就与习惯上的表达方式不同，作者故意不用标点，一气呵成，增加了理解的难度，但这种写法却机巧地把女人极其气愤、怒语连连、不依不饶的心情表达得淋漓尽致，读来如身临其境。另外从内容上来说，这种表述方式没有清楚直接地说出主要意思，而是含沙射影地用“光吃食不下蛋”来比喻女人光知道吃不会生孩子，用“下了两个斜眼歪歪蛋”来比喻别人生的两个有斜眼毛病的孩子，使得话语更加恰切形象、活泼风趣，

① 陈毓瑾：《新编汉语实用修辞手册》，金盾出版社 2008 年版，第 11 页。
② 莫言：《白狗秋千架》，百花文艺出版社 2012 年版，第 269 页。

增强了语言感染力，一个泼辣农妇的形象跃然纸上。

> 医书上把精虫形容成蝌蚪，我们就蝌蚪一次：成群的精虫——其中包括小我一部分——在我母亲温暖的溪流里游泳。它们在比赛，优胜者奖给一粒，奖给一粒浆汁丰富的白葡萄。当然，有时候会出现两名游泳选手同时到达终点的情况，在这种情况下，如果有两粒白葡萄，奖给他们每人一粒，如果有一粒白葡萄，这甜美的汁液只好由他们共享。如果有三位、四位甚至更多的选手同时到达终点呢？这情况太特殊，这种现象极其罕见，而科学原理总是在一般的条件下抽象出来，特殊情况另当别论。好歹在这次竞赛中，只有我一个最先抵达，白葡萄一粒吞没了我，我成了白葡萄的一部分，白葡萄成了我的一部分。①

这段话巧妙地把精子争抢着与卵子结合的过程比喻成一场游泳比赛，把卵子含蓄地比喻成一粒浆汁丰富的白葡萄，把两者结合形成一胞胎、两胞胎、三胞胎甚至多胞胎成功的情形用几名优胜选手享用到几粒白葡萄来形容。这种比喻方式把深奥难懂的道理描述得极为浅显、巧妙和新奇，文字之间又洋溢着一种强烈的画面感，让读者获得一种与众不同的阅读体验，幽默十足。

① 莫言：《酒国》，百花文艺出版社 2012 年版，第 26—27 页。

另外还有一些以民间俗语谚语作为喻体的借喻，这些俗语谚语是在人民群众口头广泛流行的，一般语句固定，形象通俗，活泼风趣，富有很强的语言表现力，运用在文中使得语句更加幽默生动。

> 许多年后，莫言那小子对我袒露心声，说他也对黄互助有幻想。大癞蛤蟆想吃天鹅肉，想不到小癞蛤蟆也想吃天鹅肉。[①]

“癞蛤蟆想吃天鹅肉”是指有些人没有自知之明，自不量力，不切实际地奢望得到自己不可能得到的东西。在这里莫言创造性地使用俗语，让蛤蟆有了大小之分，把解放和莫言对互助的非分之想比喻成了大、小“癞蛤蟆想吃天鹅肉”，一语双用，机智诙谐之极。

> 尽管我刚刚回忆了他敲牛胯骨时在我面前点头哈腰的形象，但人走时运马走膘，兔子落运遭老鹰，作为一头受伤的驴，我对这个人心存畏惧。[②]

“人走时运马走膘，兔子落运遭老鹰”，形象地描绘出了洪泰岳

① 莫言：《生死疲劳》，百花文艺出版社2012年版，第175页。

② 同上书，第22页。

和西门闹两人的命运逆转，用“人走时运马走膘”借喻洪泰岳已今非昔比，有权有势，时运正旺；“兔子落运遭老鹰”则借喻西门闹冤死之后由人成驴的命运，落魄不堪，已不比往日，时运如此免不了受强者的欺凌。一句俗语把两个人命运的转换对比形象深刻地表达出来，新鲜可笑之余又带有一种被命运捉弄的无奈。

巧妙利用比喻可以开出幽默之花，而莫言已经把这种修辞技巧运用得出神入化，使得他的语言妙趣横生、笑料不断，同时也反映出莫言豁达乐观的人生处世态度。苦难是他笔下人物的人生常态，但面对苦难，与麻木痛苦地挣扎相比，他更愿意人们拿起幽默的武器来对抗苦难，以苦作乐，用一颗乐观坚韧的心去战胜苦难。同时莫言也用这种方式让我们体味到乡间生活除了贫穷和困苦以外的另一种风情，那就是底层人民群众的风趣幽默，使莫言小说呈现出不同于他人的特色与魅力。

总的来说，莫言构建幽默的方式是多种多样的。莫言用幽默的笔触在他的小说中构建了一个幽默王国，在那里人与自然和谐共生，一花一草、一牲一畜皆有灵性。他们用幽默抵抗贫穷和苦难，用幽默发泄内心的愤恨与不满，用幽默畅想不可触及的美好，用幽默赞美生命的坚韧与顽强。莫言用幽默为自己构建了一片思想乐土，在这里他可以卸下防备，无拘无束，怯懦与勇敢、赞美与诅咒都在幽默中表现得淋漓尽致，非常具有语言感染力。

第四章　莫式幽默的情感特色

莫言构建幽默的方式是丰富多彩的，但他并非是为了幽默而幽默，在构建幽默的同时字里行间浸润着一定的情感。莫言就像是一个画家一样，为每一种情感都抹上一笔别样的色彩，有克制荒诞的黑色幽默，有冲破禁忌的黄色幽默，有苦涩无奈的灰色幽默。莫言用不一样的色彩描绘人物不一样的人生，字里行间的幽默里表现出他对世间百态的认识和关注。

第一节　黑色幽默

从 20 世纪七八十年代开始，中国的政治和社会环境逐渐开放，在文化上的限制也逐渐放宽，国外的很多思想潮流和经典著作纷纷乘着这股改革开放的春风传入中国，凭着其独具特色的艺术风貌不断地刺激和影响中国，影响比较广的如“马尔克斯热”“弗洛伊德热”“萨特热”等。中国作家在这样的社会和文化背景下也开始纷纷吸收外国的文学营养来探寻自己文学创作的新蹊径，“黑色幽默”也是很多作家争相模仿和借鉴的对象。

自从约瑟夫·海勒的《第二十二条军规》在 1976 年被《现代外国文学》刊登以后，“黑色幽默”以其外在幽默内含讽刺的独特表现手法逐渐开始引起中国文坛的关注，影响较大的“黑色幽默”作品还有托马斯·品钦的《万有引力之虹》和《V》、库特·冯尼格的《第五号屠场》、纳博科夫的《普宁》等。很多中国作家在中国社会思想壁垒逐渐解冻的文化背景下，开始在中国内核之外为作品糅入了一定的“黑色”色彩，创作出了很多具有黑色幽默特色的小说，以一种表面温和的方式来揭露中国社会的阴暗面。比较著名的有王小波的《黄金时代》《青铜时代》《似水流年》，王朔的《千万别把我当人》《顽主》，刘索拉的《你别无选择》，余华的《许三观卖血记》，王蒙的《买买提处长轶事》，老鬼的《血色黄昏》等。

莫言作为一个不甘趋同他人、追求写作个性化、对新思想新手法尤为敏感的作家，对风靡世界文坛的“黑色幽默”当然更不会漠然视之。相反，这种特殊的讽刺与揭露现实的技法在莫言的很多小说中都有所渗透。他笔下的乡村世界充满了苦难、贫穷、粗俗、野蛮和肮脏，人们在这样的生存境遇里不得不无奈地选择一种幽默的方式来求得暂时的超脱与解放，幽默是老百姓能够活下去的动力。其实诺贝尔文学奖颁发给一个名字叫“莫言”的作家本身就充满了黑色幽默，“莫言”的意思就是“不要说话”，但莫言小时候是一个精力旺盛、贫嘴碎舌、调皮捣蛋的小孩儿，现在诺贝尔文学奖却颁发给了一个英文名译为“shut up”的中国作家。莫言主要通过以下几种方式来制造“黑色幽默”。

一、克制叙述的方式

莫言在他的小说中经常用一种反讽的克制性叙述方式来制造黑色幽默，“反讽是指在实际语言运用中反话正说或正话反说，即使用和语境意思相反的语句表述，从而达到讽刺或幽默的修辞效果”[①]。由于使用反讽这种修辞手法时，表面所表述的意义与作者真实要表达的意义存在一定的反差，造成一种不协调感，因此常常会呈现出幽默或讽刺的效果。莫言在进行小说创作时也喜爱利用反讽的手法来增强语言的感染力，把人物置于一种极其恐怖、残忍、悲痛的处境，而他却用一种温和冷静的语调平静地叙述，故意制造一种阅读习惯上的突兀感，让人禁不住涩涩一笑。

克制叙述是莫言常用的一种反讽形态。克制叙述是“反讽的类型之一，是故意用轻松的话语来表示某种强烈情绪的手法。按布鲁克斯和沃伦的定义是：‘在实际说出的与可能说出的之间有或大或小的差距。’”[②]这种把严肃沉重化为轻松冷静的陈述手法颠覆了以往的叙述传统，大事化小，用一种陌生化的手法创造出一种和习惯性思维相背离的阅读体验，极残忍、极暴力、极血腥与极轻松、极冷静、极温和形成强烈的不协调感，给悲剧的内容赋予喜剧的形式，从而制造一种黑色幽默的艺术效果。

① 张金泉等：《英语辞格导论》，华中科技大学出版社 2013 年版，第 228 页。
② 金振邦：《文章技法辞典》，东北师范大学出版社 1991 年版，第 158 页。

如在《革命浪漫主义》一文中，“我”本来一腔热血背着火焰喷射器冲锋陷阵，即使不是英雄，也会是个烈士，但没想到在斗争最激烈的时刻却窝囊地坐在了越军埋伏的“小香瓜”——地雷上，只剩下了半个屁股。“我”的远大抱负的崇高伟大与实际遭遇的荒唐不堪形成强烈对比。当“我”在战争中看到自己的战友和队长被炮弹炸死的情形时，描述道：

> 一颗炮弹在离地一米处爆炸，三个战友飞上了天，我们队长身体瘦弱，所以他飞得最高。[①]

在描写如此壮烈血腥的战争场面时，莫言用了一副远距离冷视的口吻，说他们“飞”上了天，而且下面又套用形式逻辑的理论理性客观地分析自己的话语：

> ①在同样的爆炸气浪冲击下，身体重量最轻的人飞得最高。（大前提）
>
> ②我们队长身体瘦弱。（小前提）
>
> ③所以他飞得最高。（结论）[②]

文中还用了一大段文字来深刻检讨自己逻辑上的漏洞，指出自

① 莫言：《白狗秋千架》，百花文艺出版社 2012 年版，第 346 页。

② 同上。

己“在小前提中偷换了概念，‘身体瘦弱’，并不一定‘身体重量最轻’”[①]，还分析自己的“大前提概况不全，我忘记了风向、地势、角度诸因素”[②]。

在战争中英勇牺牲的英雄本该是被人悼念，抒发悲痛之情的，但作者的叙述却打破以往的习惯性思维，用一种克制叙述的方式把阵亡的场面描述得如此客观、如此理性，仿佛在用形式逻辑的公式去冷静地分解几个句子，而忘记了自己句子的实际悲伤内容。叙述的语气越是冷静，这种形式与内容的不协调感就越大，使得读者哑然失笑。但笑过之后又不禁反思战争的残酷，以及战争给人的心理带来的创伤及阴影。

接着作者又用浪漫抒情，甚至可谓是诗情画意一般的语言来描述队长“飞升”的情景：

> 我们的队长在爆炸气浪中飞快地上升，是我亲眼看到的。他的四肢优雅地舒展着，他的脸上阳光灿烂，他的迷彩服上五彩缤纷，鲜红的血珠像一片片飘零的花瓣轻俏下落。我认为队长是一只从烈火中飞升起来的金凤凰，他的羽毛灿烂，他一定是到太阳里去叼金子去了，这是我奶奶在凄凉的星光下多次讲给我听过的故事，……[③]

① 莫言：《白狗秋千架》，百花文艺出版社 2012 年版，第 346 页。
② 同上。
③ 同上。

我们很难从这句话中看出死亡的恐惧和悲痛，作者用极其克制的叙述方式把队长的阵亡写得美丽迷人、光彩夺目，就像在写一篇抒情诗。本是极悲的牺牲画面却被套上了一身诗意烂漫的外衣，使得内容与形式极其不协调，黑色幽默由此而生。

二、塑造“反英雄”人物形象

英雄形象在文学作品的长河中始终是作家们极力塑造的对象，传统的英雄人物形象不是正义凛然、英勇就义的英雄，就是大公无私、建功立业的楷模，散发着正面积极的光辉。但黑色幽默作家却用另一种眼光来审视社会及人性，他们常常对战争、苦难、死亡进行喜剧化的处理，塑造了一批在残酷环境下挣扎着的“反英雄”人物形象。这些人物往往不像传统意义的英雄形象一样具有坚定的意志，他们的人生一般都具有两面性，带有悲喜双重特色，自身具有很多不确定性，不断地追求自身的价值，张扬自我个性，但在现实面前却总是表现得软弱无力，最后还是难逃悲剧的命运，把自己置于荒唐可笑的尴尬境地，如《第五号屠宰场》中的毕利、《第二十二条军规》中的尤索林。黑色幽默作家通过描写这些精神病态、行为滑稽的“反英雄”人物来影射社会残酷荒诞的现实，从而引起我们对生命及人性的深层思考。

中国文学进入新时期以来在塑造人物形象上有了一定的突破，作家们在开放的社会政治环境下，受外国文学思想的影响开始关注英雄以外的众生态，正如叶开所言：“新时期文学的作家们打破此前官方文学教科书所施加的魔咒，在人物形象中，以‘反英雄’的群像，突破此前文学作品中单一化的‘革命英雄’模式限制，形成了百花齐放的繁荣局面。”①

莫言的小说中也塑造了很多“反英雄”的人物形象，这些人物多数是在社会底层辛苦挣扎的农民或工人，他们追求的不过是平凡简单、衣食自足的生活，但人生境遇常常和他们开玩笑，使得他们有时不得不放弃自己坚守的道德和理念，努力地去配合周围环境，造成其身份、思想、言行等方面的严重错位，从而制造出一个个令人哭笑不得的黑色幽默。

如《师傅越来越幽默》中的丁十田，四十几岁的丁十田本来是农机修造厂的老师傅，一辈子勤勤恳恳、按部就班地工作，是公认的“省级劳模”，甚至还跟副省长合过影。如果他的人生一直按这样的线路平坦地发展下去，他也许继续着自己的光辉形象，那么也就应该没有什么故事可言。但就是这样一个元老级的人物在人生只求安稳的年龄偏偏遭遇了厄运——下岗。计划经济向市场经济的转变，使得很多人面临和丁十田同样的生活遭遇，生活的窘境使得原是光鲜楷模的丁十田慢慢地发生着变化，使得他的人生充满了黑色幽默。

首先，他的身份发生了错位，从一个劳模变成了下岗工人，更为可笑的是在不断的摸索中他竟然打起了林间情侣的主意，把一辆

① 叶开：《莫言的文学共和国》，北京大学出版社2013年版，第164页。

废弃的公共汽车外壳做成了休闲小屋，发起了林间饥渴鸳鸯的小财。从一个象征着文明道德勤奋的劳模一下子跌落成了从事不文明行业的小老板，在生存与道德的两难选择中丁十田还是尴尬地选择了前者。这种身份上的两极转变无疑是幽默可笑的，但生存境遇的悲惨与无奈只能让人苦笑不止。

其次他的思想也发生了错位，一个老实憨厚跟钢铁打了一辈子交道的人本来对生活没什么邪门歪道的想法，但生活却逼迫着他不得不对林间找地方野合的鸳鸯打起了主意。车壳内的动静让他这个半百的老人也浮想联翩，“女人的白花花的肌肤粘在他的脑海里，挥之不去；那个买小猪的少妇明媚的笑脸和露出半边的乳房也赶来凑起了热闹。”[①] 生活把一个对男女之事不敢启齿的本分老实人变成了一个对男女性生活颇有经验的老色鬼。他抛弃了坚守多年的圣人思想，以自己的一套精神胜利法不断劝慰着自己，使自己所做的事变成了理所应当。从保守到开放，前后思想的错位和反差使得丁十田的形象更加荒唐可笑。

随着思想错位而来的是丁十田行为上的严重错位，从买性爱用品时的羞涩沉默到大胆地跟人讨价还价，从“性趣”熄灭多年到主动拉着老妻做房事，从拉客时的张口结舌到熟练地给客人计算着价格张罗着生意。丁十田行为上的前后对比与转变增加了人物形象的诙谐幽默性，但这种社会及经济转型带给人的严重道德缺失又给人

① 莫言:《师傅越来越幽默》，百花文艺出版社 2012 年版，第 182 页。

物形象增添了几分悲剧色彩。

另外，环境的错位也使得丁十田这个人物形象更富有黑色幽默的色彩，丁十田去收费厕所的场景尤其显得滑稽可笑。他没进过那么高级的厕所，不懂得厕所为什么收费，也没有使用过干手器，因此当他走出厕所的时候会感慨地对自己的徒弟说：

"小胡，师傅跟着你撒了一泡高级尿。"

"师傅，您这叫幽默！"

"我欠你一元钱，明天还你。"

"师傅，您越来越幽默！"①

丁十田的"高级尿"反映出他自身生存环境的低级与窘迫，而小胡所说的"幽默"也映射出丁十田与整个社会环境的格格不入，后一句"幽默"则更加强调了这种不协调程度。经济在发展，社会在转型，人们的价值观念正在发生日新月异的变化，而丁十田却还固守原地，对他周围的环境缺乏足够的认识，从而在言行举止上表现得相当滑稽诙谐。

除了《师傅越来越幽默》以外，莫言在很多其他小说中也塑造了"反英雄"的人物形象，如《酒国》的"丁钩儿"、《生死疲劳》中的"蓝脸"，这些人物形象都不像传统小说中的"英雄"人物形

① 莫言：《师傅越来越幽默》，百花文艺出版社2012年版，第176页。

象那样正面高大，自身都带有一定的残缺性。他们的人生就是一部充满黑色幽默色调的悲喜剧，但他们黑色命运背后笼罩着的是悲催残酷的现实。物质文明的高度膨胀使人们的价值观念发生了严重变异，很多人在生存和道德的边缘徘徊，在不断地附和屈从中逐渐消磨了自身的意志及文明道德意识，盲目地追求个人价值，但因为个人在现实面前的无能为力，最后落到狼狈可笑的地步。

三、时空的错乱与情节的荒诞

传统小说作家一般会运用一种线性、规整的叙事方式描绘他笔下的世界，时空的排列通常会符合人们日常的思维逻辑和阅读习惯，大多数运用顺叙的手法来叙述情节，事物的开始、发展、高潮、结尾层次分明，过去、现在、未来三种时空排列得相对整齐。尽管有些时候也会运用倒叙和插叙手法，但作者写作时主要还是围绕主题安排情节，读者读完还是能理清事物发展的头绪，并没有突兀混乱之感。另外传统小说也较少采用荒诞、象征这样的手法来表现社会及人性的变异，但“黑色幽默”作家为了更好地反映现实世界的荒诞不经，常常颠覆传统，有意地打乱时空的逻辑顺序，跟随小说中人物的思维和意识，把过去与现在、现实与想象有机地融和起来，交叉叙述，并设置一些荒诞的情节，以此来映衬令人绝望和恐惧的现实，营造一种混乱、滑稽的喜剧氛围。这种后现代的叙事手法虽然使小说在内容上失去了连贯性，读起来有点令人摸不着头绪，但读者从总体上把握小说的基调后，反而更加深化了小说的主题。

莫言的很多小说也借鉴了“黑色幽默”作家制造幽默的这种方式来表现中国社会的阴暗面及小人物的尴尬处境。如在《幽默与趣味》中，莫言为了更好地表现社会的荒诞与人性的变异，常常运用时空跳跃的手法，打破过去与现在的界线，任意识自由穿行，通过前后时空人物精神状态和人生际遇的对比来反衬人物当前狼狈不堪的滑稽人生。王三本来是一个朝气蓬勃、野性十足、疯狂地追赶过爱情的野小子，但青春的逝去、生活的磨砺使他失去了往日的棱角，逐渐退化成了生活滑稽剧中的一个小丑，胆怯窝囊、忍气吞声、逆来顺受，整日在恐怖和绝望中恍惚度日，正如小说中一开始王三为《中国诗歌大辞典》撰写的条目一样，他的人生就像一首离奇、荒诞的超现实风格的古典诗。

《幽默与趣味》中在叙述“现在”时，“过去”常常跟随人物的意识不自觉地穿插进来，如王三不小心扑到一个老太太的胸，在人行道上狼狈逃跑时，就插入了过去年轻时他与汪小梅浪漫温馨的相恋场景。过去的汪小梅娇羞温柔，现在的她却霸道蛮横，俨然成了一个泼妇。过去的王三蛮横强硬，现在却懦弱无能，俨然成了一个窝囊废，通过前后两种时空里人物性格的对比反映现实对人性的侵蚀。

另外小说中的时空错乱还体现在现实与幻境的交叉相融，王三的意识有时并不是回到过去，而是通过自己的幻觉创造了另外一个时空，这种时空也可以称之为他虚幻的世界。他在面对恐惧绝望时总是不自觉地让思维飘移，自我保护地逃离现在，如第一次站在马路边缘上，外界拥挤的车龙和灼热的气流使得他的身体扭曲成了一股细绳，扭断燃烧，“他感到自己的思想已经脱离躯壳，而躯壳则变成一坨半干的牛粪，紧贴在马路中央的一根斑马线上”[①]。莫言用超乎读者想象的形象比喻描绘出了王三思想脱离现在的情景，他在另外一个幻想的时空来审视现实中的自己，而现实中的他像“半干的牛粪”一样丑陋滑稽。第二次穿越马路时差点被撞到的惊险遭遇又使得那个城市更加恐怖与可怕。面对这种可怕的处境，他不由得开始幻想心中的另一方世外桃源——苏北，苏北的闲适静谧更反衬出现实的喧闹与恐怖，更反衬出他可怜又可笑的人生。

为了更好地表现社会的荒诞不经，莫言在小说中经常设置一些荒诞的情节，营造一种荒诞扭曲的喜剧氛围，使得小说中的故事充满隐喻性，更加深化荒诞背后所隐藏的主题。如《幽默与趣味》中王三在社会的压力与老婆的打骂之下极度恐惧，竟幻想自己能变成一只猴子，像猴子一样摆脱世俗的困扰自由自在地在丛林中生活，最后在无路可退的时候竟真的变成了一只猿猴。

> 她看到丈夫只有流露着恐惧的眼睛没有变化，其他的部位都在迅速地抽搐着、萎缩着，在抽搐中萎缩在萎缩中抽搐着。他的腰背佝偻了，四肢弯曲了，衣服滑落，眼镜跌落，嘴唇缩

① 莫言：《怀抱鲜花的女人》，百花文艺出版社2012年版，第390页。

进，牙床凸出，耳朵变薄，脖子变粗，拇指变长。绿色的细毛突然迸出来，像皮肤上爆起鸡皮疙瘩一样迅速。最可怕的是：一条粗大油滑的尾巴，从它的两腿间缓慢地长下来，一直触到地面上。[①]

在面临种种压力无处可逃的时候，王三竟变成了一只猴子，非常地荒诞可笑，但这种荒诞的背后作者让我们沉思的是令人绝望恐惧的现实。社会的变异导致人性的变异，人在这种荒诞的现实下被压抑到极点，只能靠自己的幻觉来获得暂时解脱，这无疑是和自己开了一个莫大的玩笑，最终还是难逃命运的摆弄。

总之，莫言吸收和借鉴了西方的一些写作技巧，通过极其冷静的笔触书写残酷与暴力，通过塑造“反英雄”人物形象来解构英雄人物的主题旋律，通过时空的错乱及情节的荒诞来凸显人生的无奈，从而使他的作品呈现出一种黑色幽默的风格。但莫言的黑色幽默并不同于西方作品中传达的虚无与绝望，而是将西方技法与东方观念相融合，借助喜剧性的语言和情节映射小人物的无奈与悲凉，隐含一种悲剧的意蕴，表现了莫言对民间生活与社会现实的关注，是一种“东方式”的黑色幽默。

① 莫言：《怀抱鲜花的女人》，百花文艺出版社 2012 年版，第 402 页。

第二节 黄色幽默

莫式幽默还有另外一种鲜明的情感特色，那就是幽默中常带一点“黄”。“黄色幽默”在民间被叫作“荤段子”“荤笑话”，一般是指“与性有关的幽默，带色情味的幽默，或者说是性暗示过分强烈，甚至是性挑逗的幽默”[①]。因为话语中常包含一些不太文明健康的元素，所以一般难登大雅之堂，但“黄色”的内容却常常带来意想不到的幽默。这是为什么呢？首先，我们可以在心理学家那里找到依据，心理学家弗卢盖尔在总结幽默产生的心理动机时提出幽默是一种性欲的表现，很多笑话里含有明显的性欲和猥亵成分，可见幽默和性欲密不可分，这就不难理解为什么“黄色幽默”是幽默的重要形式之一。其次，几千年来，受儒家礼教的影响，人们恪守宗法礼仪，“黄色”话题成为文明道德的禁忌，当人们大胆地冲破禁忌、释放压抑时，越是能体验到释放的快感和刺激。生活中有时需要适当地增加一些调味品，而“黄色幽默”恰恰具有这种天生的魔力。

“黄色幽默”的内容有的是赤裸露骨的，通俗易懂又极具感染

① 曾国平：《幽默技巧与故事》，重庆大学出版社 2013 年版，第 53 页。

力；有的是隐讳委婉的，让人意会得到却又羞于言传。总的来说这种幽默形式非常贴近老百姓的生活。偶尔来一段“黄色幽默”，能释放压力、拉近距离，令身心瞬间感到轻松和愉悦。“黄色”内容说得太直白裸露，未免会显得媚俗。其实“黄色幽默”也像其他幽默笑话一样，也常常要制造一些“包袱”，在抖落“笑果”之前经过缜密的构思，层层铺垫，三翻四抖之后达到让人开怀大笑的效果。

莫言来自农村，他小说创作的灵感和素材大多来自故乡——高密，故乡对莫言来说应该是他的血地。他最终以当兵的方式逃离了那片血地，但他对那片土地爱得深沉，在精神上始终无法逃离。20 年的农村生活经验使他对农村的生活常态有着深刻的认识和感悟，社会发展过程中的一波一澜都对农民的生活产生很大的影响。农民在他们的那块土地上苟延残喘，充满了苦难和艰辛，但农民并不像很多作家笔下描写的那样每天在忆苦中含泪度日，他们自有一种自我调节的方式。在茶余饭后、劳作之余的田间地头讲些略带“黄色”的荤段子就是他们最习惯采用的自我解压的方式。生活中接踵而至的悲惨遭遇常使农民步步维艰，幽默是他们生活下去的方式，在坚韧地选择承受之余，他们选择笑对人生的苦楚，在自娱自乐中发泄愤懑、舒缓压力，体现出农民对生活的乐观豁达。

莫言小说中的“黄色幽默”主要体现为两种形态。

一、利用双关含蓄委婉地制造黄色幽默

莫言常常自谦地称自己为“农民”，他小说中描述的场景多是发生在农村，故事中的主人公也多是老实巴交的农民，莫言总是怀着一种悲悯的情怀描写底层人民的苦乐生活。底层劳动人民质朴纯真，但农村环境恶劣，人们普遍文化水平较低，使得农民日常生活中难免带有一些粗俗之气，有时在嬉笑之间还常带点“黄色”。但莫言为了逼真地再现底层劳动人民的现实风貌，常常在作品中还原劳动人民的真实天性，以此来表现作品中人物所具有的自然野性，凸显其原始生命力。

但莫言表现这种“黄色幽默”的方式是非常有技巧性的，为了避免过度地裸露、过度地情色，有时会用一种含蓄的暗示曲折表达话语中的“黄色”意味，比如运用双关的修辞手法，表面上没有任何“黄色”的字眼，但细细体味却别有一番“黄色”的风情，所言非所指。内容上产生了强烈的不和谐性，而形式上却采用一种机巧幽默方式，再加上“黄色”成分本身就带有一定的刺激性，读者内心本来就对禁忌性的“黄色”话题比较敏感，使得话语既富有深沉的内涵，又充满幽默的情趣，读来非常诙谐风趣，体现出莫言对语言的超强驾驭能力。

如《酒国》中当丁钩儿在去煤矿调查的路上遇见女司机时，女司机的大胆泼辣使得丁钩儿与她的对话更加恣意粗俗：

“你怀孕了吗？”……

“我有毛病，盐碱地。”……

“我是农艺师，善于改良土壤。”①

当两人经过了一番赤裸粗俗的对骂之后，丁钩儿要下车时还不忘给女司机幽上一默：

小妞，再见了，我有上等的肥田粉，专门改良盐碱地。②

大胆泼辣的女司机使身为侦察员的丁钩儿完全放下了矜持，聊天的内容也变得越来越“黄”、越来越粗俗。但莫言制造幽默的方式又是特别艺术的，经过一番谈及怀孕及孩子的玩笑话后，双方都运用了一种双关的方式表达使对方产生性关系的联想，巧妙曲折。“盐碱地”字面意思是指一种类型的土壤，这种土壤因为所含盐分太高影响到作物正常生长，而字里意思则是指女司机生育方面有问题，而丁钩儿却说自己是“农艺师”，“善于改良土壤”，表面是说自己在农业技术方面很在行，懂得如何改良土壤，而内在意思则是自己能力强，会帮女司机解决生育方面的难题。下面丁钩儿跟女司机分别时说的话的意思也是在表现自己超强的性能力。因此，从整

① 莫言：《酒国》，百花文艺出版社 2012 年版，第 2—3 页。

② 同上书，第 4 页。

体来看，用语新鲜巧妙、生动形象，内容上一语双关，富有双层含义，不着一字但尽显风流，可谓巧妙之极，也体现了莫言驾驭语言的功力。

> 杏花如雪，落在他们身上。二十年后，庞凤凰成为绝代美人是无奈的事：种好地好，播种时的环境充满诗情画意，她不美，天理难容！[①]

这里的“种好地好”主要是指西门金龙和庞抗美这两个高密县俊男美女的基因优良，“播种”则含蓄地说两人发生性关系，同样是带有色情的意味但却表达得委婉机巧，言此意彼，避免了语言的过于直露，同时又吸引读者细细体味其中的含义，领会了实际内涵之后，不由得开怀一笑。

> 于是我们把他的裤裆松开，将那颗生着白卷毛的大头硬塞到他自己的裤裆里。……
>
> 莫洛亚先生说：老柳，你不懂，“老头儿看瓜”很好，就在刚才我“老头儿看瓜”时候，我看到了上帝。
>
> 后来莫洛亚的话在村子里传开，几个流氓无产者嬉笑着道：“老头儿看瓜”时见到了上帝，那上帝成了什么？你们想

① 莫言：《生死疲劳》，百花文艺出版社2012年版，第391页。

想看，上帝成了什么？[①]

这段话的表达方式虽不那么直露赤裸，但却渗透着浓浓的“黄色”意味。几个毛头孩子戏弄莫洛亚先生，让其表演“老头儿看瓜”，其实是把莫洛亚先生的头塞进他的裤裆里，看到什么瓜不言而喻。“老头儿看瓜”这一取名巧妙含蓄让人浮想联翩，非常有画面感，使得读者意会之后暗自叫绝。下面几个流氓无产者对莫洛亚话中“上帝”的有意曲解更是增添了话语的趣味性，“上帝”代表着崇高神圣，不可亵渎，但在几个小流氓的嬉笑中一语双关竟成了男性的生殖器。娱乐了神圣不可侵犯的上帝，愚弄了宣传上帝神谕的神甫，调侃着被压抑的男女两性话题，嬉笑怒骂之中冲破了层层禁忌，超出了读者原始的阅读体验，被压抑的情感得到释放，体验到挑战崇高与神圣的畅快与刺激，言辞之间的妙趣油然而生。

这里的李艳是个“蝴蝶斑脸瞪眼子”，可能就是您记忆中的那位“白脸瞪眼子”，脸上的蝴蝶斑很可能是多次非法怀孕所致。她对我说，她的沟里土地极其肥沃，炒熟的种子也发芽。还说，她每次流下来那些不足月的胎儿，都被医院里的大夫抢去吃了。[②]

① 莫言:《怀抱鲜花的女人》，百花文艺出版社 2012 年版，第 359—360 页。
② 莫言:《酒国》，百花文艺出版社 2012 年版，第 82 页。

这里的“她的沟里土地极其肥沃，炒熟的种子也发芽”同样是运用了双关的手法，即使炒熟的种子也能发芽，含蓄而又风趣地表达出李艳超强的生育能力，巧妙之极。

总之，莫言就像是一个语言魔法师，他总是凭借天马行空的想象力让他笔下的语言都生出妙不可言的情趣，总是能带给我们意想不到的惊喜，而这一切都源自他丰富的生活经验、对人物角色准确的把握。他在高密东北乡的土地上种下自己的依恋和情怀，用自己对生活的乐观与激情细心浇灌，开出了一朵朵深入人心的幽默之花。

二、利用赤裸直露的话语制造黄色幽默

一般来说，幽默性的语言经过层层的铺垫，设置了几个“包袱”，当“包袱”抖开人们恍然大悟时，就越能体味出其中的趣味性，“黄色幽默”也是一样。通常20世纪五六十年代出生的作家受传统思想的影响严重，写作风格比较刻板保守，严遵正统，但也有很多例外，莫言就是其中一位。他从小生活在农村，受农村人大胆直率又略带粗俗话语风格的影响，也为了还原农村人真实的风貌，在设置人物对话时常常夹杂一些赤裸直露、充满情色意味的语言。这种话语方式彻底打破了传统写作上对男女性爱方面的禁忌，酣畅淋漓地抒发了小说中人物大胆泼辣的个性，使得话语更充满了自然原始

的生命力。同时由于这种描写手法太赤裸、太暴露，和读者的阅读体验形成鲜明的对比，但和他们禁锢已久的探秘男女两性的心理却暗暗相合，因此，当人物话语和读者的心理相碰撞之时，积郁已久的压抑情绪瞬间决堤，让人畅快一笑。

莫言小说中纯粹的赤裸型的“黄色幽默”还是比较少的，大多数和委婉含蓄的话语风格交叉出现，但大尺度暴露性的语言一经说出，能达到使读者瞬间捧腹的艺术效果。越是赤裸，越是和人们已养成的话语习惯不协调，越是会让人开怀大笑。

> 她举起双臂，叉开双腿，能打开的门户全部打开了。
>
> “你真的不想吗？”她懊恼地问侦察员，“你嫌我难看吗？”
>
> “不，你很好看。”侦察员懒洋洋地说。
>
> “那为什么？”她嘲讽道，“是不是被人阉了？”
>
> “我怕你咬掉我的。”
>
> “公螳螂都死在母螳螂身上，可公螳螂决不退缩。”
>
> “你甭来这一套。我不是公螳螂。”
>
> “你妈的个孬种！”女司机骂一句，转过身去，说，“你给我滚出去，我要手淫！”[①]

女司机用直白赤裸的话语勾引丁钩儿，并且引用公螳螂和母

① 莫言：《酒国》，百花文艺出版社2012年版，第143页。

螳螂交配的例子，鼓励丁钩儿与自己发生关系，在用尽办法仍得不到回应时，大骂丁钩儿软弱孬种，并掷出一句令男人咋舌的话“手淫”，尺度之大令人惊愕。莫言为了塑造女司机大胆泼辣的人物性格，在用语上赤裸与委婉相结合，在语言及行为上给读者造成双向冲击，虽不乏露骨大胆，但符合实际生活中类似人物的性格。只是如此赤裸直白、带有强烈性暗示的词语一般在作家写作过程中都是有所保留的，敢于这样毫无保留表达出来的作家确实为数不多，让我们不得不佩服莫言的勇敢和胆量。这样的内容也超出了读者的阅读体验，因此莫言用这种方式来释放人物压抑的自然天性时，读者的自我情绪也得到了释放，产生了畅快之感。

> “我要肏遍酒国的美女！”他突然改蹲姿为立姿，挺在转椅上，高举着一只拳头，庄严地宣布：“我要肏遍酒国的美女！”[①]

这是《酒国》中余一尺的一句“豪言壮语”，之所以令人感到滑稽可笑是因为话语之间暗含了两种不协调感。首先，誓言本身赤裸大胆又匪夷所思，充满了“黄色”的味道，和一般意义上正气凛然、充满正能量的誓言形成了鲜明的对比。其次，余一尺本人猥琐的外表与这个“豪气冲天”的誓言不协调，余一尺本是个身高一尺五、相貌丑陋、猥琐不堪的侏儒，这样的一个人物按常理来说不会

① 莫言：《酒国》，百花文艺出版社 2012 年版，第 127 页。

受到女人的青睐，但就是这样一副形象还想“肏遍酒国的美女”，体现出余一尺对女人变态的征服欲，让我们感到夸张可笑。正是这两方面的不协调性层层冲击，使得读者阅读时感觉极不合常理，从而产生出奇的幽默效果。

总之，莫言在小说中或是赤裸露骨，或是含蓄委婉，时不时为文本涂上一抹“黄”，使得语言俏皮灵动，故事生动有趣，增强了小说的吸引力。但莫言的这抹“黄”并不是单纯的媚俗，而是依据实际生活经验、符合人物的性格特征，为了更好地凸显人物的自然天性，表现土地之上最原始、最热血的生命力。正因为爱得深切，所以语言融入得逼真、自然，因为无人比莫言更了解他笔下的那片土地。莫言真可谓“大地之子”。

第三节　灰色幽默

“灰色幽默”是莫式幽默中的一大情感特色，“灰色幽默”一般是在人消极、抑郁的情况下产生的幽默。莫言在小说中建立了一个属于自己的文学王国，而小说中的人物一般都是在社会底层苟延残喘的小人物，面对自己的人生际遇他们通常表现得懦弱无力，只能报以无可奈何的苦笑。莫言通过描写这些在灰色境遇下的人物表现他们在社会变革、人性变异背景下的生存之苦、生存之痛。

一、灰色人生下扭曲荒唐的心理

莫言常常通过描写人物在现实中的尴尬窘境来反映人物的灰色人生，面对现实的残酷，人物的思想意识常常发生扭曲变形，脱离习惯的思维常态，背离社会的伦理道德，从而产生与现实法则的不协调之感，制造出灰色幽默的效果，使读者读后不自觉流露出一种感叹人物命运的深沉的笑，更促使其反思造成人物灰色人生的深层原因。

> 好你……你也该明白……怕你厌恶，我装上了假眼。我正在期上，……我要个会说话的孩子……你答应了就是救了我，

> 你不答应就是害了我。有一千条理由，有一万个借口，你也不要对我说。[①]

这是小说《白狗秋千架》中“暖”说的一段话，单看前面部分好像是在演一部苦情剧，人物“暖”的命运有一番戏剧性的逆转。她本来嗓音条件好，是个非常有前途的女孩，也是高大潇洒的蔡队长和“我”心仪的对象，但就是这样一个女孩，命运和她开了一个莫大的玩笑，从秋千上摔下来摔瞎了一只眼，从此她的人生被涂满了灰色，没有了光明的前途，只能留在贫穷落后的泥窝窝里。没有跟自己心仪的对象结婚，嫁给了一个粗俗蛮横、野兽一般的哑巴。没有了以前的光鲜靓丽，变成了一个不修边幅、粗俗随意的农妇。她甚至都没有一个女人本该有的正常孩子，辛苦生的三胞胎竟全是哑巴。十年的孤苦为她的人生涂满了灰色，日复一日，每天只能与白狗为伴，麻木沮丧地在岁月的长河里逐渐沦陷。但她对生活并没有绝望，回乡探亲的“我”使她对生活又燃起了希望，但她的想法却是极其荒唐可笑的，为了改变自己“无声”的灰色人生处境，她竟然想出了“借种”的方法，用与“我”野合的方式怀上一个正常会说话的孩子。这种扭曲的想法是出乎读者意料的，因为单看前半部分简直就是一篇描写“暖”灰色人生的苦情剧，作者却在结尾加上了一个奇巧的尾巴。“暖”的这种做法也是极其荒唐可

① 莫言：《白狗秋千架》，百花文艺出版社2012年版，第214页。

笑的，有违我们一直信奉的道德伦理，但结合“暖”的灰色人生又能体味到她选择背后的无可奈何，因此最后的幽默究其原因是人物在悲惨的人生境遇下扭曲变态的心理。但这种幽默带给读者的是一种苦涩的笑，笑过之后更多的是对小说人物灰色人生的一种同情和慨叹！

莫言在自己其他小说中也喜欢涉及孩子的主题，也喜欢运用这种描写人物在灰色人生下扭曲荒唐心理的方式制造幽默，如他的另一篇小说《弃婴》。

> 五天后他找到我，忸怩了半天后才说：“要不……要不就把那女孩送给我吧……我把她养到十八岁……”
>
> 我痛苦地看着他比我还要痛苦的脸，等待着他往下讲。
>
> “她十八岁时……我才五十岁……没准还能……”[①]

这是《弃婴》中的一段对话，小说中的“我”捡到了一个女婴，万般无奈之下只好找人家收留女婴，但走遍了全乡仍找不到一户人家乐意收留，他们想要的只是男孩。后来“我”碰上了一个小学同学，三十多岁的人却憔悴得像个五十多岁的老人，并且还打着光棍。在“我”叙说自己捡到女婴的情况时同学表情麻木，没有任何要帮忙的意思，但几天之后他却找到了“我”。当他说到要收留女

① 莫言：《白狗秋千架》，百花文艺出版社2012年版，第316页。

婴并且养育她到十八岁时，按照习惯上的思维逻辑，会以为他真的要收养那个被遗弃的女婴，但后面读完他补充的那句话，读者才明白他的真实用意，原来他是想把她养大当媳妇，使自己摆脱光棍的命运。

前后认识的巨大偏差使得读者读后不觉涩涩一笑，而这种扭曲变态的心理本身也是非常荒唐可笑的。但这种笑有一种涩涩的灰色味道，使人反思造成这种愚昧认识的根本原因，那就是几千年来植根于中国文化中的重男轻女的传统思想。这种思想使得很多女婴无法获得生存的权利，甚至造成了很多地区男女两性的严重失衡。小说中也提到很多人不得不通过换亲来改变自己光棍的命运，文中“我”的同学甚至为了传宗接代想出抚养女婴以便日后做自己老婆的荒唐想法。可见，莫言在用一种幽默的方式让我们反思当前中国社会普遍存在的问题，其中夹杂着他对底层人民群众灰色人生的深刻感悟。

二、灰色人物神经错乱式的脱节话语

灰色人物在社会中常常成为被欺凌、被压迫的对象，他们在生活中找不到自我的价值，又没有能力对抗现实的残酷，只能麻木地忍受顺从，挣扎度日，但内心却始终停留在一种恐惧中。也正是对周围环境的恐惧，使得他们常常神经错乱，与现实脱节，说出来的话也总是毫无逻辑性可言，答非所问，前后颠倒，造成话语内容上前后的不协调，不符合人们的思维习惯，让人哭笑不得。虽然这些灰色人物习惯沉浸在自己的世界里，说出来的话颠三倒四，非常荒唐可笑，但这种笑同样是苦涩的，让我们反思的是人物命运之多艰及现实之残酷。

> “你是不是活够了！”
>
> 他非常真诚地回答：“没有，还没有，我想把我的儿子抚养成人后再死。”……
>
> 警察脸上表现出哭笑不得的神情，悻悻地问：
>
> “既然不想死，为什么闯红灯？”
>
> “我老婆赶我去买拖把……”
>
> “我没问你老婆！”
>
> “她原先是排球队员，现在是业余体校的教练……”
>
> “我问你为什么闯红灯！”警察几乎是怒吼了。
>
> “我……我色盲……”大学教师狡猾地撒了谎。
>
> “你是干什么的？”警察问。
>
> “我是大学教师，教古典文学的，我正在家写书，我老婆拍了我一掌，我一起身，把墨水瓶撞翻了，我老婆……”
>
> “你老婆揍了你一顿，然后赶你出来买拖把！”警察打断他的话头，嘲讽道：“买回拖把你还要擦地板，对不对？”
>
> “对，”他说，“希望你不要罚我的款。”

他毕恭毕敬地对着警察鞠了一躬，警察已经转过身去。他胆怯地扯了一下警察的衣角，警察迅速转回身来，严厉地问：

“你想干什么？”

他又鞠了一躬，怯怯地问：“我可以走了吗？”①

这是《幽默与趣味》中的一段对话。王三与警察的对话前言不搭后语，警察问他为什么闯红灯，而他却回答老婆让自己去买拖把。警察问他是干什么的，他除了回答自己是大学老师以外，还啰里啰唆地又反复提到自己把墨水瓶打翻后出来买拖把的事。这种一问一答、回答内容与问题近乎脱节的形式反映了人物在现实生活压迫下神经错乱、几近崩溃的现状。同时这种形式也不符合人们的思维逻辑，在内容和形式上形成一种强烈的不协调之感，读后让人感觉相当地滑稽可笑，但笑过之后又让我们反思王三的灰色人生。现实的残酷已经使王三对生活充满了恐惧，变得懦弱胆怯、灰心沮丧，处处提防，处处躲避。但他对生活还是充满希望的，他还不想死，因为要抚养自己的儿子成人，他也希望自己不被罚款，甚至狡猾地对警察撒了谎，可见王三沮丧但并不绝望，懦弱但并不是不想反抗生活的压迫。只是他个人的力量太过弱小，反抗了也只是演出了一场滑稽的灰色喜剧，但是他的故事也令我们沉思造成这种灰色人生的残酷现实。

① 莫言：《怀抱鲜花的女人》，百花文艺出版社 2012 年版，第 391—392 页。

莫言以一种漫画似的技法为我们勾勒出了一个个在灰色境遇下的灰色人物，用语言及情节的混乱脱节来表现他们尴尬的人生境遇，用一种相对轻松的技法表现灰色人物的生命之重，以此表现了他悲悯的幽默情怀，这正是莫式幽默的独特之处。

第五章　莫式幽默的精神内涵

2012年10月的诺贝尔文学奖为莫言赢得了文学界至高无上的荣誉，也让他收获了来自世界各国的鲜花和掌声，成为各国媒体和读者争相追捧的对象。中国作家终于把“中国”这个响亮的名字写进了诺贝尔文学奖的史册，世界各国也因为莫言更加关注中国的文学作品。这个集“天才”与“鬼才”于一身的文学巨匠，在摘得桂冠的同时也把自己及自己的作品推到了文学的风口浪尖上，被世界读者放大地审视和剖析。

很多读者或文学评论者欣赏和肯定莫言小说，赞誉其独特的审美价值，也体会到了莫言小说中充溢着的幽默因子。在以上几章中，笔者已经给读者呈现了莫言在小说中构建的形形色色的幽默，这些妙趣横生、诙谐无比的幽默语句为莫言的小说增添了无数的生机和活力，为莫言笔下经受苦难洗礼的人物增添了无穷的生命力，更从深层意义上指向社会及政治背景，引人深思。但也有些读者或评论者在品评莫言小说时，根据自己的理解，对莫言作品提出了异议，反映出了文学界对莫言作品的另类反思，如李斌和程桂婷编著的《莫言批判》一书中，收集了很多作家对莫言作品批判的文章。

在第四章中笔者已经用了大量笔墨描写莫言用带点“黄”的话语制造出来的幽默，但也有些作家认为莫言小说过分地迎合市场，吸引读者，呈现出媚俗的价值倾向。如周景雷就认为莫言开始“堕落”了，“主要表现在其作品中对欲望的过分渲染和夸张，以至发展到了毫无节制的程度，而且这种欲望又是通过极度的肉欲铺张来完成的"[①]。再如，莫言通过对很多丑陋事物的另类书写也制造出了很多笑料，但王干认为莫言这种玩赏丑陋的写作方式是反文化的，"莫言在亵渎理性、崇高、优雅这些神圣化了的审美文化规范时，却不自觉地把龌龊、丑陋、邪恶另一类负文化神圣化了，也就是把另一类未经传统文化认可的事物'文化化'了"[②]。莫言的语言千姿百态，极富感觉和想象力，充满奇思妙想，也因此制造出了很多新鲜奇巧的幽默效果，而有些人却认为他过于依赖这种写作方式。杨联芬认为莫言的小说过于"沉醉"于丰富敏感的直觉思维，面临着"循环—衰竭"的选择危机。[③]

仁者见仁，智者见智，细数这些幽默，或许如有些人批判的那样有的难免过于赤裸、过于污秽、过于荒唐，存在一定的不足，但往深处挖掘、细细剖析，莫言的幽默具有深刻的审美价值，并富有一定的精神内涵，并非只是媚俗肤浅地引人一笑，而是带有作者对民间苍生及社会的深刻思索。因此笔者试图根据自己对莫式幽默的理解结合莫言的小说从深层次上挖掘一下莫式幽默的内涵。

① 李斌等：《莫言批判》，北京理工大学出版社 2013 年版，第 219 页。
② 同上书，第 225 页。
③ 同上书，第 289 页。

第一节　莫式幽默的精神立场——作为老百姓的幽默

莫言在2001年苏州大学的演讲中就提到怎样进行民间写作，他认为是不是在进行民间写作重点在于一个作家的创作心态，所谓的“为老百姓的写作”本身就“把自己放在了比老百姓高明的位置上”[①]，而“真正的民间写作就是‘作为老百姓的写作’”[②]。莫言在创作幽默话语时也是以这个理念为支点进行创作的，他始终站在老百姓的立场，以老百姓的思维来构建幽默。20年的农村生活经验为他积累了丰富的幽默素材，他也切切实实感受到了老百姓在苦难生活中所持有的乐观豁达的心态。莫言创作时根据自己的农村经验进行了艺术的加工和想象，利用他全部的感官：听觉、视觉、味觉、触觉使他笔下的人或物都充满了生命的张力。莫式幽默作为老百姓的幽默主要体现在以下三个方面。

一、幽默主体的百姓化

莫言笔下说着幽默段子的人物大多是普通的底层老百姓，他

① 莫言：《用耳朵阅读》，百花文艺出版社2012年版，第73页。
② 同上书，第74页。

们从事着乡村里再普通不过的工作，或是《草鞋窨子》里卖虾酱的于大身、锔锅锔盆的“小钻辘子”，或是《师傅越来越幽默》里卖宠物猪的汉子、下岗了的职工丁十田，也有积累了一肚子故事的乡间老人，如《猫事荟萃》里的祖母，更有调皮捣蛋、无所事事的顽童，如《生死疲劳》中的“莫言”。他们一般都有着丰富的生活经验，在社会的风云变幻中隐忍度日，生活中唯一的色彩就是在茶余饭后、田间地头自娱自乐地说上几段幽默段子，借以打发无聊苦闷的生活；但从他们的幽默话语中也可以看出老百姓苦中作乐、以苦为乐的坚韧乐观精神，表现出他们百折不挠的旺盛生命力。

二、“笑骂”并重的话语常态

莫式幽默的小说背景一般是在莫言建构的“高密东北乡”，因为主要展现的是在乡村世界挣扎着的底层小人物，因此为了追求刻画人物的真实性，言辞难免会有些粗俗，常会夹杂一些粗话、脏话，笑骂并重，别有一番情趣。尤其是在人物对话部分，莫言保持了农村人的那种原汁原味的语言习惯，通俗而诙谐，以一种有些原始主义的方式表现乡村老百姓自然乐观的生活常态，表现那种无拘无束、自由自在的灵性与野性，以此来歌颂这些“食草”一族没有被污染的、纯粹自然的生存面貌。也正因如此他塑造的人物独具一格、各放异彩，莫式幽默才更体现出一种贴近生活的灵气。

莫言小说中的一些粗话脏话往往伴随着的是幽默，其实这也和下层劳动人民的语言习惯有关。他们在平淡的生活中有自己的娱乐方式，常常互相取乐，互相调侃，有时言语中夹杂的一些脏话俗语不仅没有伤了感情，反而更显亲昵。“它们制造下贱，制造毁灭，同时又孕育新生，再创生命。它们既是祝福，又是羞辱……同时，这些形象又总是同笑话连在一起。”[①]

如在《弃婴》中我与公交车司机聊天的场景趣味十足，司机反复使用比较直白粗俗的“屌”字，但司机言辞之间或是用此字发泄那时心中的怨气，或是只是言语习惯，加强节奏和语气，并没有让人感觉有实质的骂人成分，笑骂之间反而映衬得司机直爽豪放，故事更加生动有趣：

> 他说他有一次为副参谋长开车，副参谋长与三十八团团长的老婆坐在后排。从镜子里，他看到副参谋长把手伸到团长老婆的奶子上，他呲牙咧嘴地把方向盘一打，吉普车一头撞到了一棵树上……他哈哈地笑着。我也哈哈地笑着。我说：“可以理解，可以理解，副参谋长也是人嘛！”“回来后就让我写检查。我就写：‘我看到首长在摸女人奶子，走了神，撞了车，犯了错误。’检查送上去，我们指导员在脑勺子上给了

① 刘康：《对话的喧声：巴赫金的文化转型理论》，北京大学出版社 2011 年版，第 199 页。

> 我一巴掌，骂我：‘操你妈！哪有你这样写检查的，回去重写吧！’”“你重写了吗？”“写个屌！是指导员替我写的，我抄了一遍。”我说：“你们指导员对你蛮好。”“好个屌！我白送了他十斤棉花！”①

再如在丁钩儿开枪打了看门人之后，周围人的几句话把看门人贬到了极点，但同时又把幽默推到了极致：

> “这条老狗，作恶到了头。”
>
> “卖到烹调学院特餐部吧。”
>
> “老狗煮不烂。”
>
> “特餐部要的是白嫩男婴儿，才不要这老货哩！”
>
> “送到动物园里喂狼吧。”
>
> “狼也不喜得吃。”
>
> “那就送到特种植物试验场去熬肥料吧。”②

像以上风趣幽默的例子在莫言小说的对话部分占了很大比例，笑骂并重成了莫式幽默语言的一大特色，也是他小说中人物生活和存在的一种方式。很多时候它的侮辱性明显弱化，有的因为长期挂

① 莫言：《白狗秋千架》，百花文艺出版社 2012 年版，第 301 页。

② 莫言：《酒国》，百花文艺出版社 2012 年版，第 8 页。

在嘴边已经成了人们的一句口头禅或发语词，并不真的具有污蔑和诋毁之意。有时反而显得更亲切，比如“他妈的”这个词在莫言的小说中运用频率也是极高的，很多地方已经直接弱化成了一个发语词，或者口头禅，没有污辱的意义：

> 离汽车老远就听到女司机在马路上咆哮：
>
> “你他妈的到黄河里去提水还是到长江里提水？”
>
> 放下水桶，他摇摆着麻木酸痛的胳膊说：
>
> “我他妈的到雅鲁藏布江里去提来的水。”
>
> “我他妈的还以为你掉到河里给淹死了呢！”
>
> “我你妈的没淹死还看了一部录像片。”
>
> “是他妈的武打的还是床上的？”
>
> “我你妈的不是武打不是床上是稀世珍品鸡头米。”
>
> “鸡头米有什么稀罕，你他妈的怎么张口就是你妈的你妈的。”
>
> “我你妈的要不你妈的就得堵住你的嘴。”[①]

我们不能不承认，莫言的小说在人物对话上过于直白真实，特别是莫言小说的粗话脏话，有时难免带有一定的粗鄙性，这也正是很多评论家批评他的原因；但我们又不能不赞美，他把人物描绘得

① 莫言：《酒国》，百花文艺出版社2012年版，第112—113页。

如此幽默诙谐，如此活灵活现，如此个性十足，体现出了老百姓的话语常态。因此莫言的语言往往具有暧昧的双重意义，他歌颂和赞美的是人类最原始的生命力，人的自然天性，而非为了所谓的文学语言而迁就一批坐在庙堂之上的人的口味。正如巴赫金所言“赞美与诅咒”并存，他认为“世界是永远都未完成的概念；世界上总是生生死死，死死生生，仿佛同时具有生死两副肉体。赞美与诅咒混杂的双重现象正是要把握住这一变迁的动势，把握由古老向新鲜，由死亡向新生的过渡时刻”。①

因此我们在读莫言的小说时，要细细品味其中的粗话脏话，斟酌判断其中的感情色彩，方可更好地理解作者的用意，更好地把握他小说中设置的故事环境和人物特色。

三、“卑贱化”的话语倾向

所谓“卑贱化”，以肉体的低下部位颠覆高尚部位。“所谓上下，指的是天与地之分和人体的上部下部之分。……而卑贱化指的是将注意力集中在肉体的低下部位，即生殖与消化器官以及与之相关的排泄、交媾、受精、怀孕与生产过程。”②

① 刘康:《对话的喧声：巴赫金的文化转型理论》，北京大学出版社 2011 年版，第 198 页。

② 同上书，第 204 页。

莫式幽默话语中出现了大量“卑贱化”的语言，或毫不避讳地描写人的拉屎撒尿等不堪场景，或毫不掩饰地描写人的性爱和野合等不雅画面。首先，莫言的这种写作方式与整个新时期以来文学上充斥的审丑现象有关，特别是20世纪80年代的先锋小说，受西方现代主义和后现代主义的影响，弘扬个性，提倡颠覆和创新，在写作方法和语言上都进行了大胆的实验，对丑进行描写和揭露，刺激着读者的感官神经。其次，这种幽默的构建方式也是老百姓语言习惯的正常反映，受传统陋习及文化程度的影响，老百姓在说话时总爱掺杂一些粗俗露骨的话语，就好像不引入这些就不足以宣泄心中的情绪。正是因为这些“卑贱化”的词语过于不雅，不符合部分读者的审美经验，又打破了传统文明礼仪的禁忌，如果再加以巧妙的构思，常会带给人酣畅淋漓之妙趣。

莫言小说的幽默话语中出现了大量尿、屎、粪、屁等雅人引以为耻的描写丑的关键词，体现出一种“卑贱化”的话语倾向。如莫言的幽默话语中常有描写跟“尿”有关的幽默段子，有时他笔下生花，新颖逗趣：

> 如果这情景被洪泰岳看见，他就会对我说：解放爷们，你这褥子，可以蒙在头上去端鬼子的炮楼，子弹打不透，炸弹皮子崩上也要拐弯！①

① 莫言：《生死疲劳》，百花文艺出版社2012年版，第129页。

再如，一些场景把“尿”当药，把“尿”当酿酒的一道重要工序，也让人啼笑皆非：

> 提起“十八里红”，学生心旌摇荡，老师，那真是一件惊天动地的杰作！往酒缸里撒尿，这一骇世惊俗、充满想象力的勾兑法，开创了人类酿造史上的新纪元。[1]

有时他用浓墨大肆渲染丑陋肮脏、荒唐搞笑，典型的当数《天堂蒜薹之歌》，从高羊回忆小学时的喝尿比赛，到中年犯人逼高羊喝尿，整个第七章几乎全是围绕“尿”这个主题展开的。但莫言描写这种幽默滑稽场景并非为了赤裸裸地展示这种丑陋，而是在这些让人啼笑皆非的场景中蕴含着一种更深层的揭露和批判。

另外莫言还无数次地写到“屎”，如《食草家族》中形容大便如“成熟丝瓜的瓜瓤”，另外还反复渲染四老爷去草地里拉屎的习惯，不但选择季节，还把它提升到修身养性的境界：

> 四老爷蹲在春天的麦田里拉屎看起来是拉屎，其实并不仅仅是拉屎了，他拉出的是一些高尚的思想。混元真气在四老爷体内循环贯通，四老爷双目迷茫，见物而不见物，他抛弃了一切物的形体，看到一种像淤泥般的、暗红色的精神在天

① 莫言：《酒国》，百花文艺出版社2012年版，第80页。

地间融会贯通着。[1]

在这段话中莫言彻底摒弃了传统的审美理念，挑战着读者的审美经验，把大便比喻成鲜美的瓜瓤，更把四老爷拉屎的场景上升到了一种道家的精神层次，叛逆性的写法使人捧腹。

另外有代表性的当属《檀香刑》中的片段，把吃屎上升为治疗的药方，特别新鲜滑稽：

> 实话对你说吧，你刚才喝下去的，就是你那心上人屙出来的屎橛子！这是货真价实的，绝对不是伪冒假劣。俺得了这味药可不是容易的，俺用三吊铜钱买通了给钱大老爷家当厨子的

① 莫言：《食草家族》，百花文艺出版社 2012 年版，第 19 页。

胡四，让他悄悄地从大老爷家的茅厕里偷出来。[1]

甚至莫言形容汽车撞死四叔的事件时也用屎尿比喻："后来发生的事就像开玩笑一样就像做梦一样就像拉屎撒尿一样。"[2] 莫言把这种偶然事件比喻成拉屎撒尿一样的自然必然事件，更是让人感觉不可思议，可见莫言思想深处拉屎撒尿是人性之本然，无须含蓄遮掩。

另外莫言幽默话语中还有很多关于情色的内容，有时赤裸大胆，有时含蓄委婉，同样表现出了老百姓话语"卑贱化"的倾向。例如：

何丽萍问："队长，我干什么？"

队长说："你跟小弟一起去补种小麦，你刨沟，他撒种。"

有一个滑稽社员接过队长的话头跟小弟逗趣："小弟你看准了何丽萍的沟再撒种，可别撒到沟外边去啊。"[3]

这段对话中黄色字眼不着一字，刨沟、撒种本是两个极其普通的劳动动作，但却被滑稽社员附上了特别的含义。他运用双关的手

① 莫言：《檀香刑》，百花文艺出版社 2012 年版，第 146 页。
② 莫言：《天堂蒜薹之歌》，百花文艺出版社 2012 年版，第 234 页。
③ 莫言：《白狗秋千架》，百花文艺出版社 2012 年版，第 417 页。

法巧妙地把男女情爱的动作描述成刨沟撒种，从而引起了听话人的无限黄色联想，用语之巧妙可谓风趣至极。

> “菊子，想认个干儿吗？”一个脸盘肥大的女人冲着姑娘喊。……
>
> “菊子，是不是看上他了？想招个小女婿吗？那可够你熬的，这只小鸭子上架要得几年哩……”①

> 坐在石堆前，旁边一个姑娘调皮地问她：“菊子，这一大会儿才回来，是跟着大青年钻黄麻地了吗？”她没有回腔，听凭着那个姑娘奚落。②

几个女人挑逗奚落菊子的对话，再现了农村人嬉笑打骂的常见场景，读来生动有趣。“小鸭子上架”和“跟着大青年钻黄麻地”一语双关、含蓄委婉，令人浮想联翩，读罢不禁会心一笑。

可见，莫言常常按照老百姓平时的话语习惯制造幽默话语，其内容渗透着“卑贱化”的话语特色。在小说描写中通过老百姓的话语传统使肉体欲望崇高化的话语程式，大胆地表现人的自然本性，充满了对原始生命力的赤裸裸的歌颂，对肉体感官欲望的纵情赞

① 莫言：《欢乐》，百花文艺出版社 2012 年版，第 9 页。

② 同上书，第 26 页。

美，颠覆了一直以来束缚自然人性和肉体欲望的传统伦理道德、文明禁忌。正因他崇尚原始的生命力和感性体验之美，他的小说反映出的现实才如此有血有肉、生机勃勃。

由此可见，莫言具有超乎常人的驾驭语言的能力，他善于利用自身优势，站在老百姓的立场深入挖掘民间的话语资源，给他的小说注入新鲜的血液和养分，读来幽默风趣、精彩绝伦。同时又敢于冲破传统小说模式和道德伦理的禁忌，赞美自然和人性，为我们勾勒出了一个真实而神奇的"高密东北乡"文学王国。从这方面看，莫言真可谓当代文坛一名骁勇的骑士。

正如以上几方面的分析所示，莫言始终站在老百姓的立场进行作为老百姓的写作，其话语体现出笑骂并重和"卑贱化"的双重特色，以至于很多评论者认为莫言以玩弄丑恶为快事，有一种粗俗的"屎尿"情结。诚然这种写法太过夸张的话未免会走入盲目审丑的误区，也让不理解文意的一些人在理解莫言作品时只从字面的污秽中对他百般指责，认为他背离了作品应该提倡和发扬真善美的传统美学精神。对于文学界的诸般斥责，莫言在《食草家族》中借书中人物之口进行了反驳：

> 我们的家族有表达感情的独特方式，我们美丽的语言被人骂成：粗俗、污秽、不堪入目、不堪入耳，我们很委屈。我们歌颂大便、歌颂大便时的幸福时，肛门里积满锈垢的人骂我们

肮脏、下流，我们更委屈。[1]

在这里莫言以人物的话语曲折地表达他在现实中承受的诸般委屈，他在《酒国》中也借用“莫言”的名义表达了对那些歪曲文意的批判者的不满：

文坛上得意着一些英雄豪杰，这些人狗鼻子鹰眼睛，手持放大镜，专门搜寻作品中的“肮脏字眼”，要躲开他们实在不易，就像有缝的鸡蛋要躲开要下蛆的苍蝇一样不易。我因为写了《欢乐》、《红蝗》，几年来早被他们吐了满身黏液，臭不可闻。他们采用“四人帮”时代的战法，断章取义，攻击一点，不及其余，全不管那些“不洁细节”在文中的作用和特定的环境，不是用文学的观点，而是用纯粹生理学和伦理学的观点对你进行猛攻，并且根本不允许辩解。[2]

所以我们在解读莫式幽默中存在的“不洁”话语时要从文学的角度，结合人物在小说中的身份及特定的故事环境做全面的分析，而不能以偏概全，忽视它们在小说中所起的意义和作用。可能有些字眼确实有欠修饰，但我们结合小说意境不得不说它们却反映出了

① 莫言：《食草家族》，百花文艺出版社2012年版，第25页。
② 莫言：《酒国》，百花文艺出版社2012年版，第115页。

乡村人物淳朴天真、自然直率的特质，也正因如此，莫式幽默在现当代的小说史上才更独树一帜。

现代城市生活的喧闹嘈杂、人情的冷漠虚伪、人与自然的日益疏离及人性的缺失都使莫言对未被工业文明浸染多少的乡村世界更加向往。他深爱着那片血地，始终以一种融入乡土的农民式的眼光来审视他所构建的“高密东北乡”，对他来说“高密东北乡无疑是地球上最美丽最丑陋，最超脱最世俗，最圣洁最龌龊，最英雄好汉最王八蛋，最能喝酒最能爱的地方”[①]。在这里美丽和丑陋并存，圣洁和龌龊共在，他总是用一种特立独行的方式大胆地赞颂人的生命本能和肉体欲望，表现底层老百姓原始张扬的个性和蓬勃旺盛的生命力，体现出他作为老百姓的坚定精神立场。

① 莫言：《红高粱家族》，百花文艺出版社2012年版，第3页。

第二节　莫式幽默的审美功效

莫言的小说中充满幽默的段子，这些幽默话语有的俏皮逗趣、有的机智灵动、有的粗俗淫秽、有的荒诞神秘、有的夸张无忌，但莫言并非只是简单地为了幽默而幽默。他始终怀着一颗作家的悲悯之心去思考社会及挣扎着的人们，折射我们伟大民族在生存斗争中所经历的困难和考验，表现在追逐中华民族伟大复兴梦过程中的艰辛，让我们在抿嘴一笑中对社会人生及生命伦理有深切的思考，从而能够更好地建设我们守护的精神和物质家园。

一、揭示社会的矛盾与历史的沉重

莫言轻松诙谐的话语下常常具有更深层的精神指向，揭示了当代知识分子在灵魂深处对社会、对人性的深沉反思。莫言往往给我们织就一张铺天盖地的大网，用虚幻和现实相融合的笔触反映社会现实，描绘社会众生，并且调动他极其敏锐的洞察力和组织能力把各种矛盾交织在一起，让读者身临其境地去评点、去思考，反映了他对社会发展、人性冷暖的人道关怀。

他的小说《蛙》深刻地描绘了计划生育在民间实施的景象，讲述了20世纪60年代乡村计划生育工作者姑姑万心的一生，反映了在中国发展初期人们在特殊情况下的取舍，讴歌了生命的珍贵与伟大。莫言在他的作品中时常表现出对现实的强烈关注，在《蛙》中他用一种幽默的笔触把实行“计划生育”过程中产生的各种矛盾揭露给当代人阅评，如人民落后的思想与国家发展需要之间的矛盾，疯狂想生育的民众与计划生育工作者的矛盾等。幽默诙谐的故事中隐含了生命的沉重，反映了莫言敢于直面社会现实的精神和胆识。

小说中很多场景非常滑稽好笑，最精彩的莫过于“姑姑”寻找、追赶王胆的场景。莫言在“姑姑”与王胆的斗智斗勇上用尽了笔墨，把这一情节描写得惊心动魄、滑稽搞笑，就像是战争年代追捕间谍、逃犯一样，用尽伎俩，诙谐无比。姑姑在作者笔下像是一个冷酷老到的侦探，抓捕经验非常丰富，通过锅里的粥尚有余温，推算出王胆还没有走远。同时她还特别老练聪明，偷偷在村口安排暗哨盘查，用欲擒故纵的方式放陈鼻父女出来，放长线钓大鱼，正如王肝评价的那样，她“生错了年代，入错了行当，她应该去指挥军队与敌人打仗！”[①]。王胆为了成功地逃走，也是用尽了战术，先是未雨绸缪挖了一个藏身用的地洞，又利用陈鼻拖延时间，成功逃出地洞，后又巧妙地躲进粪篓，利用王肝逃脱追捕。其间还穿插了暗哨

① 莫言：《蛙》，百花文艺出版社2012年版，第138页。

秦河报恩故意放走王胆、公社动员全体村民一起找王胆的场景。一个追捕一个逃跑，节奏紧凑，环环相扣，步步惊心，紧张诙谐。但令我们感到滑稽好笑的是，这不是真的在演抗战剧，也不是真的在抓捕犯人，而是在追捕一个怀孕的女人去实行计划生育，这种设计无疑是相当巧妙与可笑的。计划生育是我国在特定时期为了缓解人口压力、提高民生质量实行的一项重要国策，是贯穿《蛙》始终的主题线索。莫言用一种轻松诙谐的手法及天马行空的想象力去讲述故事内容，用情节的夸张与搞笑来消解人物境遇的尴尬与难堪，神性与魔性并存，表现了莫言对社会、对人性的深切关注。

> 哎哟肖大叔，都什么时代了，您还提什么计划生育的事？！他说，现在是“有钱的罚着生”——像“破烂王”老贺，老婆生了第四胎，罚款六十万，头天来了罚款单，第二天他就用蛇皮袋子背了六十万送到计生委去了。“没钱的偷着生”——人民公社时期，农民被牢牢地控制住，赶集都要请假，外出要开证明。现在，随你去天南海北，无人过问。你到外地去弹棉花，修雨伞，补破鞋，贩蔬菜，租间地下室，或者在大桥下搭个棚子，随便生，想生几个就生几个。“当官的让‘二奶’生”——这就不用解释了，只有那些既无钱又胆小的公职人员不敢生。[1]

① 莫言：《蛙》，百花文艺出版社 2012 年版，第 194 页。

莫言说，小说要写灵魂深处最痛的地方，[①]他选择生育问题无疑是抓住了当代中国人的软肋。《蛙》这部小说再现了半个多世纪以来中国生育政策的发展流变，莫言这段用幽默的笔触反映了20世纪90年代中期后，随着经济的发展国家意志与民间道德之间的关系相对松弛，在民间存在的一种与道德偏离的现象，“有钱的罚着生”“没钱的偷着生”“当官的让‘二奶’生”及“无钱又胆小的公职人员不敢生”[②]。莫言用代表性的矛盾揭示了国家意志与民间道德之间的并存关系，反映了他对社会、对人性的普遍关注。

二、鞭挞社会不良风气

“所谓社会风气，是指整体或局部社会在一个阶段内所呈现的习尚、风貌。为一定社会中的风俗习惯、文化传统、行为模式、道德观念及时尚等要素的总和。在某种社会心理的驱动下或某种价值取向的引导下，表现出的一种普遍流行的社会行为，是该社会成员某些经济的、政治的、思想的、文化的、伦理的、审美的观念的综合凝结而转化成的群体性的、直接外化或体现社会意识的客观活动，是社会大多数成员或社会群体文明程度的主要

① 傅小平：《莫言：写灵魂深处最痛的地方》，《文学报》2009年12月17日。

② 莫言：《蛙》，百花文艺出版社2012年版，第194页。

标志。”[①]

当今中国正处于社会的转型期，沿袭了几千年的旧伦理观念和行为方式在人们的思想深处根深蒂固，很难被彻底打破，而新的价值观念也在逐渐形成之中，尚未确立。受当前市场经济下利益至上思想的影响，社会滋生了很多不良风气。莫言敏感地捕捉到了这些不良风气，莫式幽默话语中充满了对这种不良风气的暗讽。

> 我母亲说过，用牛奶或羊奶喂大的孩子，嗅上去没有人味儿。尽管牛奶也能将婴儿养大，但危险多多，那些丧尽天良的奸商在“空壳奶粉”和“三聚氰胺奶粉”之后，会不会停止他们的“化学实验”？“大头婴儿”和“结石宝宝”之后，谁知道还会产生什么婴儿？现在他们都夹着尾巴，像挨了棍子的狗一样，装出一副可怜相，但用不了几年，他们的尾巴又会高高地翘起来，又会想出更可恶的配方来害人。[②]

社会的转型、市场经济的高速发展使得人们物质欲望急剧膨胀，受利益的驱使市场上假冒伪劣商品泛滥，一些奸商为了获得更大的利益甚至不惜在孩子的奶粉里下手，“三鹿奶粉事件”就是一个极好的例子。莫言这段话也是借鉴了现实中的事件，讽刺了社会

① 王家胜等：《西方经济学》，中国地质大学出版社 2013 年版，第 194 页。

② 莫言：《蛙》，百花文艺出版社 2012 年版，第 228 页。

上的这种造假现象，也用一个作家的良知把这些奸商讥讽得像狗一样，嘲笑了他们的丑陋行径，批判了社会上的这种不良风气。

再如莫言的《酒国》情节之奇幻、思想之大胆简直超出了读者的阅读经验，莫言通过省检察院的高级侦察员去酒国调查官员吃红烧婴儿一案，揭露了酒国生活的腐败与荒唐。在酒国，官员们烹食婴儿，群众为了谋取私利非但不对此深恶痛疾，还有人专门生做菜的“肉孩”。“肉孩”被明码标价公然售卖，具有严格的评级制度，甚至开设专门烹制“肉孩”的烹饪学院，俨然形成了一条完整的产业链，可见酒国人为了发展经济、繁荣酒国做出了多么荒唐的事。酒国的酒成就了酒国的繁荣，却也滋生了很多不良风气，如腐败、冷血等，这种掩盖在繁花似锦表象下的荒唐行为令人深思。当今社会酒文化深入老百姓的日常，但因为酒也滋生了很多不良风气，如奢靡浪费、不良吃喝等。莫言作为一个对世事嗅觉特别敏感的作家，正是借此来抨击这种不良风气，表现出他对价值观念的深度焦虑，体现了一个文人的社会担当。

> 丁同志咱们都是母亲生养对不对？俗话说“七十三，八十四，阎王不叫自己去”，也就是说咱家的老母亲今年很可能就要去世，难道一个垂死的老母亲敬您一杯水酒您还好意思推辞吗？[①]

① 莫言：《酒国》，百花文艺出版社 2012 年版，第 39 页。

《酒国》中莫言对酒国盛行的不良风气进行了刺骨的鞭挞，在揭露中又不乏幽默，令人笑中带涩。这段劝酒词牵强地把母亲拉了进来，更荒唐地以一个垂死老母亲的借口来敬酒，东牵西扯，把毫无关系的两件事硬生生地联系在一起，阿谀献媚之人物形象跃然纸上，令人忍俊不禁。

《酒国》中莫言不仅影射了官场上存在的不良风气，还把笔触延伸到精神文化领域。在《酒国》中他也常常借助李一斗和小说中作家"莫言"的通信揭露文坛上普遍存在的不良习气。诚然，在交往中处理好关系可以增强信任、促进合作，但在实际的社会交往中有部分人以感情为幌子去获得利益，把感情当成以后获取最大利益的投资，关系成为谋利的资本，利益是他们最大的目的，文坛也不例外。

> 当然，我知道现在去火葬场烧死人都要靠关系，何况发表小说？所以，老师您尽管大胆去攻关，该请客就请客，该送礼就送礼，一切费用由我报销（别忘记开发票）。[①]

在《酒国》的这段话中，李一斗夸张地揭露了社会上办事靠关系的不良现象，也讽刺了文坛上发表作品靠请客送礼的不良风气，更搞笑的是后面还加上了一个滑稽的尾巴。当前面胡吹乱捧使我们

① 莫言：《酒国》，百花文艺出版社 2012 年版，第 49 页。

渐渐形成李一斗大气不缺钱的印象时，后面“别忘记开发票”的补充又使我们起初的认知跌碎一地，令人啼笑皆非。

三、批判传统落后思想

莫言的笔触所及不仅指涉了、揭露了社会上存在的矛盾与历史的沉重，而且批判了社会上的各种不良风气。除此之外，值得注意的是莫言还用了大量篇幅批判了仍存在的传统落后思想，尤其是老百姓头脑中根深蒂固的重男轻女思想。

受传统观念的影响，“养儿防老”“传宗接代”一直植根于中国人的思想中，落后不发达的农村重男轻女现象尤其严重。现今，社会生产力快速发展，思想观念进一步开放，女性获得了和男性一样的话语权，但在某些地区重男轻女现象仍无法从根本上消除，思想观念仍相对滞后，甚至出现了遗弃女婴、买卖男婴的现象。这种落后思想是由多方面原因造成的，首先是面子问题。中国人好面子，有些人的思想意识中仍固执地认为儿子肩负着传宗接代、光宗耀祖的重任，家中无子无颜见人，在人前矮人三分，甚至上升到对不起列祖列宗的高度。其次，中国自古以来就是农业大国，而要发家致富，男人在体力方面要明显地优于女人。男人一般肩负着家庭的重担，而女人多被认为是“嫁出去的女儿泼出去的水”，早晚都是别人家的，因此，对女孩的重视程度明显不如男孩。有些家庭甚至不供女孩上学，只器重男孩。另外在家族传承上也是以男性为主，子随父姓一直以来都是中国的传统习俗，如没有男孩，姓氏则无法传承下去，那么就无颜见列祖列宗了。很多人不管花多大的代价都要有个男孩继承父业，让家族血统代代相传。总的来说，这种重男轻女思想已深深扎根于中国人的思想，彻底改变这种状况确非易事，莫言也清醒地认识到了这一点。更何况莫言自小在农村长大，落后地区重男轻女思想尤其严重，因此莫言在他的小说中常常用一种嘲讽的语气讥笑这种落后的思想，用荒唐而惨痛的事实引起我们的警醒和反思。

经典的当属莫言的长篇小说《丰乳肥臀》。这部小说中，上官一家为了求个儿子，一连让上官鲁氏生了八次孩子，并且在孩子的取名上也是煞费苦心，来弟、招弟、领弟、想弟、盼弟、念弟、求弟，从名字中就可以看出其求子之心切。上官鲁氏因为不能生出儿子受尽了家里人的辱骂和欺凌，被自己的丈夫骂为不下蛋的母鸡。更为荒唐的是上官鲁氏的姑姑了解了她可以生育的实情后，不但不为她撑腰，还为了保住自己家的面子，荒唐地让自己的丈夫强奸自己的亲侄女。不仅如此，上官鲁氏为了要个男孩不得不荒唐无奈地跟别的男人借种，跟过赊小鸭的、看过江湖郎中……在接二连三地挣扎过后她终于看透了自己的命。当于大巴掌向她吐露心声时，她竟然超然地麻木与冷静：

“姑父，人活一世就是这么回事，我要做贞节烈妇，就要挨打、受骂、被休回家；我要偷人借种，反倒成了正人君子。

姑父，我这船，迟早要翻，不是翻在张家沟里，就是翻在李家河里。姑父，"她冷笑着道，"不是说'肥水不流外人田'吗？！"姑父惶惶不安地站起来，她却像一个撒了泼的女人一样，猛地把裤子脱了下来……[①]

这段话中的上官鲁氏不仅话语一反常态，用一种双关的方式暗示自己为了完成被强加的家族任务总是要被人凌辱的命运，已看透了人生，而且动作也相当地大胆滑稽。原来至少还半推半就，现在却豪放地自己主动起来，全然不顾伦理纲常，与自己的姑父都能这么地滥性无忌。但在她滑稽荒唐的行为背后却是传统重男轻女的思想对她的侵蚀，她已经不是那个天真烂漫的鲁旋儿，现在的她只是一个生儿育女、传宗接代的工具，甚至连她自己都放弃了挣扎，选择了主动顺从，可见其命运的可悲、可笑与可怜。

后来她更加地放浪无忌，卖肉的光棍汉高大膘子、天齐庙里的和尚、拖枪的败兵，甚至还有马洛亚牧师，三教九流，五花八门，为了生个儿子几乎成了别人的性工具，何其荒唐可笑。她的孩子一个一个地生下，而她一次一次地被糟践，最后温顺地成了传统落后思想驱使的性奴隶。可见，这种封建陋习对人精神肉体的戕害。

在莫言的其他小说中也不同程度地揭露了这种畸形的思想，如他的《蛙》中，姑姑是个妇科医生，对高密东北乡生孩子的事了如

① 莫言：《丰乳肥臀》，百花文艺出版社 2012 年版，第 596 页。

指掌。书中借陈鼻的语气说尽了姑姑的本事，也侧面道出乡间复杂的生育实情：

> 谁家的种子不发芽，谁家的地不长草，您都知道，您帮她们借种，您帮他们借地，您偷梁换柱，暗度陈仓，瞒天过海，李代桃僵，欲擒故纵，借刀杀人……三十六计，全都施过……[①]

这段话虽未指明，但三十六计最终的目的是要孩子，而且大多是为了要男孩，而当这种意愿同国家意志相背离时就产生了很多令人哭笑不得的闹剧，如小说中搜寻小狮子、追捕王胆的场景就是农村最真实的写照。小说中的人物言行举止虽然滑稽可笑，但莫言思索的都是最深沉的东西。莫言幽默的背后总是深藏着令人咀嚼不尽的精神内涵，聚焦社会矛盾，影射不良现象，留给读者很大的咀嚼空间，让读者自己去体味、去反思。

四、鼓励世人微笑着面对人生与苦难

莫言是中国首位诺贝尔文学奖获得者，在国内外取得了举世瞩

① 莫言：《蛙》，百花文艺出版社2012年版，第276页。

目的成就。他的作品之所以征服了全世界，除了他天马行空的想象力外，还应归功于他那中国式的充满生命力的幽默的语言、幽默的民间故事、幽默的叙述方式等。莫言最擅长用幽默的语言来描述苦难，具有一种自度的豁达。莫言在接受《世界新闻报》记者邱晓雨的采访时，关于《生死疲劳》中很多人生活在残酷的环境中却依然会乐观地开玩笑，莫言解释道："这种幽默是老百姓使自己活下去的一种方式，是解脱自己、减轻压力和安慰自己的一种方式，实际上在非常痛苦的时候会产生一种幽默感，甚至是黑色幽默，荒诞幽默。"① 由此可见，幽默对于老百姓的重要意义。莫言的幽默就像一剂良药，使那些在命运中挣扎着的人找到了释放的方式。虽知前路漫漫，但他们仍微笑着匍匐前行，知命而不认命，继续乐观豁达地活下去。

苦难是人生的底色，莫言很多小说设定的场景都是农村，人物都逃不出苦难的魔掌，但莫言总是在设定人物时为人物的命运涂抹一笔亮色，使他们豁达坚韧地面对苦难与人生。如在《生死疲劳》中，主人公西门闹原是一个勤俭持家的地主，有三房妻子一双儿女，生活幸福富足，但在"土改"时期被枪毙。被枪毙后的西门闹经过六世轮回，带着前世的记忆先后投胎成了驴、牛、猪、狗、猴子，终于在第六世轮回后投胎为人。正如书名一样，西门闹的命

①《莫言：痛苦时产生的幽默感是活下去的方式》，2012年10月11日，见http://www.360doc.com/content/12/1011/20/7386586_240916537.shtml。

运就是在生与死的疲劳轮回中不断折腾，每一个轮回无不经历了痛苦，而每一世都安于现状，自得其乐。

当他投胎成西门驴时，原来的宅院发生了巨大的变化，大老婆作为人们眼中的地主婆正遭受各种身心的摧残，二老婆迎春跟了自家的长工蓝脸，自己的一双儿女也随了“蓝”姓，三老婆秋香跟了当初枪毙自己的黄瞳，更荒唐的是长工蓝脸竟成了自己的主人。真是因果循环命运多舛啊，可想而知面对这样的境况带着前世记忆的西门闹是多么怨恨命运。他慨叹命运的不公，在畜生道里轮回往复，为驴为牛，为猪为猴都没得善终，只能以投生在世上的“第三只眼”冷眼观察着子孙四代的命运多舛，观察着时代变迁、人世无常。苦难是西门闹几世轮回的常态，即便是投生到了牲畜轮回道里也有难言的苦与累。经过六世轮回之后才觉悟原来人人皆不易，人人皆辛苦，这也是莫言要传达的终极命题。那么如何解答呢？莫言为那些在苦难边缘挣扎着的人指出了一条救赎之路，那就是幽默地面对人生。

生死疲劳，莫言乐观地把疲劳落在生死上，最终还是落在了“生”上。芸芸众生皆有各自造化，面对苦难只有幽默地面对才能有生的勇气。正如《生死疲劳》中的西门闹虽每一世都轮回成牲畜，只能无可奈何地看着家族的变化与时代的变迁，但即便是一头牲畜，西门闹也还是在自己的角色里发现了生存的快乐。如西门猪得意地自诩自己是一头富有教养、讲究卫生的猪，是猪中的英俊少年，把新的猪舍比喻为豪宅，把吃的饲料当成开小灶，还时不时炫耀自己是肩负重大责任的种猪，表演猪上树撒尿的绝技，与刁小三为母猪蝴蝶迷争风吃醋、大打出手。可见西门闹虽每一世都保留着前世的记忆，但面对每一世的生存境遇还是从诧异到认同，逐步地适应，乐观地面对，使得每一次轮回都妙趣横生。

> 我要保持卫生、保持整洁，定点大小便，克制鼻子发痒想拱翻一切的欲望，给人们留下最为美好的印象。我是一头博古通今的猪，汉朝的王莽就是我的榜样。[①]

总之，莫言是一个驾驭语言的“鬼才”，他的很多小说都是鸿篇巨制，他总是站在时代的最前沿，把世事变化诉诸笔端，内容充实、深沉而厚重。他笔下的人物也是尝尽人间疾苦，而支撑他们坚强地生存下去的正是幽默。莫言的小说色调并非都是悲苦凝重的，而是用幽默调色，使他的小说既有历史的厚重感，又色彩缤纷、诙谐有趣。他的幽默始终是作为老百姓的幽默，把幽默融入他们的日常生活，用幽默这种形式来讲述他们的人生际遇，用幽默来反思社会现实，揭示社会矛盾与社会中存在的不良风气，鼓励世人乐观豁达地面对人生与苦难。他的幽默中夹杂着他对世人的悲悯和感怀，他用幽默来武装自我、对抗苦难，以此反映一个作家的胆魄和勇敢，是一种最高级的智慧。

① 莫言：《生死疲劳》，百花文艺出版社 2012 年版，第 220 页。

第六章　结语

一、研究总结及发现

莫言是中国现当代文学的旗帜和标杆，也是迄今为止唯一一个获得诺贝尔文学奖的中国籍作家。他在国内外文坛都具有重要的影响力，他与自然融为一体的奇妙感觉、天马行空的想象力、汪洋恣意的语言、诙谐幽默的风格都使他成为世界当代文学史上极具代表性的文学巨匠。幽默是他语言上的一大特色，他是驾驭语言的天才，也是玩弄语言的魔法师，他常常用极其幽默的笔触让他笔下的人物豁达地面对艰难、消解艰难，鼓励人们积极乐观地生存下去。

笔者通过对莫言小说的研究，发现幽默是莫言小说贯穿始终的语言特色，而且当下研究界针对莫言小说的研究已经取得了丰硕的研究成果。但莫言小说中的幽默研究还尚未引起足够的重视，仍是一个较为新颖的方向，尚具有很大的研究空间，因此本论著具有很重要的学术价值。

本书通过对国内外幽默研究资料的梳理，发现幽默这个课题有着悠久的研究历史，很多学者从哲学、心理学、语言学等不同角度对幽默进行了研究，最有影响力的是优越论、释放论和乖讹论三大理论。笔者收集了多部中国学者对幽默的研究专著，可见幽默这个课题一直是研究者比较关注的对象。笔者通过研究总结出了幽默的总体特征，即可笑性、有意味性及不协调性，不协调性主要是主观认识和客观实际之间的差距，差距越大就越幽默。笔者深入分析了影响幽默的因素，横向上不同地域之间的文化习惯的差异往往影响幽默的产生，从东西方之间幽默特色的差异，到东方和西方内部各个国家之间幽默特色的不同，再到一国内部由于地域不同所产生的不同幽默特色，从大到小，层层论证，最后发现横向上地域不同是影响幽默产生的重要因素。从纵向上来说，时代背景不同也是影响幽默产生的重要因素。本文用古代和现代的笑话实例具体地分析了在一个时代堪称幽默之极的笑料，换一个时空人们未必能理解其中的笑点。另外，本文还结合一些小品和相声的经典台词来分析欣赏幽默的前提是欣赏者自身具有一定的知识素养，否则很难意会话语中所渗透的幽默性。

那么莫言的幽默观是如何形成的呢？有哪些因素影响莫言小说幽默风格的形成呢？本书从主观和客观两个方面进行探究，以深入分析莫式幽默观的成因。主观方面从莫言本身及写作需要两个方面来挖掘，笔者根据搜集到的童年和成年后的莫言的幽默语料及趣事，发现莫言本身就极富幽默性，这种本身所具有的幽默性是形成莫式幽默风格的基础和前提。另外笔者从写作的角度对莫式幽默观的成因进行了深层次的分析，发现幽默是表现苦难的一种重要方式，也是艺术地表现不可言说之事的写作需要。客观方面，笔者从三个方面进行了分析，首先，从莫言在农村的生活经历来说，笔者发现农村特有的幽默方式对莫式幽默的形成有很深的影响。其次，结合莫言创作的时代背景，大众消费文化越来越受到人们欢迎，人们的价值观念与以前相比有了很大的转变，而这种转变对莫式幽默观的形成也起到一定的诱导作用。最后，笔者根据研究发现中国在

20世纪80年代前后文化环境逐渐开放，西方的很多文学流派、思想及作品大量涌入，其中就包括“黑色幽默”。这些流派和思想对当时的很多中国作家都产生了很大的影响，莫言也不例外。莫言结合自身的创作特点，模仿和借鉴外来手法特别是“黑色幽默”，也使他逐渐形成了莫式幽默风格。

深入研究莫式幽默的构建方式是本书的重点，笔者根据收集到的代表性语料从文学、民间诙谐文化和语言学三个角度对莫式幽默的构建方式进行分析。虽然这三个角度都有一定的广度，但笔者结合语料重点分析了其中的几种。从文学的角度分析，笔者发现莫言主要运用两种方式构建幽默，一是通过塑造与自己同名的“莫言”形象，一是通过塑造人化的动物形象，而笔者把分析重点落在了“怎样”二字上，分析莫言是如何通过这两种方式构建幽默的。在塑造“莫言”形象上，笔者从三个方面分析了这个人物的幽默性：首先结合幽默的特征，笔者认为“莫言”这个名字本身就极富幽默性；其次结合小说情节来证明人物的幽默性，小说中无论是儿童“莫言”、青年“莫言”还是中年“莫言”都制造了无数幽默搞笑的情节，使得人物非常富有幽默性；最后笔者重点分析了自嘲这种手法在增强“莫言”这个人物形象幽默性上的作用，深入地分析了莫言自嘲的原因，并结合索振羽先生降次格的准则来分析莫言是如何通过自嘲制造幽默的。在塑造人化的动物形象方面，笔者首先结合陌生化的理论和索振羽先生降次格的准则来分析这种手法新奇幽默的原因，之后笔者通过分析小说中的幽默语料来说明莫言主要利用陌生化的角度和陌生化的语言形式来增强人化动物形象的幽默性，并且对人化动物形象陌生化的语言形式进行了具体的分类与分析，以增强论证的信服力。

从民间诙谐文化的角度上来分析，莫言主要通过三个方面来构建幽默：一是利用童谣和快板制造幽默，二是通过穿插幽默小故事，三是利用有趣的人物名字和外号。在童谣和快板方面，笔者首先根据童谣和快板的内涵和特性指出这两种艺术形式本身就带有很强的幽默诙谐性，然后结合具体的语料来分析莫言在编造小说中的童谣和快板时，除了利用这两种形式本身的特点来增强幽默感之外，还常常运用比喻、夸张、拟人等修辞手法来增强语言的幽默感染力。同时笔者还根据快板中所述内容的性质，把快板分成了讽刺性的幽默快板、叫卖性的幽默快板、宣传性的幽默快板和赞美性的幽默快板，选取典型语料说明快板在增强幽默性上的审美功效。在穿插幽默小故事方面，笔者首先指出莫言在农村的生活经历为他积累了丰富的幽默故事素材，同时也磨炼了他讲故事的能力，使他变成一个有故事的人。笔者还根据幽默小故事所表现出的性质特色将其分成了滑稽打诨式的幽默小故事、机智型的幽默小故事和荒诞型的幽默小故事三种类型，然后分类型具体分析这些小故事所带来的幽默性。在利用有趣的人物名字和外号制造幽默方面，笔者发现莫言主要运用身体部位、鄙琐的家畜和极度夸大人物荒谬期望的方式为人物取名，而这些起名方式和目前流行的取名习惯有很大差别，产生极大的不协调性，从而增强了人物形象的生动幽默。同时笔者还深层次地挖掘了这些取名方式的原因，指出这种取名方式与农村的风俗习惯、父母的疼惜以及作者有意地违反常规有关。在起外号方面，笔者发现莫言小说中的外号主要利用比喻、借代等修辞手段，利用把人物降格使其卑贱化的方式表现其幽默性，而这些外号制造幽默的方式主要分为三类：由本名谐音造成的幽默、夸大人物生理上的缺陷造成的幽默，以及凸显人物行为的奇特癖好造成的幽默。

从语言学的角度分析，笔者根据收集到的语料，重点分析了莫言制造幽默的两种方式：一是违反会话合作原则，二是运用比喻的修辞手法。笔者根据会话合作原则的含义把违反会话合作原则的这种方式分成了四点：违反量准则、违反质准则、违反关系准则和违反方式准则。因为修辞手法是表现语言幽默性的重要手段，因此笔者特别选取了一些既符合幽默的特征又采用一定修辞格的语料来分析，举出了违反会话合作原则每条准则的常用修辞手段，如通常在一定程度上违反质准则的夸张、倒反辞、隐喻，常会违反关系准则的歇后语、引用和曲解，以及常会违反方式准则的双关、委婉和借喻，并对其中很多修辞手段制造幽默的方式进行了详细的分类，力求做到论证充分、有理有据。另外，笔者发现莫言利用比喻这种修辞手法制造出了很多令人捧腹的笑料，因此对这种方式进行了重点分析，指出莫言小说中的比喻主要利用四种方式制造幽默：把尊贵高雅的人比喻成极其丑陋鄙俗的事物，把低贱鄙俗的动物比喻成高尚尊贵的人，以卑下部位或粗言秽语作喻体。笔者结合幽默的内涵特色和语料详细地分析了这些方式是如何体现幽默性的。

在分析莫式幽默的构建方式之余，莫言小说中的幽默最引人注目的是内隐的情感特色。本书主要分析了莫式幽默的三种情感特色：黑色幽默、黄色幽默和灰色幽默，对每一种情感特色笔者都结合文本进行了具体的分析和论证。笔者发现莫言主要通过克制叙述、塑造“反英雄”人物形象以及利用时空的错乱和情节的荒诞三种方式来制造黑色幽默，主要运用含蓄委婉的双关和赤裸直露的话语制造黄色幽默，利用灰色人物灰色人生下扭曲荒唐的心理和神经错乱式的脱节话语来制造灰色幽默。

笔者通过对莫言小说中幽默的收集及研究，发现莫言的幽默并非单纯为了幽默而幽默，而是具有深层次的精神内涵。莫式幽默的精神立场始终是作为老百姓的幽默，莫式幽默的终极指向是残酷的人生与社会现实。那么为什么说莫式幽默的精神立场是作为老百姓的幽默呢？首先，从幽默主体上，莫式幽默的主体一般是质朴纯真的普通百姓；其次，从幽默的语言形式上来分析，莫言小说中的幽默话语中常常夹杂着一些粗话脏话，在语言形式上体现出老百姓“笑骂”并重的话语常态；最后，从幽默的话语内容上分析，笔者运用巴赫金“卑贱化”的理论指出莫言小说中很多幽默话语都体现出老百姓“卑贱化”的话语倾向，并指出这种话语特色在表现小说人物的原始自然本性上所起到的作用，同时对文坛上对此现象的负面评论进行了辩证的分析。另外莫言制造如此多的幽默笑料还具有很大的审美功效，他通过幽默揭露了社会矛盾与历史的沉重，还对社会不良风气及传统落后思想进行了鞭挞，鼓励人们豁达乐观地面对人生与苦难，因此莫式幽默的最终指向是残酷的人生与社会现实。

二、研究不足及建议

虽然在写作过程中已竭尽全力，但由于时间及能力有限，本书只是揭开了莫言小说幽默的一隅，尚有很多不足之处，以后有机会再慢慢修订，也希望对此方面有兴趣的研究者进一步补充和完善。

首先，在幽默语料方面，笔者通过阅读莫言的小说收集了大量的幽默语料，在研究分析的时候也是根据幽默的特征尽力选取最具代表性的幽默语料。但由于幽默本身的含义比较模糊，幽默与非幽默之间没有明确严格的界线，再加上不同的人因自身文化素养及生活经验的差异也对幽默有不同的理解，对自己而言幽默的语料对他人而言未必幽默。因此在衡量幽默与否上还存在一定的分歧，而文学作品中的幽默性又没有一个确切清楚的衡量公式，因此还要在幽默的界定上做更进一步的研究，尽可能多地积累莫言小说中的幽默语料，筛选出最具代表性的进行分析，以便更好地把握莫式幽默的总体特色。

其次，在莫式幽默的构建方式上，本文只是分析了几种具有代表性的方式。其实莫言是驾驭语言的奇才，莫式幽默的构建方式是丰富多彩的，这几种只是其中的一部分，还有很多幽默语料有待后来者分析，还有很多莫式幽默的构建方式有待发现。笔者认为应该更多地收集、整理、归纳、分析莫言小说中的幽默语料，去发现除了本文中论述的方式以外的其他构建方式，从而从整体上观照莫式幽默，对莫式幽默的构建方式有更全面、更系统的梳理。

另外，在莫式幽默的情感特色方面，因为笔者试图从颜色上对莫式幽默的情感特色进行分类，所以笔者只重点分析了三种幽默形式，而根据笔者查阅的资料，确实也存在黑色幽默、黄色幽默、灰色幽默这几种幽默形式。但实际上莫式幽默话语中还存在其他情感特色的幽默形式，笔者起初试图根据颜色进行更细致的分类，但由于没有一定的理论依据，只好作罢。笔者认为在莫式幽默的情感特色方面还存在很大的研究空间，由于笔者受以颜色区分情感的方式影响，略过了很多其他情感特色的幽默，没有对莫式幽默的情感特色进行更全面的分析。那么是否可以根据自己对语料中的某种情感倾向定义一种颜色的幽默呢？是否可以以其他方式对莫式幽默的情感特色进行分类和总结呢？这需要等待日后做更进一步的思考和探讨。

对莫式幽默的精神内涵方面，本书只是分析了莫式幽默的精神立场是作为老百姓的立场，是否还有其他方面还有待进一步的研究探讨。对莫式幽默的功效方面，笔者从四个方面结合语料进行了分析，尚觉得不够深入，期待有兴趣的研究者能进一步完善。

总之，本书对莫式幽默进行了全面而系统的分析，在研究的过程中笔者对莫言的小说有了更深入的理解，对莫言小说中的幽默特色也有了更深的认识与把握，希望能对那些对莫言小说感兴趣的研究者有所启发，也希望莫言小说中的幽默这一方向能够被更加深入、更加系统、更加全面地研究下去，成为莫言小说研究的一个新的突破，那么本书也就实现了它的价值和意义。

附　录

附录一　莫言获奖作品时间轴

1.1987 年,《红高粱》荣获第四届全国中篇小说奖。

2.1988 年,《白狗秋千架》获中国台湾联合文学奖。

3.1997 年,《丰乳肥臀》荣获"大家·红河文学奖"。

4.1999 年 12 月,《牛》荣获《小说月报》第八届百花奖优秀中篇小说奖。

5.2000 年,《红高粱家族》入选《亚洲周刊》评选的"20 世纪中文小说 100 强"(第 18 位)。

6.2000 年,《酒国》(法译本)获法国儒尔·巴泰庸外国文学奖(Prix Laure-Bataillon)。

7.2001 年,《檀香刑》获台湾联合报读书人年度文学类最佳书奖。

8.2001 年 2 月,获得第二届冯牧文学奖。

9.2001 年,《红高粱》成为唯一入选 *World Literature Today* 评选的 75 年(1927—2001)40 部世界顶尖文学名著的中文小说。

10.2003 年,《檀香刑》获首届鼎钧双年文学奖。

11.2004 年,《四十一炮》获第二届华语文学传媒大奖 2003 年度杰出成就奖。

12.2004 年 10 月,《月光斩》荣获 2004 年度"茅台杯"人民文学奖短篇小说奖。

13.2005 年,《檀香刑》获意大利第三十届诺尼诺国际文学奖。

14.2005 年，《檀香刑》全票入围茅盾文学奖初选。

15.2005 年，《月光斩》荣获第一届蒲松龄短篇小说奖。

16.2006 年，《生死疲劳》获日本第 17 届“福冈亚洲文化大奖”。

17.2008 年 9 月，《生死疲劳》获第二届“红楼梦奖：世界华文长篇小说奖”首奖。

18.2008 年，《生死疲劳》获美国首届纽曼华语文学奖（Newman Prize for Chinese Literature）。

19.2010 年，《蛙》被《南方周末》评选为 2009 年“文化原创榜年度图书虚构类致敬作品”。

20.2011 年，《生死疲劳》获韩国文坛最高荣誉万海文学奖。

21.2011 年，《蛙》荣获第八届“茅盾文学奖”。

22.2012 年 10 月，莫言获得诺贝尔文学奖。

23.2012 年，话剧《我们的荆轲》荣获 2012 全国戏剧文化奖话剧“金狮奖”编剧奖。

24.2017 年 12 月 28 日，《天下太平》荣获汪曾祺华语小说奖。

25.2019 年 4 月，《等待摩西》获得第 15 届十月文学奖短篇小说奖，12 月获第六届汪曾祺文学奖。

26.2019 年 5 月，莫言获得第一届吕梁文学奖年度作家荣誉。

27.2019 年 8 月，《诗人金希普》荣获“第七届花城文学奖”中短篇小说奖。

28.2019 年 11 月，《等待摩西》荣获第十八届百花文学奖短篇小说奖。

29.2019 年 12 月，《一斗阁笔记》获得第十届“茅台杯”《小说选刊》年度奖荣誉奖。

30.2019 年，《红高粱家族》入选“新中国 70 年 70 部长篇小说典藏”。

31.2020 年 11 月，长诗《饺子歌》获第五届中国长诗奖·特别奖。

32.2021 年 6 月，《一斗阁笔记》获第十二届《上海文学》奖特别奖。

附录二　莫言荣誉历程

1.2001 年 6 月 4 日，莫言受聘为山东大学文学与新闻传播学院兼职教授。

2.2003 年 11 月，莫言受聘为汕头大学文学院兼职教授。

3.2004 年 3 月 17 日，莫言获法国“法兰西共和国文学与艺术骑士勋章”。

4.2005 年 12 月 14 日，莫言获香港公开大学荣誉文学博士学位。

5.2006 年 11 月 28 日，莫言受聘为青岛理工大学客座教授。

6.2008 年 11 月 8 日，莫言受聘为中国海洋大学文学与新闻传播学院驻校作家。

7.2009 年 3 月，莫言受聘为潍坊学院文学与新闻传播学院名誉院长。

8.2010 年，莫言当选美国现代语言协会荣誉会员。

9.2011 年 11 月，莫言受聘为青岛科技大学客座教授。

10.2011 年 11 月 24 日，莫言当选中国作家协会第八届全国委员会副主席。

11.2012 年 5 月 16 日，莫言受聘为华东师范大学中文系兼职教授。

12.2012 年 10 月，莫言获得诺贝尔文学奖，是首位中国籍诺贝尔文学奖获得者。

13.2013 年 1 月，莫言受聘为北京师范大学教授，5 月担任北京师范大学国际写作中心主任。

14.2013 年 9 月 23 日，莫言获颁中国台湾佛光大学荣誉文学博士学位。

15.2013 年 10 月，莫言担任网络文学大学名誉校长。

16.2013 年 12 月 2 日，第九届杭州文艺骨干培训班上，莫言受聘为杭州文艺顾问。

17.2014 年 7 月 11 日，莫言为巴西世界杯“腾讯特邀嘉宾”。

18.2014 年 8 月 17 日，莫言在西安“长安与丝路对话”活动中被聘为丝绸之路国际电影节的顾问。

19.2014 年 9 月 19 日，莫言获法国艾克斯－马赛大学荣誉博士学位。

20.2014 年 9 月 27 日，保加利亚索非亚大学授予莫言荣誉博士学位和蓝带勋章。莫言成为该校建校 125 年历史上首位获得这一殊荣的中国人。

21.2014 年 11 月 10 日，莫言被授予纽约市立大学荣誉博士学位。

22.2014 年 12 月 4 日，莫言获香港中文大学荣誉文学博士学位。

23.2014 年 12 月 6 日，莫言荣获澳门大学荣誉文学博士学位。

24.2015 年 9 月 10 日，莫言受聘为成都艺术职业学院教授。

25.2016 年 12 月 2 日，莫言当选为中国作家协会第九届全国委员会副主席。

26.2017 年 11 月 13 日，莫言获香港浸会大学荣誉文学博士学位。

27.2018 年 10 月 29 日，阿尔及利亚总理乌叶海亚向中国作家莫言颁发“国家杰出奖”证书。

28.2019 年 6 月 12 日，英国牛津大学摄政公园学院授予莫言荣誉院士称号，并宣布成立以莫言名字命名的国际写作中心。

29.2019 年 8 月 6 日，智利迭戈 · 波塔莱斯大学授予莫言荣誉博士学位。

30.2020 年 12 月 8 日，莫言入选品牌联盟发布的《2020 中国品牌人物 500 强》，排名第 51 位。

31.2021 年 4 月 14 日，莫言被香港大学授予荣誉文学博士学位。

32.2021 年 10 月，莫言在河北大学成立 100 周年之际成为河北大学特聘教授。

33.2021 年 12 月 16 日，莫言当选为中国作家协会第十届全国委员会副主席。

34.2021 年 12 月 26 日，2021 中国品牌节第 16 届年度人物峰会发布了《2021 中国品牌人物 500 强》，莫言排名第 71 位。

参考文献

一、中文文献

（一）研究专著

晁继周等：《现代汉语词典》(第 7 版)，商务印书馆 2016 年版。

陈焜：《西方现代派文学研究》，北京大学出版社 1981 年版。

陈望道：《修辞学发凡》，复旦大学出版社 2008 年版。

陈毓瑾：《新编汉语实用修辞手册》，金盾出版社 2008 年版。

程春梅等：《莫言研究硕博论文选编》，山东大学出版社 2013 年版。

程光炜：《魔幻化、本土化与民间资源——莫言与文学批评》，载陈晓明：《莫言研究》，华夏出版社 2013 年版。

戴其晓：《当代最新流行顺口溜大全》，上海大学出版社 2010 年版。

丁斯：《2009 中国年度幽默作品》，漓江出版社 2010 年版。

东山主编：《烟标上的历史》，文物出版社 2011 年版。

龚维才：《幽默的语言艺术》，重庆出版社 1993 年版。

关河悦：《2012 年中国幽默作品精选》，长江文艺出版社 2013 年版。

管谟贤：《大哥说莫言》，山东人民出版社 2013 年版。

哈里露丫：《憋不住你就笑——让你乐翻天的幽默笑话大全》，广西人民出版社 2012 年版。

胡范铸：《幽默语言学》，上海社会科学院出版社 1987 年版。

蒋冰清：《言语幽默的语言学分析》，青海人民出版社 2008 年版。

金振邦：《文章技法辞典》，东北师范大学出版社 1991 年版。

雷锐等编：《余光中幽默散文赏析》，漓江出版社 1992 年版。

李敖：《活着你就得有趣》，上海文化出版社 2014 年版。

李斌等：《莫言批判》，北京理工大学出版社 2013 年版。

李军华：《幽默语言》，社会科学文献出版社 1996 年版。

李林之等：《世界幽默艺术博览》，上海文化出版社 1990 年版。

李土生：《土生说字》（第 11 卷），中央文献出版社 2009 年版。

李学季：《中国歇后语》，中国旅游出版社 2004 年版。

林语堂：《林语堂经典作品选·论幽默》，当代世界出版社 2002 年版。

刘康：《对话的喧声：巴赫金的文化转型理论》，北京大学出版社 2011 年版。

马俊杰：《幽默知识大观》，中国城市经济社会出版社 1990 年版。

莫言：《白狗秋千架》，百花文艺出版社 2012 年版。

莫言：《丰乳肥臀》，百花文艺出版社 2012 年版。

莫言：《红高粱家族》，百花文艺出版社 2012 年版。

莫言：《怀抱鲜花的女人》，百花文艺出版社 2012 年版。

莫言：《酒国》，百花文艺出版社 2012 年版。

莫言：《莫言讲演新篇》，文化艺术出版社 2010 年版。

莫言：《生死疲劳》，百花文艺出版社 2012 年版。

莫言：《师傅越来越幽默》，百花文艺出版社 2012 年版。

莫言：《食草家族》，百花文艺出版社 2012 年版。

莫言：《碎语文学》，作家出版社 2012 年版。

莫言：《檀香刑》，百花文艺出版社 2012 年版。

莫言：《天堂蒜薹之歌》，百花文艺出版社 2012 年版。

莫言：《透明的红萝卜》，百花文艺出版社 2012 年版。

莫言：《蛙》，百花文艺出版社 2012 年版。

莫言：《用耳朵阅读》，百花文艺出版社 2012 年版。

潘洞庭：《英语名词的文化蕴涵及其应用研究》，上海交通大学出版社 2011 年版。

圣铎编著：《别输在不懂幽默上：瞬间赢得好感的说话艺术和魅力口才》（超值白金版），中国华侨出版社 2013 年版。

索振羽：《语用学教程》，北京大学出版社 2000 年版。

谭仁杰：《网络时代的高校思想政治教育》，武汉大学出版社 2014 年版。

汪小玲：《美国黑色幽默小说研究》，上海外语教育出版社 2006 年版。

王家胜等：《西方经济学》，中国地质大学出版社 2013 年版。

王俊菊：《莫言与世界：跨文化视角下的解读》，山东大学出版社 2014 年版。

王希杰：《汉语修辞学》（第 3 版），商务印书馆 2014 年版。

王希杰等：《修辞学》，湖南师范大学出版社 2012 年版。

夏征农主编：《辞海》，上海辞书出版社 1999 年缩印版。

欣溶：《幽默与口才：瞬间赢得他人好感的口才艺术》，北京联合出版公司 2013 年版。

徐怀中：《乡亲好友说莫言》，山东大学出版社 2013 年版。

阎广林：《笑：矜持与淡泊》，国际文化出版公司 1989 年版。

杨东平：《城市季风：北京和上海的文化精神》，新星出版社 2006 年版。

叶开：《莫言的文学共和国》，北京大学出版社 2013 年版。

曾国平：《幽默技巧与故事》，重庆大学出版社 2013 年版。

翟晓斐：《自控力的 7 项修炼》，华中科技大学出版社 2014 年版。

张金泉等：《英语辞格导论》，华中科技大学出版社 2013 年版。

张立新：《视觉、言语幽默的情感认知互动模式：多模态幽默的功能认知研究》，东南大学出版社 2012 年版。

张志忠：《莫言论》，北京联合出版公司 2012 年版。

郑万里：《当代说书文化实录》，吉林大学出版社 2013 年版。

朱栋霖等主编：《中国现代文学史：1917—1997》（下册），高等教育出版社 1999 年版。

朱立元等：《二十世纪美学》（上），北京师范大学出版社 2013 年版。

（二）学术论文

蔡辉等：《西方幽默理论研究综述》，《外语研究》2005 年第 1 期。

陈思和：《“历史—家族”民间叙事模式的创新尝试》，《当代作家评论》2008 年第 61 期。

陈卓等：《论莫言新历史小说的民间叙事》，《当代文坛》2016 年第 2 期。

丛新强：《“女性文化视野下的莫言创作研究”学术研讨会综述》，《中国现代文学研究丛刊》2015 年第 7 期。

冯全功：《葛浩文翻译策略的历时演变研究——基于莫言小说中意象话语的英译分析》，《外国语》2017 年第 40 卷第 6 期。

傅小平：《莫言：写灵魂深处最痛的地方》，《文学报》2009 年 12 月 17 日。

季红真：《莫言小说与中国叙事传统》，《文学评论》2014 年第 2 期。

江南：《莫言小说语言“前景化”修辞策略中的平行原则》，《江苏师范大学学报（哲学社会科学版）》2013 年第 5 期第 39 卷。

江南：《莫言小说语言的摹绘修辞与魔幻风格》，《江苏师范大学学报（哲学社会科学版）》2014 年第 3 期第 40 卷。

李茂民：《论莫言小说的苦难叙事——以〈丰乳肥臀〉和〈蛙〉为中心》，《东岳论坛》2015 年第 12 期第 36 卷。

刘艳玲：《论莫言小说的狂欢化叙事特色》，《芒种》2014 年第

2 期。

禄永鹏：《论莫言小说狂欢化叙事所彰显的酒神精神》，《社科纵横》2014 年第 4 期。

莫言：《两座灼热的高炉——加西亚·马尔克斯和福克纳》，《世界文学》1986 年第 3 期。

莫言：《文学创作的民间资源——在苏州大学“小说家讲坛”上的讲演》，《当代作家评论》2001 年第 1 期。

彭正生等：《对话·狂欢·多元意识：莫言小说的复调叙事艺术》，《江淮论坛》2015 年第 2 期。

秦丽娟：《幽默和张爱玲小说幽默语言研究》，硕士学位论文，四川师范大学，2005 年。

邵璐：《莫言小说英译研究》，《中国比较文学》2011 年第 1 期。

孙会军：《葛译莫言小说研究》，《中国翻译》2014 年第 5 期。

王爱侠：《从沉重到轻逸——论莫言作品中苦难叙事的变化》，《齐鲁学刊》2019 年第 5 期。

王迪：《浅析郭德纲相声语言的幽默性》，《现代语文（语言研究版）》2012 年第 10 期。

王勤玲：《幽默言语的认知语用研究》，博士学位论文，复旦大学汉语言文字学，2005 年。

王汝蕙、张福贵：《莫言小说获奖后在美国的译介与传播》，《文艺争鸣》2018 年第 1 期。

王西强：《复调叙事和叙事解构：〈酒国〉里的虚实》，《南京师范大学文学院学报》，2011 年第 2 期。

王瑶：《论王小波小说的黑色幽默》，硕士学位论文，暨南大学中国现当代文学专业，2012 年。

尉万传：《幽默言语的多维研究》，博士学位论文，浙江大学语言学及应用语言学，2009 年。

吴宜聪：《周立波“海派清口”的语言特色分析》，硕士学位论文，宁夏大学，2014 年。

闫芳：《幽默以及幽默语言学研究综述》，《南北桥》（人文社会科学学刊）2010 年第 7 期。

杨文波：《莫言小说的语言艺术》，《扬子江评论》2015 年第 6 期。

张伯存：《莫言的民间狂欢世界》，《齐鲁学刊》2006 年第 4 期。

张恒君：《莫言小说语言风格论》，《小说评论》2015 年第 4 期。

张清华：《叙述的极限——论莫言》，《当代作家评论》2003 年第 2 期。

周立民：《叙述就是一切——谈莫言长篇小说中的叙述策略》，《当代作家评论》2006 年第 6 期。

周引莉：《论九十年代以来小说中的民间诙谐文化成份及其功能》，《中南大学学报（社会科学版）》，2012 年第 18 卷第 4 期。

朱芬：《莫言在日本的译介》，《中国比较文学》2014 年第 4 期。

二、英文文献

Andrew Goatly：*Meaning and Humour*, New York：Cambridge University Press, 2012.

Angelica Duran, Yuhan Huang：*Mo Yan in Context：Nobel Laureate and Global Storyteller*, West Lafayette：Purdue University Press, 2014.

Breton, André , Polizzotti, Mark：*Anthology of Black Humor,* San Francisco：City Lights Publishers, 2021.

Bruce Jay Friedman, Copyright Paperback Collection (Library of Congress)：*Black Humor*, New York：Bantam Books, 1965.

Dan Sperber, Deirdre Wilson：*Relevance: Communication and Cognition 1996*, USA：Wiley–Blackwell, 1996.

Howard Goldblatt：*Frog*, New York：Hamish Hamilton, 2014.

Howard Goldblatt：*Life an Death Are Wearing Me Out:a Novel,* New York：Cambridge University Press, 2012.

Howard Goldblatt：*Mo Yan Pow!*, Seagull Books, 2012.

Howard Goldblatt：*Red sorghum*, Viking, 1993.

Howard Goldblatt：*Shifu, You'll Do Anything for a Laugh*, Arcade Publishing, 2001.

Mo Yan, The Second U.S.–China Cultural Forum, The University of California–Berkeley, America Interview, October 2010.

Salvatore Attardo：*Humorous Texts: A Semantic and Pragmatic Analysis,* New York：Mouton de Gruyter, 2001.

Salvatore Attardo：*Linguistic Theories of Humor*, New York：Mouton de Gruyter, 1994.

Salvatore Attardo：*Humorous Texts : A Semantic and Pragmatic Analysis*, Berlin/New York：Walter de Gruyter, 2010.

后 记

莫言作为迄今为止唯一一个获得诺贝尔文学奖的中国籍作家，在国内外享有极高的声誉。21 世纪以来，特别是 2012 年莫言获得诺贝尔文学奖以后，国内外聚焦莫言的作品进行了多方位的研究。莫言就像一个宝藏，研究者不断从他的作品中发掘新的启示和发现，到如今宝藏近乎挖空，莫言研究体系已趋于成熟和完善，想另辟蹊径发现一条别人未走的路真是难如登天。好在经历了一番挣扎之后，我终回初心，寻着对莫言作品最深的印象和感动，找到了一丝光亮。依稀记得当我想出来“幽默”这一方向时内心的激动和狂喜，当时就读的朱拉隆功大学对论文有条不成文的规定，就是一定要创新，做别人未做的研究，发现别人未发现的方向，不然很难通过开题。幸运的是，我凭借研究莫言小说中的“幽默”这一方向顺利地通过了专家评委的考核，一则是沾了莫言名气的光，当时他刚获得诺贝尔文学奖，很多方向性的研究尚是空白；一则是这一方向当时确实还未有硕博论文，只有几篇期刊提及，并且这样的一个题目本身就特别有意思。

现在想来，其实确定这一方向绝非偶然，从根本来说应该是出于对故乡的热爱和依恋。跟莫言一样出生于山东，跟莫言一样来自农村，跟莫言一样从小在农村吃过各种苦，也体验过农村特有的乐趣，跟莫言一样小时候时时想逃离生我养我的那片血地，离开之后又万般留恋和向往。经历了海外的一番漂泊之后，我发现深藏心底最深的感动都来自故乡，时时浮现在梦中的不是自己在异国他乡光鲜的场景，而是自己卧在装满玉米秸的马车上望着星空肆意畅想的场景。因为跟莫言一样来自同一片土地，也有着同样的人生境遇，因此对他的作品就多了一份理解。他构建的高密东北乡这个专属王国，他笔下朴实、灵动又不乏幽默的人物形象，他似真似幻跟大自然亲密交流与对话的情节，我都感到无比的亲切和熟悉，正是由此坚定了自己研究莫言的信心。

幽默这一方向确定的时间非常具有纪念意义，2012 年莫言获得诺贝尔文学奖，也是在那一年我结合自身的研究兴趣和研究优势确定了莫言作为自己的研究对象。冥冥之中自有天意，兜来转去还是找到了自己最熟悉的作家，回到自己最熟悉的环境进行研究。那时候关于莫言小说中幽默的研究非常少，期刊文章只是找到了一两篇，国外的研究也只是关注到了莫言小说中的黑色幽默。而那时看了莫言的小说后，我的脑中已经勾勒出了一个丰富多彩的幽默世界。跌跌撞撞地完成博士论文，其间经历了无数艰辛，但还是感觉在人生最重要的时期遇到了莫言，把所有的精力给了莫言的小说，并且不遗余力地认识他、钻研他，是一件非常幸运而荣幸的事情，是莫言在无形中为我指引了方向。

通过研究，我发现莫言的幽默是莫言小说研究中一个极具创新性的方向，具有很大的研究空间，幽默这一课题研究历史悠久，但莫言小说的幽默尚未有系统而全面的研究。我对莫言创作的七部长篇小说、三部中篇小说集及一部短篇小说集进行了精读、细读，收集了大量语料，对莫言小说中的幽默进行了多方位的探究。首先，对莫言小说的幽默研究进行了全面的梳理，揭示了莫式幽默观的成因；其次，从文学、民间诙谐文化和语言学三个角度对莫式幽默的构建方式进行深入挖掘；再次，重点分析了莫式幽默中最引人注目的三种情感特色：黑色幽默、黄色幽默和灰色幽默；最后，从深层次上指出莫式幽默的精神内涵。虽能力有限，很多方面尚有不足之处，但此稿在博士论文的基础上进行了多次修改与补充，对莫言研究也尽了自己的绵薄之力。倘若此书能为未来那些莫言的研究者提供一些启发和借鉴，则吾愿足矣。

感谢那些在博士阶段给予我悉心指导的老师，我的导师朱拉隆功大学的副教授陈静容博士（Patchanee Tangyuenyong）、副导师王和乒博士（Hathai Sae-jia）及张宁教授，还有助理教授蔡素平博士（Suree Choonharuangdej），感谢你们的爱护和帮助，是你们的支持和鼓励使我对自己的研究方向充满信心，你们渊博的文化学识、严谨的治学态度以及诲人不倦的敬业精神都是我要终身铭记与学习的，你们是我前进的榜样。也感谢像家人一样陪伴我、帮助我的朋友蔡淑钏（Sayumporn Chanthsithiporn）博士，那些我们一起学习、一起研讨的时光将永远保存在我记忆的角落里，伴我温暖前行。

此书现在得以出版要感谢云南师范大学华文学院的大力支持。华文学院非常重视师资队伍建设，着力打造一流专业学科，鼓励和支持本院教师出版自己的科研成果。感谢学院家人一样的关怀和帮助，使我免除了后顾之忧，以后只有刻苦钻研、努力提高方能不辜负这份信任和期望。同时也要感谢云南师范大学文学院的鼎力相助。文学院应该说是我的娘家了，师恩难忘，硕士研究生阶段我就是在文学院老师们的谆谆教诲下成长的。如今我回到母校，娘家人依然在背后默默地支持我，无以为报，就努力地成为娘家人的骄傲吧。

感谢东方出版社，感谢你们以敏锐的学术眼光和宽广的学术胸怀全力出版此书，是你们的辛苦审稿、校稿才使本书以如此完美的姿态呈现给读者。最后，感谢我的家人、朋友以及所有在背后默默给予我帮助和支持的人，你们是我最坚实的后盾，希望此书不负众望、不负己心。